「아빠,
이거 봐 봐!」

「와아, 귀여워!
잘 어울리네요!」
두 사람 모두 평소 옷이 아니라
메이드 차림이었다.
갑자기 웬 메이드?

이세계는 스마트폰과 함께. 25

대륙 횡단

마도 열차 개통!

「지, 쳤, 어~~~~.」

주문을 마친 뒤, 야쿠모는
카페 '파렌트'의 테이블에 푹 엎드렸다.
테이블 두 개를 붙인 자리에는
어린 소녀들이 모여 있었다.

이세계는 스마트폰과 함께. 25

후유하라 파토라 illustration ■ 우사츠카 에이지

캐릭터 소개

하느님의 실수로 이세계로 가게 된 고등학교 1학년(등장 당시). 기본적으로는 너무 소란을 피우지 않고 흐름에 몸을 내맡기는 스타일. 무의식적으로 분위기 파악을 하지 못한 채, 은근히 심한 짓을 한다.
무한한 마력, 모든 속성 마법을 가지고 있으며, 무속성 마법을 마음대로 사용하는 등, 하느님 효과로 여러 방면에서 초월적. 브륀힐드 공국 국왕.

벨파스트의 왕녀, 열두 살(등장 당시). 오른쪽이 파란색, 왼쪽이 녹색인 오드아이. 사람의 본질을 꿰뚫어 보는 마안의 소유자. 바람, 흙, 어둠이라는 세 속성을 지녔다. 활이 특기. 토야에게 한눈에 반해, 무턱대고 강하게 다가갔다. 토야의 신부.

토야가 구해 준 쌍둥이 자매의 언니. 양손에 건틀릿을 장비하고 주먹으로 싸우는 무투사. 직설적인 성격으로 소탈하다. 신체를 강화하는 무속성 마법[부스트]를 사용할 줄 안다. 매운 음식을 좋아한다. 토야의 신부.

쌍둥이 자매의 여동생. 불, 물, 빛이라는 세 속성을 지닌 마법사.
빛 속성은 그다지 특기가 아니다. 굳이 따지자면 낯을 가리는 성격으로, 말이 서툴지만 가끔 대담해진다. 단 음식을 좋아한다. 토야의 신부.

일본과 비슷한 먼 동쪽의 나라, 이센에서 온 무사 소녀. 존댓말을 사용하며 남들보다 훨씬 많이 먹는다. 진지한 성격이지만 어딘가 어긋나 있는 면도. 본가는 검술 도장으로 유파는 코코노에 진명류(裏喇流)라고 한다. 겉으로는 잘 모르지만 의외로 거유. 토야의 신부.

애칭은 루, 레굴루스 제국의 제3황녀. 유미나와 같은 나이. 제국 반란 때 자신을 도와준 토야에게 한눈에 반했다. 쌍검을 사용한다. 유미나와 사이가 좋다. 요리 재능이 있다. 토야의 신부.

애칭은 스우, 열 살(등장 당시). 자격대로 습격당하고 있을 때 토야가 구해 주었다. 벨파스트 왕국의 조카, 유미나의 사촌. 천진난만하고 호기심이 왕성하다. 토야의 신부.

애칭은 힐다. 레스티아 기사 왕국의 제1 왕녀. 검술에 능하며 '기사 공주'라고 불린다. 프레이즈에 습격당할 때 토야에게 도움을 받고 한눈에 반한다. 긴장하면 말을 더듬는 습관이 있다. 야에와 사이가 좋다. 토야의 신부.

전(前) 요정족 족장. 현재는 브륀힐드의 궁정마술사(장정). 어려 보이지만 매우 오랜 세월을 살았다. 자칭 612세. 마법의 천재. 사람을 놀리기를 좋아한다. 어둠 속성 마법 이외의 여섯 가지 속성을 지녔다. 토야의 신부.

토야가 이센에서 주운 소녀. 기억을 잃었었지만 되찾았다. 본명은 파르네제 포르네우스. 마왕국 제노아스의 마왕의 딸이다. 머리에 자유롭게 빼낼 수 있는 뿔이 나 있다. 감정을 겉으로 잘 드러내진 않지만, 노래를 잘하며 음악을 매우 좋아한다. 토야의 신부.

린이 【프로그램】으로 만들어 낸 곰 인형으로, 마치 살아 있는 것처럼 움직인다. 200년 동안 계속 움직이고 있으며, 그사이에도 개량을 거듭했다. 그 움직임은 상당한 연기파 배우 수준.
폴라…… 무서운 아이!

코하쿠

토야의 첫 번째 소환수. 백제라고 불리는 서쪽의 큰길의 수호자로, 짐승의 왕, 신수(神獸). 보통은 새끼 호랑이 크기로 다니며 최대한 눈에 띄지 않으려 한다.

산고&코쿠요

토야의 두 번째 소환수. 두 마리가 한 세트. 현제라고 불리는 신수, 비늘의 왕. 물을 조종할 수 있다. 산고가 거북이, 코쿠요가 뱀.

코교쿠

토야의 세 번째 소환수. 염제라고 불리는 신수 새의 왕. 침착한 성격이지만, 외모는 화려하다. 불꽃을 조종한다.

루리

토야의 네 번째 소환수. 창제라고 불리는 신수 푸른 용으로, 용의 왕. 비꼬기를 잘하며, 코하쿠와는 사이가 나쁘다. 모든 용을 복종시킬 수 있다.

모치즈키 카렌

정체는 연애의 신. 토야의 누나를 자처하는 중. 천계에서 도망치는 종속신을 포획하는 대의명분으로, 브륀힐드에 눌러앉았다. 느긋한 말투. 꽤 게으르다.

모치즈키 모로하

정체는 검의 신. 토야의 두 번째 누나를 자처한다. 브륀힐드 기사단의 검술 고문에 취임. 늠름한 성격이지만 조금 천연스럽다. 검을 쥐면 대적할 상대가 없다.

프란세스카

바빌론의 유산 '정원'의 관리인. 애칭은 세스카, 메이드복을 착용. 기체 넘버 23. 입만 열면 야한 농담을 한다.

하이로제타

바빌론의 유산. '공방'의 관리인. 애칭은 로제타, 작업복을 착용. 기체 넘버 27. 바빌론 개발 청부인.

벨플로라

바빌론의 유산 '연금동'의 관리인. 애칭은 플로라, 간호사복을 착용. 기체 넘버 21. 폭유 간호사.

프레드모니카

바빌론의 유산 '격납고'의 관리인. 애칭은 모니카, 위장복을 착용. 기체 넘버 28. 입이 거친 꼬마.

프레리오라

바빌론의 유산 '성벽'의 관리인. 애칭은 리오라, 블레이저를 착용. 기체 넘버 20. 바빌론 넘버즈 중 가장 연상. 바빌론 박사의 밤 시중도 담당했다. 남성은 미경험.

파메라노엘

바빌론의 유산. '탑'의 관리인. 애칭은 노엘, 체육복을 착용. 기체 넘버 25. 계속 잔다. 먹고 자기만 한다. 기본적으로 게으르고 뭔든 귀찮아하는 성격.

이리스팜므

바빌론의 유산 '도서관'의 관리인. 애칭은 팜므. 세일러복을 착용. 기체 넘버 24. 활자 중독자. 독서를 방해하면 싫어한다.

리루루파르셰

바빌론의 유산. '창고'의 관리인. 애칭은 파르셰. 무녀 복장을 착용. 기체 넘버 26. 덜렁이. 게다가 자각이 없다. 깜빡하고 저지르는 실수가 잦다. 잘 넘어진다.

아틀란티카

바빌론의 유산. '연구소'의 관리인. 애칭은 티카, 흰옷을 착용. 기체 넘버 22. 바빌론 박사 및 넘버즈의 유지보수를 담당하고 있다. 극심한 어린 여자아이 취향.

레지나바빌론박사

고대의 천재 박사이자 변태. 공중 요새 '바빌론'을 비롯한 다양한 아티팩트를 만들어 냈다. 모든 속성을 지녔다. 기체 넘버 29번의 몸에 뇌를 이식해, 5000년의 세월을 넘어 부활했다.

지금까지의 줄거리

하느님이 특별히 마련해 준 스마트폰을 들고 이세계에 오게 된 소년, 모치즈키 토야. 두 세계가 휘말렸던 사신과의 싸움은 막을 내렸다. 토야는 세계신에게 그 공적을 인정받아 하나가 된 두 세계의 관리자가 되었다. 언뜻 보기엔 평화가 찾아온 것처럼 보이는 세계. 하지만 세계에는 아직도 혼란의 씨앗이 남아 있었으며, 세계의 관리자가 된 토야는 거듭 말려드는데……

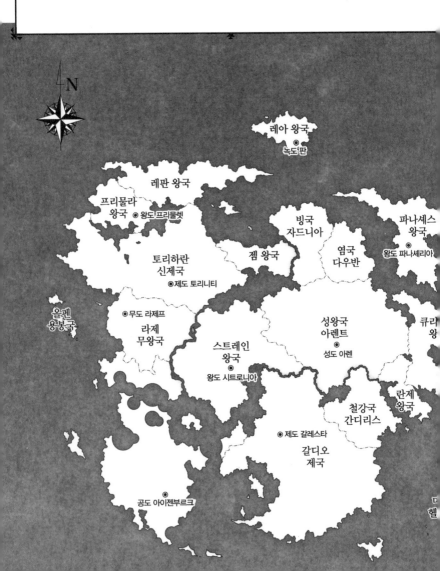

이세계는 스마트폰과 함께.
세계지도

파레리우스 왕국

파르스
파르프 왕국

마왕국 제노아스
왕도 제노스칼

리니에 왕국
왕도 리무에

엘프라우 왕국
왕도 슬라니엔

하노크 왕국
왕도 하노크스

노키아 왕국

유론 지방

신국 이센

레굴루스 제국
제도 갈라리아

로드메어 연방

왕도 파르마

호른 왕국

왕도 베른스

벨파스트 황국
브륀힐드 공국
왕도 아레피스

선도 이스라

라밋슈 교국

수도 파네라메아

펠젠 왕국

리플렛 마을

미스미드 왕국
왕도 베르주

대수해

왕도 아트라일

라일 왕국

왕도 레스틴

기사 왕국 레스티아

드래고니스섬

레트라반바

산드라 왕국
왕도 큐레이

이그리트 왕국

새로운 세계

표지 · 본문 일러스트
우사츠카 에이지

제1장　이세계의 차창에서　9

제2장　숨겨진 엘프 마을　96

막간극　마법의 설탕　146

제3장　기계 인간 도시 아가르타　166

제4장　왕자의 귀환　259

ⅈℓ 제1장 　이세계의 차창에서

"아빠, 이거 봐 봐!"

"기다려, 린네!"

오후, 코사카 씨가 맡긴 일을 끝내고 발코니에서 차를 마시는데, 방 안쪽에서 린네와 에르나 두 사람이 달려왔다.

두 사람 모두 평소 옷이 아니라 메이드복 차림이었다. 갑자기 웬 메이드복?

"와아, 귀여워! 잘 어울리네요!"

"음, 참으로 귀엽구먼. 아주 잘 어울리네."

같이 있던 유미나와 스우가 입을 모아 칭찬했다.

귀엽다고? 그 정도 표현으로는 부족할 정도야! 이 마음을 말로 표현한다면.

"아빠. 이 옷, 어때?"

"무진장 귀여워."

큭! 무식해 보이는 대답을 하고 말았다. 그래도 상관없다. 사실이니까. 아, 귀여운 게 사실이라고. 무식하단 게 아니라.

"어흠. 그 옷은 어디서 났어? 린제가 직접 만들어 준 거야?"

"응. 레네 씨 일을 돕는다고 했더니 린제 엄마가 만들어 줬어. 휘리릭 하고."

내 질문에 에르나가 대답해 주었다. 휘리릭 하고……. 정말 몇 분 만에 만든 거겠지? 린제의 재봉 기술은 이미 하느님 수준이었다. 실제로 신들린 거나 마찬가지지만.

그런데 메이드인 레네를 돕는다고? 나이도 크게 차이가 나지 않으니 친해져도 이상하진 않지만…….

레네는 지금 열 살? 열한 살이었던가?

"어릴 적의 레네 씨랑 같이 일하다니 기분이 이상해."

"응. 마치 딴사람 같아."

"응? 그래?"

아하, 두 사람이 알고 있는 레네는 10년 후의 레네구나. 성장기가 지나기 전과 후는 당연히 모습도 다를 수밖에.

"굳이 따지자면 성격이 다르다고 해야 할까? 우리가 아는 레네 씨는 완벽한 메이드거든. 우리의 예절 선생님이기도 하고."

"뭐라?! 그 레네가 말인가?!"

깜짝 놀랐다는 듯이 크게 외치는 스우. '스우 언니'라고 부르게 하며 언니를 자처하던 스우는 여동생이나 마찬가지인 아이의 미래가 믿기지 않는 듯했다.

그 마음을 모르진 않는다. 날 '토야 오빠'라고 부르던 레네가 완벽한 메이드가 되다니, 나도 잘 믿기지 않으니까.

"레네 씨는 만능이야. 요리도, 재봉도, 전투도, 예절도 일류

거든. 우리한텐 너무 엄격해서 탈이지만."

"아하. 엄격하니까 레네가 교육 담당이 된 거군요."

이해가 된다는 듯이 유미나가 고개를 끄덕였다.

"린네는 예의범절 공부를 자주 빼먹어서 혼나는 것뿐이야. 레네 씨는 다정하셔."

"으윽."

언니 에르나의 지적에 여동생 린네가 뾰로통해졌다. 훈훈한 광경을 보며 우리가 흐뭇해하는데, 방의 문을 열고 레네 본인이 나타났다.

"저어. 여기에 에르나랑 린네 있나요?"

레네한테는 두 사람을 내 친척이라고 말해 두었다. 【미라주】가 부여된 배지(지금은 브로치지만)를 달고 있어 평범한 어린아이처럼 보이겠지. 우리를 '아빠', '엄마'라고 부르는 것도 옛날부터 부르던 별명이라고 말해 뒀다.

"애들아 메이드장이 부르셔. 어서 가자."

"아차! 가자, 에르나 언니!"

"응. 아빠, 엄마. 그럼 가 보겠습니다."

"자, 잠깐만. 사진 좀 찍을게."

나는 다시 나가려는 린네와 에르나에게 말을 걸었다. 이 귀중한 사진을 안 찍고 넘어갈 수는 없지. 나는 서둘러 품에서 스마트폰을 꺼냈다.

"아, 그렇지. 레네 씨도 같이 찍자!"

"뭐어?!"

놀라는 레네를 무작정 잡아당기더니 양쪽 옆에 붙어 자세를 잡은 에르나와 린네. 자, 그대로…….

찰칵. 사진을 찍었다. 응. 세 사람이 멋지게 잘 나왔어.

"그 사진 나중에 보내 줘!"

그 말을 남기고 세 사람은 서둘러 방 밖으로 나갔다. 마치 회오리바람 같았어.

"저 레네가 말이지……? 시간의 흐름이란 사람을 바꾸어 버리는 겐가."

스우가 감개무량하다는 듯이 차를 마시며 말했다.

"그 말도 맞지만, 레네는 원래 성실하고 야무지고 열심히 노력하는 아이잖아. 처음부터 일류 메이드가 될 소질이 있었다고 봐도 되지 않을까?"

'환경이 사람을 만든다.'라고 흔히 말하는데, 우리가 이런 환경이니까. 메이드 기술과 전투술의 스승이 될 만한 사람이 주변에 잔뜩 있다. 신들이 흔하게 걸어 다니고 있을 정도니.

레네도 신들의 가호를 받고 있을지도 모른다. 코스케 삼촌이라든가. 자주 밭을 함께 돌본다고 하니까.

"정말 부러운걸요……. 하아. 우리 아이는 대체 언제 올지…….

유미나가 깊게 한숨을 내쉬었다. 야에의 아이도 아직 오지 않았지만, 야에의 아이인 야쿠모는 몇몇 목격 정보가 있었다.

아무런 정보가 없는 아이는 유미나와 스우의 아이로, 막내와 아래에서 두 번째인 아이뿐이었다.

"아닐세. 유미나 언니. 아이들의 대화를 들어보니, 이미 와 있을 가능성이 크다고 하더구먼."

"네?! 그러면 왜 우리를 만나러 오지 않는 거죠?!"

"나한테 물어봐도 뭐라 대답할 말이 없으니. 오고 싶지 않은 이유가 있는지, 아니면 사건에 말려들었는지……."

오고 싶지 않은 이유라니 그게 뭔데? '아빠 싫어!' 같은 이유만은 제발 아니길 빈다.

"토야 오빠. 【리콜】로 아이들한테 기억을 받아 찾을 수는 없나요?"

"그러고 싶긴 한데, 토키에 할머니가 금지했거든. 아이들은 무사히 여기에 모일 테니 걱정하지 말래."

【리콜】은 상대의 기억을 건네받는 마법이다. 그걸 사용해 외모가 어떤지만 알면 【서치】로 찾아낼 수 있다.

"저와 스우의 아이는 둘 중 한 명이 남자아이죠? 노는 데 푹 빠져서 돌아오는 걸 깜빡한 게 아닐까요?"

"흐음, 그럴지도 모르겠구먼. 그런데 아리스가 쿠온은 나이에 비해 야무진 남자아이라 말하지 않았는가. 노느라 오지 않을 가능성은 적다고 생각되네만."

"그럼 더욱 사건에 말려들지 않았을지 걱정이 돼요."

"토야의 아들 아닌가. 그럴 가능성도 물론 충분해……."

"애들이."

무책임한 소리. 그 아이들의 엄마는 너희이기도 하거든?

"걱정해 봐야 무슨 소용이야. 우리는 기다리는 수밖에 없어."

"그러네요. 그런데 토야 오빠, 아까 그 사진은 저한테도 보내주세요."

"나한테도 보내주게."

"네네."

나는 조금 전에 찍은 사진을 두 사람에게 보내주었다. 아이들이 온 뒤로 사진도 많이 늘었다. 다른 사람에게도 보여주고 싶어서 나는 사진을 공유 앱에도 올려 두었다.

"다른 아이들은 오늘 뭐 하고 있어?"

"프레이는 평소처럼 힐다 씨, 야에 씨랑 같이 훈련장에 갔어요. 아시아도 루 씨와 주방에서 점심 준비를 하고 있고요. 요시노와 쿤은 바빌론에 있을 거예요."

쿤이야 이해가 되지만, 요시노도 바빌론에 있다고? 무슨 볼일이라도 있나?

무슨 일인가 조금 궁금해서 나도 바빌론에 가 보기로 했다.

쿤이라면 '공방'에 있지 않을까 해서 가 보니, 의외로 요시노도 함께 있었다.

요시노는 쿤이 만드는 작업용 장비형 고렘 '암드 기어' 옆에서 '공방'의 도구를 사용해 뭔가를 만드는 중이었다.

"앗, 아버지."

"뭐 만들어?"

"악기. 자, 이거 봐."

요시노가 나에게 내민 물건을 보니, 작은 상자에 가늘고 긴 금속판이 몇 개나 달려 있었다. 이게 악기라고?

한가운데에 기타처럼 구멍이 뚫려 있고, 금속판은 규칙적으로 V 자 모양으로 늘어서 있는 물건이었다. 어디서 본 적이 있는 것 같기도…….

금속판을 눌러 봤지만 꽤 단단해 특별한 소리는 나지 않았다. 이걸 어떻게 연주하는 걸까?

"누르는 게 아니라, 튕겨야 돼."

"튕겨?"

내가 들은 대로 손톱 끝을 이용해 아래로 튕기자 띠잉 하고 맑은소리가 울렸다. 아하, 이렇게 소리를 내는 거구나.

"'칼림바'라는 악기야. 몰라? 이거 아버지가 알려준 건데."

"어? 정말?"

내가 아니라, 정확히는 미래의 내가 알려줬겠지. '칼림바'라고? 들어본 적이 있는 듯 없는 듯 아리송하다.

나는 스마트폰을 꺼내 지구의 인터넷에 접속하여 검색해 보았다. 아, 이거구나.

칼림바. 아프리카의 악기였어. 섬피아노, 또는 핸드오르골이라고도 불린다……. 실제로 소리가 나는 구조는 오르골이랑 같구나.

아, 맞아. 할아버지가 좋아했던 밴드의 보컬이 이 악기를 사용했어. 몇 번인가 라이브 동영상을 본 적이 있다.

"요시노는 악기도 만들어?"

"응. 간단한 악기는 직접 만들 수 있어. 어려운 악기는 쿤 언니한테 부탁해【모델링】으로 만들기도 하고. 악기 연주를 좋아하거든."

그렇구나.

엄마인 사쿠라처럼 노래하기도 좋아하지만, 굳이 따지자면 요시노는 악기 연주를 더 좋아하는 모양이었다. 이건 음악의 신인 소스케 형의 영향인가?

"칠 수 있는 곡 있어?"

"있어. 그럼 이 곡을 연주해 볼게."

내가 묻자 요시노가 칼림바로 곡을 연주하기 시작했다.

천천히 맑은소리가 울려 퍼지며 아름다운 선율을 만들었다. 이 곡은…… 파헬벨의 '카논'인가.

요한 파헬벨의 '카논'. 정확하게는 '세 대의 바이올린과 계속저음을 위한 카논과 지그 라 장조'의 제1곡이다.

'카논'이란 한 성부(聲部)가 연주를 시작하면 다른 성부에서 그 연주를 똑같이 모방하면서 진행해 나가는 양식을 말한다.

요시노가 칼림바를 연주하자, 황금 코드라고도 불리는 파헬벨의 '카논'이 심플하면서도 아름다운 선율을 만들어 내며 기분 좋게 울려 퍼졌다.

멋진 연주다. 작은 엄지 두 개만으로 이런 연주가 가능하다니……. 응?

갑자기 어디선가 플루트 연주가 들려왔다. 이런 일이 가능한 사람은 사실 한 명뿐이다.

요시노의 위를 바라보니 예상대로 소스케 형이 어느새 같이 연주를 하고 있었다. 이 사람도 변함이 없구나…….

미래에서 온 딸과 음악의 신이 함께하는 연주에 나는 조용히 귀를 기울였다. 이건 굉장히 사치스러운 한때라 할 수 있지 않을까?

띠링……. 마지막 연주음이 끝나자마자 나는 요시노와 소스케 형에게 박수를 보냈다. 정말 훌륭해. 멋진 연주였어.

나뿐만 아니라 쿤과 옆에서 듣고 '공방'의 로제타도 박수를 보냈다. 음, 쿤은 암드 기어로 손뼉을 치지 말았으면 하는데.

"에헤헤. 쑥스러워."

"아냐, 쑥스럽긴. 훌륭한 연주였어."

다음엔 나도 참가하자. 딸과 함께 하는 연주회……. 정말 즐거울 것 같다.

나는 암드 기어에 올라타 있는 쿤을 올려다보며 물었다.

"쿤은 악기 다룰 줄 알아?"

"조금이라면요. 어머니도 음악 감상을 좋아하시니까요."

아이들 중엔 역시나 음악에 흥미가 있는 아이도 있고, 별로 흥미가 없는 아이도 있는 듯했다.

야쿠모, 프레이, 린네는 별로 흥미가 없어 보였다.

"그보다도 아버지! 이거 어떤가요? 중장비형 암드 기어 '베오울프'예요!"

쿤은 몸에 장착한 암드 기어를 자랑하듯이 움직였다.

커다란 양팔에 굵은 양다리. 딱 봐도 파워 타입이라고 주장하는 듯한 투박한 보디. 몸집이 작은 쿤의 몸집 탓인지 뭐라고 말하기 힘들 만큼 언밸런스하고 기묘한 분위기였다.

"넌 뭐 하고 싸우려고……."

"아직은 특정 대상이 있진 않지만, 전력은 많으면 많을수록 좋잖아요?"

흠, 이 아이 나름대로 사신(邪神)의 사도와의 싸움을 고려하고 있는 걸까? 아이가 이런 걱정을 하게 만들다니, 난 한심한 부모야.

살짝 자기혐오에 빠져 있는데 품 안에 있던 스마트폰이 울렸다.

응? 펠젠 국왕 폐하인가.

"네, 여보세요?"

〈오, 공왕 폐하인가. 우리 나라에서 완성한 마도 열차 말인데, 이제 슬슬 벨파스트와 리프리스로 운반을 부탁하고 싶네.〉

"아, 그러고 보니……. 알겠습니다. 바로 가겠습니다."

세계 최초의 (실제로는 5000년 전에 이미 만들었었고, 서방 대륙에는 비슷한 물건이 있지만) 마도 열차 1호차와 2호차는 펠젠에서 건조되어 벨파스트와 리프리스 사이를 달릴 예정이다.

두 나라 사이의 노선은 이미 흙 속성 마법사들이 완성한 상태로, 펠젠이 열차를 납품하기만을 기다리고 있었다.

당연하지만 전이 마법을 사용할 줄 아는 내가 그 역할을 맡게 되었다. 이러면 안 되지. 최근에 벌어진 소동으로 완전히 잊어버리고 있었다.

펠젠 국왕과의 통화를 끝내고 나는 쿤과 요시노를 돌아보았다.

"잠깐 마도 열차를 운반하고 올게. 금방 끝나겠지만 점심은 먼저……."

먹어도 된다고 말을 전해 달라고 부탁하려 했는데 내 눈앞에서 처억! 위로 올라간 쿤의 손. 정확하게는 암드 기어의 손이었지만.

"저도요! 저도 가겠어요, 아버지!"

"어? 그런데 벨파스트와 리프리스로 운반만 할 뿐, 달리는 건 며칠 후가 될 텐데?"

"그래도 괜찮아요! 완성된 직후의 반짝거리는 마도 열차를 사진으로 찍고 싶어요!"

우리 딸은 열차 사진을 찍는 마니아였던가? 물론 이 아이의 관심은 열차에 한정된 이야기가 아니지만.

어차피 방해되진 않을 테니 상관없나?

"요시노는 어떻게 할래?"

"나는 조금 음정을 조정해야 하니 패스할래. 쿤 언니랑 같이 갔다 와."

그런가. 아무래도 요시노는 마도 열차에 관심이 없는 듯했다. 여자아이는 보통 요시노 같은 반응이겠지?

"그럼 가 볼까. 암드 기어는 놔두고 가고."

"우……. 펠젠 국왕 폐하한테 자랑하려고 했는데……."

그만둬. 일이 성가셔지니까. 펠젠 국왕 폐하는 몰라도 왕비인 엘리시아 씨는 틀림없이 흥미를 보일걸? 지금 여러 문제로 여유가 없는 상태니, 그건 다음에 보여줘.

툴툴대는 쿤을 설득한 다음, 우리는 펠젠 마법 왕국으로 가는 【게이트】로 들어갔다.

그리고 일주일 후. 우리는 벨파스트의 왕도인 아레피스에 와 있었다. 벨파스트와 리프리스 사이를 잇는 마도 열차의 개통식에 출석하기 위해서였다.

이미 시범 운행은 완료된 상태로, 새로 건설된 역사 안에는 마도 열차가 달리는 노선 두 개가 쭉 뻗어 있었다.

왕도의 이름을 따서 아레피스 역이라 이름 지어진 이 역에서 리프리스의 황도인 베른에 있는 베른 역으로 이어진 노선이다.

도중에 도시 네 곳에 멈춰 서며, 다섯 시간을 조금 넘게 달리면 종점에 도착한다.

역의 플랫폼에는 마도 열차 1호기 '라인벨' 호가 객차를 연결한 채 출발 시각을 이제나저제나 하고 기다리고 있었다.

전체적으로는 백은색 바탕에 파란 라인이 그려진 모습이었다. 조금 둥근 형태로, SL 같은 굴뚝은 없었다. 하지만 차체의 양 측면에 달린 분무 구멍에서는 반짝거리는 에테르의 잔재가 마치 증기처럼 내뿜어졌다.

튼튼해 보이는 차체는 마치 스팀펑크에 나오는 증기 열차를 방불케 했다. 실제로는 마력 배터리로 달리니 굳이 따지자면 전차에 가깝지만. 소리도 조용하고.

"쿤, 사진은 이제 충분하잖아? 언제까지 찍을 생각이야?"

"조금만 더요! 이곳이 최고의 각도거든요!"

에테르의 잔재를 내뿜는 마도 열차의 사진을 마구 찍는 내 딸 쿤을 보고 나는 깊게 한숨을 내쉬었다. 얼마 전에 운반할 때도 마구 찍었으면서. 똑같은 열차를 마구 찍어 어쩌자는 건지.

이번 개통식 기념행사 때는 우리도 올라타기로 했다.

원래는 나와 아내들만 탔어야 하지만, 딸들도 태워 주십사 어렵게 부탁해 허락을 받았다. 그에 더해 아리스도. 아리스의 일행으로 엔데도 올라탔는데, 엔데는 승객의 호위로 고용된 모험자라는 신분이었다.

벨파스트에서는 스우의 아버지인 오르트린데 공작 일가를 포함해, 벨파스트의 귀족과 대(大)상인 수십 명이 가족과 함께 탈 예정이었다.

다른 귀족과 상인의 아이들도 마도 열차를 처음 봐서 그런지 쿤처럼 매우 흥분했다.

"에드도 기쁜가 봐요."

플랫폼의 벤치에 앉아 있는 오르트린데 공작부인, 스우의 어머니인 에렌 씨의 품에서 스우의 남동생인 에드, 즉, 에드워드가 마도 열차를 보고 꺄르륵 웃었다.

"오오, 에드도 마도 열차가 좋은가? 이제부터 나와 함께 타 보게 될 게야."

스우가 에드의 작은 손을 꼭 잡았다. 그런 에드를 린네와 아리스가 들여다보았다.

"와~. 에드 오빠 귀여워~."

"작은 에드 오빠를 보니 기분이 좀 이상해."

두 사람의 말을 듣고 오르트린데 공작이 고개를 갸웃했다.

"에드 오빠?"

"이크, 아버지! 어, 얼른 안 타면 늦지 않을까 합니다만?"

스우가 다급히 공작에게 말을 걸었다. 으악! 린네랑 아리스가 재빨리 그 자리를 피해 우리한테로 다가왔다.

"참 나. 조심해야지."

"미안해. 무심코……."

"에드 오빠는 우리랑 자주 놀아줬거든. 아기 모습을 보니 기분이 좀 이상했어."

벨파스트와 브륀힐드는 거리가 멀긴 했지만, 우리 아이들과 미래의 에드는 자주 같이 놀았던 모양이다.

스우의 남동생이니, 스우의 아이에게는 삼촌에 해당하고 다른 아이들에게도 삼촌이니까. 에드가 같이 놀아준다고 해도 이상할 건 없다.

벨파스트 사람들이 열차에 올라타기 시작하네. 이제 출발할 시간인가.

우리도 순서대로 열차에 올라탔다. 우리의 객차는 1호차다.

자동문이 아니라 내가 마지막으로 올라타자 역무원이 밖에서 문을 잠갔다. 이렇게 하면 안에서는 문을 열 수 없다. 물론 비상시에는 내부의 문 위에 있는 핸들을 당겨 문을 열 수 있게 해 두었다.

"와아, 예쁜걸?"

에르제가 열차 안을 보고 놀라워했다. 1호차 안은 마치 살롱처럼 쾌적하고 편안한 공간이었다. 발밑에는 푹신한 양탄자가 깔려 있었고, 좌우에는 화려한 소파가 설치되어 있었다. 그리고 천장에는 채광창과 마광석 라이트가 쭉 늘어서 있었다. 열차 내의 구석에는 와인과 과실수 같은 음료까지 준비되어 있었다.

이 1호차는 왕후 귀족이 주로 이용하는 VIP 객차였다. 쾌적한 여행을 위한 기능을 다양하게 갖춰 놓았다. 냉난방까지 완비되어 있다.

아이들이 폭신폭신한 소파에 올라가 무릎을 꿇고 앉아 창문 너머의 플랫폼을 바라보았다.

피리리리리리리. 플랫폼에서 호각 소리가 들리더니 마도 열차가 작게 진동했다. 마력 배터리에 의해 마동기가 움직이며 기관차의 바퀴가 회전하기 시작했다.

"움직였다!"

에테르의 잔재를 반짝반짝 내뿜으면서 '라인벨' 호가 리프리스를 향해 천천히 달리기 시작했다.

차창의 풍경이 흘러갔다. 진동도 크지 않았고, 소리도 작았다. 내가 아는 기차와는 또 다른 승차감이었다.

리프리스까지의 노선은 지상에서 몇 미터 높게 설치된 고가교(高架橋)였다. 지구라면 몇 개월은 걸려 만들어야 하지만, 흙 마법을 쓰면 금방 만들 수 있어 편리해서 좋다. 나도 일부는 돕기도 했고. 강에 놓는 다리라든가, 마무리 강화 마법이라든가.

그래서 그런지 전망이 아주 좋았다. 아레피스를 빠져나가 잠시 달리자 널찍한 평원이 보였다. 이 앞으로는 대체로 숲과 평원만이 계속 이어진다.

똑같은 풍경이 계속되는데도 아이들은 흘러가는 경치가 재미있는지 창가에 딱 달라붙어 있었다. 나도 어릴 적엔 똑같았지.

"토야 오빠, 뭐라도 마시실래요?"

"응. 부탁할게."

유미나가 유리잔과 음료수를 가지고 왔다.

우리도 이 짧은 여행을 재미있게 즐겨보기로 할까.

◇ ◇ ◇

마도 열차는 고원을 빠져나가 산악 지대로 접어들었다.

승객들은 녹색 산들이 터널을 빠져나갈 때마다 언뜻언뜻 보이는 광경마저도 즐기고 있는 듯했다.

"'지구'에서 탄 열차만큼 빠른걸요?"

"그러게. 굉장해."

옆에 앉은 유미나와 그런 대화를 나눴다. 박사가 말하길, 고대 마법 문명의 마도 열차는 이것보다도 빨랐다고 하니 놀랍다. 신칸센 같은 고속열차가 빈번하게 달렸다는 말인가?

"와, 비룡^{와이번}이 날고 있어."

린네의 말을 듣고 창밖을 보니 정말로 하늘을 나는 비룡^{와이번} 두 마리가 보였다.

"음? 여기로 오는군."

오르트린데 공작이 창문 밖을 올려다보며 경계하듯 말했다.

마도 열차를 희귀한 먹이쯤으로 생각한 거겠지. 양다리의 발톱을 벌리고 비룡은 이쪽을 향해 곧장 하강했다.

하지만 열차에서 몇 미터 정도 떨어진 곳까지 오더니 보이지 않는 힘에 튕겨 나가듯이 비룡 두 마리는 갑자기 균형을 잃었다.

〈크아악?!〉

엄청난 대미지를 받은 듯 비룡이 지면으로 떨어졌다. 지면에 떨어진 비룡 두 마리는 축 늘어져 움직이지 않았다.

그 두 마리를 내버려 두고 우리를 태운 마도 열차는 아무 일도 없었던 것처럼 계속 달렸다.

"일정 속도 이상으로 주행 중인 이 열차에는 방어 필드가 펼쳐져 있어 마수나 마물의 공격을 받지 않아요. 억지로 건드리려고 하면 방금 보신 것처럼 튕겨 나가【패럴라이즈】 효과로 충격을 받게 되죠. 마수도 바보는 아니라, 몇 번씩 충격을 받으면 머잖아 접근하지 않게 될 거예요."

"오호라. 그럼 걱정할 필요 없겠네."

쿤의 설명을 듣고 나는 가볍게 고개를 끄덕였다. 지상의 마수야 어쨌든 하늘을 나는 마수는 성가시니까. 죽일 수도 있지만, 노선 주변이 사체로 가득해서는 곤란하다. 【패럴라이즈】로 마비시켜 '저것엔 손을 대선 안 된다'라고 기억하게 만드는 게 더 무난하다.

떨어진 비룡이 다른 마수들에게 습격당할 가능성도 있지만……. 그건 약육강식의 세계라 치고 넘어갈 수밖에.

"나중에 만들어질 신형 마도 열차에는 요격용 시스템이 탑재되지만요. 몇 년 후에는 고렘 열차가 등장해 더 안전성이……."

"나중에? 몇 년 후?"

쿤이 중얼거리는 소리를 듣고 오르트린데 공작이 의아하다는 표정을 지었다. 남동생인 에드를 어르던 스우가 다급히 아버지의 소매를 잡아당겼다.

"아, 아버지. 에드가 칭얼거릴 것 같으이. 바꿔 주셨으면 하오만!"

"음? 그래. 어디 보자. 그래그래, 착하지. 괜찮아. 비룡은 사라졌어."

오르트린데 공작이 에드를 어르면서 에렌 씨 옆에 앉았다. 그 뒤에서 스우가 쿤을 붙잡고 관자놀이에 양 주먹을 대더니 빙글빙글 돌렸다.

쿤이 나를 보고 '도와줘요, 아버지!'라고 말하는 듯한 눈빛을 보내기에 나는 어쩔 수 없이 끼어들었다.

"우리만 있는 게 아니니까 말을 조심해야지."

"깜빡하고 무심코……. 조심할게요."

쿤이 관자놀이를 누르면서 힘없이 대답했다.

아이들과 스우는 나이 차이가 많이 나지 않는다. 제일 나이가 많은 프레이 하고는 겨우 세 살 차이다. 쿤하고도 네 살 차이. 그래서 그런지 방금처럼 거리낌 없는 행동을 하기도 한다.

아직 자신의 아이가 오지 않아서 그런지 스우는 다른 아이들과 더 친하게 지내고 싶어 하는 눈치였다.

산간부를 지나자 이번엔 커다란 숲이 보이기 시작했다. 삼림 위에 설치된 높은 다리 위를 열차가 달려서 빠져나가자 놀란 새들이 일제히 하늘로 날아올랐다.

흰색, 검은색, 빨간색, 파란색, 녹색 등, 다양한 색의 새들이 여기저기로 흩어졌다.

"와아! 굉장해, 엄마!"

"응. 굉장하다. 린네."

"앗, 엄마. 저거 봐. 개굴개굴새야."

"뭐? 어디어디?"

린제와 린네, 에르제와 에르나 모녀가 같은 창문을 들여다보면서, 하늘로 날아오르는 새를 보고 미소 지었다. ……개굴개굴새가 뭐지?

"토야 님, 지금 어디쯤인지요?"

잠시 뒤, 야에가 그런 질문을 해서 나는 스마트폰으로 지도를 공중에 투영했다. 아직 벨파스트 영토 안이었다. 여기서 북쪽의 리프리스 영토 내로 들어가려면 아직 한참 더 가야 한다.

"이제 첫 번째 정차역에 도착할 거야."

"파라메스령의 영도, 파라메이아네요. 파라메스 백작이 다스리는 땅이에요. 고원과 깊은 숲, 농작물 지대가 펼쳐진 자연이 풍성한 영지랍니다. 피서지로 유명해요."

유미나가 그렇게 알려주었다. 피서지라. 일본으로 말하면 카루이자와 같은 곳일까?

마도 열차는 속도를 줄이면서 영도 파라메이아를 향해 나아갔다.

점차 창밖으로 집들이 드문드문 보이기 시작하더니, 이윽고 마을 한가운데를 달리게 되었다. 와. 중앙부는 왕도 못지않게 발전했네. 상당한 도회지 같은데 피서지는 교외인가?

마도 열차는 여기서 10분 정도 정차한다. 약식이지만 영주 파라메스 백작이 역의 플랫폼으로 나와 인사를 한다는 모양이었다. 왕제(王弟)인 오르트린데 공작도 타고 있으니 당연하다면 당연한 일인가.

인사를 받으러 굳이 열차에서 내려야 하다니, 공작 폐하도 고생이 많다.

"무슨 소리야. 너도 왕이잖아."

"아, 그런가? 나도 내려야 하는구나."

린의 어이없다는 듯한 말을 듣고서야, 나는 자신이 왕이라는 사실을 깨달았다. 객차 안에는 아내들과 아이들밖에 없어서 그런지, 가족 여행을 하는 기분에 휩싸여 있었다. 이건 공무야, 공무.

속도를 줄인 마도 열차가 느릿하게 파라메이아 역의 플랫폼에 정차했다. 그와 동시에 모여 있던 에테르를 공기 중으로 내뿜자, 마치 증기처럼 반짝거리는 물질이 플랫폼으로 뻗어 나갔다.

푸쉬~. 공기가 빠지는 듯한 소리와 함께 열차가 완전히 정차했다.

"자, 그럼 가 볼까. 토야. 아니, 공왕 폐하."

"네……. 이것도 일이니까요."

"잘 다녀와."

오르트린데 공작과 함께 자리에서 일어서자 프레이가 격려하듯 인사를 해 주었다. 응, 아빠 열심히 일하고 올게.

"파라메이아에 어서 오십시오. 브륀힐드 공왕 폐하, 오르트린데 공작 각하."

마도 열차에서 내려보니 풍채가 좋은 신사가 우리를 맞이해 주었다. 이 사람이 파라메스 백작인가. 벨파스트의 파티에서 본 적이 있는 얼굴이다. 이 사람의 영지였구나.

"짧게 머물다 갈 뿐인데, 여기까지 나와 줘 고맙군. 백작."

"아닙니다. 국가적인 사업인데 직접 와서 봐야 하지 않겠습니까. 이 열차가 개통된 덕분에 우리 파라메이아도 리프리스에서 많은 관광객을 유치할 수 있을 겁니다. 감사합니다."

파라메스 백작이 생글거리며 고개를 끄덕였다. 실제로 리프리스에서 파라메이아까지는 마도 열차로 몇 시간 정도밖에 걸리지 않는다. 마차로는 며칠이나 걸렸던 거리를 당일에 오갈 수 있게 된 것이다. 조만간 관광객도 많이 찾게 되겠지.

우리가 타고 온 마도 열차와 나란하게 다른 선로 하나가 쭉 뻗어 있었다.

당연하게도 리프리스에서 출발해 벨파스트로 이어지는 선로였다.

이날, 같은 시간에 리프리스에서도 마도 열차 한 대가 출발했다.

파라메스 백작은 몇 시간 후에 도착할 리프리스발 열차도 맞이해야만 한다. 참 고생이네……

열차에서 몇몇 손님이 내렸고, 반대로 파라메이아에서 올라타는 손님도 있었다.

이번 개통식에는 공모를 통해 모집한 일반 손님도 있었다. 물론 귀족들이 타는 VIP차량과는 별도의 차량에 타게 된다.

공모에 당첨된 열차표의 행선지는 어느 역에서부터 어느 역까지인지가 정해져 있는데, 가장 짧은 열차표는 파라메이아가 내려야 할 역이기도 했다. 물론 당첨된 열차표는 왕복이 가능한 표라서, 리프리스에서 오는 열차에 타고 왕도로 돌아갈 수 있었다.

"앗, 시간이 없군요. 이건 우리 영지의 특산품을 모은 선물입니다. 부디 받아주십시오."

"네. 신경 써 주셔서 감사합니다."

파라메스 백작이 건네준 상자를 【스토리지】에 수납했다. 선물까지 받게 될 줄이야. 아니, 이건 선전 샘플인가? 정말로 이건 효과적인 전법이다.

"도시락 있습니다! 여행 중에 드실 수 있는 도시락 어떠신가요? 음료수도 있습니다~!"

"어?"

목소리를 듣고 돌아보니, 화판을 묶어 목에 걸고 도시락을 쌓아 둔 도시락 판매상이 열차의 창문으로 도시락을 팔고 있었다.

도시락까지 팔고 있구나. 이런 제안을 벨파스트 국왕 폐하와 리프리스 황왕 폐하 앞에서 한 적이 있긴 한데…… 설마 정말로 판매를 하고 있을 줄이야.

신기해서 그런지 객차의 창문으로 손을 뻗어 도시락을 사는 손님이 많았다. 열차 안에서는 판매하지 않으니, 살 수 있을 때 사두자고 생각한 건지도 모르지만.

"루 님, 저 도시락도 구입해 주십시오!"

"루 어머니, 전 저 치킨가스 샌드위치를 먹고 싶어요!"

"어머니! 어서 돈을! 앗, 여기요! 그 도시락도 살게요!"

"잠깐만요! 왜 제가 전부 사야 하나요?!"

1호차의 창문에서도 소란스러운 소리가 들렸다. 주로 식욕에 충실한 사람들의 목소리가.

혹시 인원수대로 다 살 건가? 야에와 프레이는 몇 인분을 먹을 테니 20개 이상……?

굳이 안 사도 배가 고프면 【스토리지】 안에서 얼마든지 요리를 꺼내 먹으면 될 텐데. 역에서 파는 도시락은 별개라는 걸까?

"이제 출발하려나 보군. 그럼 백작, 이만 실례하지."

"선물 감사합니다. 그럼 다음에 또 뵙지요."

"즐거운 여행 되시길."

오르트린데 공작과 나는 다시 객차 안으로 돌아갔다.

피리리리리리리. 플랫폼의 호각 소리가 울리더니 문이 닫혔다. 에테르의 잔재를 남기고 천천히 마도 열차가 다시 달리기 시작했다.

플랫폼에서 손을 흔드는 사람들에게 객차 안에서 같이 손을 흔들어 주며, 우리는 파라메이아 역을 떠났다.

자리로 돌아와 보니 이미 모두 중앙 테이블에 도시락을 펼쳐 놓고 맛을 보는 중이었다. 빨라!

"자, 토야 오빠의 도시락이에요."

"응. 고마워, 유미나."

나는 유미나가 건네준 도시락을 받아들었다. 두꺼운 종이로 만들어진 도시락 상자를 열어 보니, 빵, 고기, 야채가 끼워져 있는 햄버거 같은 음식이 나왔다.

다른 도시락을 보니 다른 것들도 샌드위치나 핫도그 같은 음식이었다. 빵 문화권이면 도시락도 이런 음식이 될 수밖에 없는 건가.

건네받은 햄버거를 먹어 보니, 부드러운 고기와 토마토 등의 촉촉한 채소의 맛이 입안에 퍼져나갔다.

이건 새고기인가? 무슨 새인지는 모르겠지만. 치킨버거인가. 치킨인지 아닌지는 모르겠지만.

맛있으면 된 거지 뭐. 응, 꽤 괜찮아.

"아빠. 그 과일 좀 줘."

"이거? 좋아. 자, 여기."

구석 자리에서 아리스가 엔데한테 딸기 같은 과일을 달라고 했다. 엔데, 명목상으론 오늘 이 차량의 경비원이었을 텐데.

물론 아리스와 식사를 하는데 일을 하라는 둥 매정한 소리를 하진 않겠지만. 식사 휴식 시간 정도는 당연히 있어야 하기도 하고. 우린 악덕 기업이 아니거든요.

"어머니, 다리야!"

"응. 굉장해."

샌드위치를 한 손에 들고 요시노가 외쳤다. 차창 밖을 보니 고가 선로가 작은 호수에 걸쳐 있었다. 우회하지 않고 호수를 가로질러 연결한 건가.

흙 마법 덕분에 어렵지 않게 만들었지만, 만약 지구에서 평범하게 이걸 만들었다면 얼마나 많은 시간과 돈이 들었을지. 토목 관련 기술은 이세계가 일부 더 뛰어난 면이 있었다. 마법 덕분이지.

유미나가 다리를 보면서 나에게 물었다.

"벨파스트에서 미스미드로 가는 노선도 만들고 있죠?"

"응. 얼마 전에 가우의 대하에 다리를 만들었어. 몇 개월 지나면 개통되지 않을까? 벨파스트랑 레굴루스도 개통되고, 펠젠이랑 레스티아도 이어져. 이 대륙의 세계 동맹 나라들은 언젠가 거의 다 연결되게 될 거야."

일부 어려운 구간도 있지만. 마왕국 제노아스라든가 노키아 왕국이라든가. 그곳은 유론 지방이 있으니 말이지.

제노아스와 노키아 사이라면 문제없지만 다른 나라로 노선을 연장하려면 아무래도 유론이었던 지방을 지나야만 한다.

이미 천제국 유론이란 나라는 없어졌으니 노선을 깔아도 상관없기야 하겠지만, 아직 유론에는 사람들이 살고 있으니, 그 사람들에게 유론은 여전히 자신들의 땅일 수밖에 없다.

그런 곳에 다른 나라가 노선을 건설해선 반감이 생기게 되고, 당연히 성가신 일이 벌어진다. 어떤 나라든 간에 그런 곳에 노선을 건설할 일은 없지 않을까 한다.

정 안 되면 레스티아, 로드메어, 라일, 펠젠을 다리로 연결한 것처럼 바다 위를 달리는 노선을 건설하는 것도 고려해 볼 생각이다.

"서방 대륙에서 비행선 기술도 전해지고 있으니 그걸 사용하는 수도 있어."

"그렇지만 역시 열차가 운반량은 훨씬 더 많아요. 비행선은 날씨의 영향도 받고요."

그건 그렇다. 지금은 객차밖에 없지만, 조만간 화물을 싣고 나르는 화물 차량도 연결하게 되겠지. 비행선의 운반량과는 비교가 안 된다.

유통이 더 발전하면 사람들의 삶도 편해진다. 마도 열차는 그걸 위해 만들었다.

"브륀힐드에도 역이 생기나요?"

"생긴다면 벨파스트에서 레굴루스로 가는 노선일 거야. 왕도에서 제도로 가는 길의 딱 한가운데겠지."

"관광객이 많이 찾아오겠네요."

너무 많이 오면 곤란한데. 솔직히 브륀힐드 왕도(?)의 규모는 조금 큰 마을 정도에 불과하다. 그런 곳에 관광객이 많이 오면 숙박 시설도 부족하게 된다.

이상한 사람이 오지 않도록 입국 수속을 하려면 일손도 필요하고.

"그런데 우리 나라에 관광할 만한 곳이 있어?"

음~. 나는 팔짱을 끼고 고개를 갸웃했다.

리프리스 황도라면 아름다운 바다와 하얀 건물이 쭉 이어진 거리, 벨파스트 왕도라면 팔레트 호수의 폭포를 등지고 솟아 있는 흰 성이 있지만, 우리 나라는 특별한 명소가…….

"시계탑이 있잖아요."

"시계탑이라. 명소라고 한다면 명소라 할 수 있을까……?"

"그 외엔…… 프레임 기어 어떤가요?"

"그건…… 명소인가??"

미묘해. 프레임 기어는 다른 나라에 없는 거긴 하지만.

로봇을 명소라고 해도 될지 의아했지만, 일본에도 로봇 애니메이션에 나오는 실물 크기 로봇을 만들어 전시해 둔 곳도 있으니, 명소라 해도 될까?

일반적으로 명소라고 하면 도쿄타워나 스카이트리 같은 랜드마크, 신사나 절, 사적, 대형 놀이공원 같은 곳인데…….

지금 브륀힐드에는 놀이공원을 건설 중이다. 이게 완성되면 관광객도 몰려들 것 같긴 하지만.

아, 던전섬이 있었어. 명소라고 생각을 해 보질 않아서 깜빡했었다.

지금까지는 근처의 모험자들밖에 안 왔었지만, 앞으로는 멀리 있는 곳의 모험자들도 열차를 타고 찾아올지 모른다. 승차요금이 값싸진 않으니 쉽게 오긴 힘들지도 모르지만.

역시 숙박 시설을 빨리 증축해야겠어. '은월' 브륀힐드 3호점을 만들까?

무엇보다 일손이 부족하다. 조만간 기사단 사람들도 추가로 모집해야 할지도 모르겠네.

"그러고 보니, 미래에는 기사 고렘이 배치된다고 쿤이 그랬지? 기사단의 하부 조직이라는데, 그걸 고려하면 너무 많이 모집할 필요는 없는 걸까?"

"후후. 여행을 와서도 계속 일만 생각하시네요. 잠시 잊는 게 좋지 않을까요?"

"그러고 싶은 마음이야 굴뚝 같지만······."

유미나의 말을 듣고 한숨을 내쉬었다. 이 작은 여행도 일을 겸한 거니까. 나 나름대로 즐기고야 있지만.

——한편, 그즈음. 엘프라우 왕국과 레굴루스 제국의 국경 부근에서는.

"자, 여기서부터 레굴루스 제국이다."

국경 근처의 길에 꽂혀 있던 입간판을 가리키며 동승자인 남자가 말했다.

엘프라우 왕국에서 합승 마차를 타고 달리길 며칠, 드디어 소년은 레굴루스 제국에 접어들었다.

"겨우 추위에서 벗어났네요."

모치즈키 쿠온, 여섯 살. 고향인 (시대는 다르지만) 브륜힐드로 귀향하는 중이었다.

레굴루스에 접어들어 이미 살을 에는 추위는 사라진 상태였다. 그래도 레굴루스의 북쪽이라 추운 곳은 춥기 때문에 쿠온은 엘프라우에서 구입한 검은 코트를 아직도 입고 있었다.

"앗. 찾았다."

"또? 마부 나리. 잠깐 멈춰 주겠나. 이 사내아이가 또 찾았다는군."

황마차의 객차에 타고 있던 남자가 마부에게 말을 걸었다. 마부인 남자가 말을 멈추기도 전에 쿠온은 마차에서 뛰어내려 들고 있던 활을 숲을 향해 겨누고는 재빨리 화살을 날렸다.

"꾸웩?!"

짧은 비명과 함께 무거운 무언가가 털썩 쓰러지는 소리가 숲속에 울려 퍼졌다. 잠시 후, 숲속을 헤치고 들어갔던 쿠온이 정수리에 화살을 맞은 커다란 사슴을 이끌고 나타났다.

"오. 레굴루스큰사슴 아닌가. 이놈은 아주 맛있지."

남자 한 명이 나이프를 들고 마차에서 내렸다. 다른 승객도 쿠온이 잡은 사슴을 보려고 마차에서 내렸다.

"해체를 부탁할 수 있을까요?"

"그래, 맡겨둬라. 그 대신 이놈도 내가 사 가마."

익숙한 손놀림으로 남자는 사슴을 해체했다. 이 남자는 정육점의 주인으로 딸이 결혼해서 이주한 곳에 갔다가 집으로 돌아가는 길이라고 한다.

보통 마차 여행을 하게 되면 식사는 간소하게 하는 수밖에 없다. 말린고기 같은 휴대 식량을 먹거나, 그 자리에서 붙잡은 사냥감을 해체해 먹는다. 원래 여행 도중에는 쉽게 사냥감을 발견할 수 없지만, 이 마차에 탄 승객들은 며칠간 매일같이 사냥감을 잡아먹었다.

그건 이 신비한 소년 덕분이었다. 근처에 사냥감이 나타나면 확실히 사냥에 성공했다. 수풀 속에 있든, 나무 위에 있든 상관없이 아무리 봐도 값싼 활인데 그것으로 쉽게 사냥감을 사냥했다.

그 덕분에 승객들은 여행 중인데도 호화로운 식사를 할 수 있었다.

"네 덕분에 당분간은 고기 매입은 걱정하지 않아도 되겠군. 고맙다."

"아니요. 저도 여비가 늘어서 고마운걸요."

실제로 쿠온은 오레이칼코스 커프링크스를 판매한 돈만으로는 아무리 노력해도 브륀힐드에는 도착할 수 없다고 판단했었다. 그렇지만 레굴루스 제국의 제도 갈라리아까지는 간신히 갈 수 있었다. 당연하게도 여비는 많으면 많을수록 좋다.

해체한 사냥감을 실은 합승 마차는 레굴루스 제국의 남쪽으로 계속 나아가 존스트 마을에 도착했다. 소년이 엘프라우 왕국에서 탄 합승 마차의 종점이었다.

존스트 마을은 크지도 작지도 않은 평범한 마을이었다. 엘프라우 왕국의 국경 근처에 위치한 마을로, 레굴루스의 변경백이 다스리는 마을 중 하나였다.

그런 변경 마을에 내려선 소년은 곧장 다음 목적지로 가는 마차를 찾기로 했다. 가능하면 제도까지 직통으로 가는 마차였으면 했는데.

소년은 마차 역 앞에 붙어 있는 어떤 예정표를 확인하고는 한숨을 내쉬었다.

"아……. 방금 출발한 참인가요……."

타이밍 나쁘게도 제도행 역마차는 방금 출발한 참이었다. 다음 마차는 이틀 후에나 출발한다.

"어떻게 할까. 다음 마을까지라도 괜찮으니 다른 마차를 탈까……?"

오후도 꽤 많이 지난 시간. 이미 저녁에 가까웠다. 이대로 마차를 타면 틀림없이 중간에 노숙하게 된다. 쿠온은 마차를 타면서 며칠간 노숙을 했으니 오늘과 내일 정도는 숙소를 잡아 잠을 자고 싶었다.

"좋아, 결정했어. 숙소를 잡자."

그렇게 결정한 쿠온은 백팩을 고쳐 메고 마을을 걷기 시작했다.

조금 비싸더라도 될 수 있으면 좋은 숙소에서 묵고 싶었다. 끼니도 근근이 해결하는 모험자들이 머무는 변두리의 숙소는 여러 가지로 문제도 많이 벌어진다. 성가신 일은 최대한 피하는 게 좋다.

그렇다면 평범한 상인이 주로 머무는 숙소가 좋다. 그렇게 생각한 쿠온은 마차 역에서 내린 듯이 보이는 딱 봐도 상인 같은 인물의 뒤를 따라갔다.

이윽고 역에서 그다지 멀지 않은 거리의 모퉁이에 접어들자 상인은 그곳에 있던 숙소 안으로 들어갔다.

"【은색의 작은 날개】인가요."

은색 날개가 그려진 간판을 올려다보며 쿠온이 혼자 중얼거렸다. 그럭저럭 세련된 가게였지만 아주 고급스러운 가게 같지는 않았다. '여기가 딱 좋겠어'. 쿠온은 가슴을 쓸어내렸다.

자, 여기서부터가 중요하다. 쿠온은 호흡을 가다듬으면서 스윙도어를 열고 혼자 안으로 들어갔다.

"어서 오세요. 【은색의 작은 날개】입니다. 어머, 혼자 왔니?"

접수 카운터에는 20대 초반의 여성이 혼자 서 있었다. 그 옆의 계단으로 가게의 점원으로 보이는 남성과 조금 전의 상인이 올라가는 모습이 보였다.

"방을 이틀간 빌리고 싶은데 비어 있나요?"

"응? 얘. 여긴 어린이가 혼자서 올 만한 곳이⋯⋯."

쿠온이 난처한 표정을 짓는 여성 점원을 바라보았다. 쿠온의 오른쪽 눈이 보라색 빛을 띤 금색으로 변하더니, 그 퍼플골드 눈동자가 여성 점원의 눈을 꿰뚫었다.

"⋯⋯어, 어라? 앗, 죄송합니다. 네, 비어 있네요. 2인실이면 될까요?"

여성 점원은 어느새 소년 뒤에 서 있던 30대 정도의 남성을 보고 놀라면서도 자신의 업무를 처리했다.

"네. 그 방으로 부탁드립니다."

"이틀간 숙박하신다면 은화 두 닢입니다. 여기에 사인 부탁드립니다."

쿠온은 대답을 하고 숙박 장부에 슥슥 사인을 했다. 사인은 아이가 아니라 아버지로 보이는 뒤의 남성이 하리라고 생각했던 여성 점원은 조금 놀랐지만, 얼굴에는 그런 감정을 드러내지 않았다.

"그럼 방으로 안내하겠습니다."

여성 점원의 안내를 받고 쿠온은 2층의 방으로 들어갔다. 두 개의 침대와 책상, 의자, 옷장, 마광석 램프가 있는 단순하지만 정취가 있는 방이었다.

"식사는 세 끼 모두 아래 식당에서 하시면 됩니다. 외출하실 때는 열쇠를 카운터에 맡겨 주세요."

"알겠습니다. 감사합니다."

여성 점원은 소년의 인사를 듣고는 조용히 문을 닫았다.

"……저 아버지. 한마디도 안 하셨네. 과묵하신 분인가?"

여성 점원은 고개를 갸웃하면서 그런 말을 하고는 방을 떠나 계단 아래로 내려갔다.

그 방에서는 쿠온이 혼자서 안도의 숨을 내쉬고는 힘이 다 빠졌다는 듯 침대로 다이빙을 하는 중이었다.

"아아, 힘들어……. 어린이 혼자선 숙소도 잡을 수 없다니. 그렇지만 변두리의 숙소는 싫어……."

손님을 확인하지 않는 숙소는 별로 엄격하지 않으니, 어린
이라도 머물 수 있을지도 모르지만.

　쿠온은 엘프라우 왕국에서부터 여기까지, 숙소에서 머물 때
는 이런 방식을 사용했다.

　사용한 것은 '환혹'의 마안. 쿠온이 지닌 일곱 개의 마안 중
하나로, 상대에게 환영을 보여주는 마안이었다.

　어디까지나 환영을 보여 줄 뿐, 환영은 말을 하지 못했다. 그
래서 과묵한 아버지라는 존재를 연기하게 했다.

　그런 성가신 짓을 할 필요 없이 자신을 어른처럼 보이게 만
들면 되지 않냐고 할지 모르지만, 목소리는 어린 쿠온 그대로
고 키도 달라서 펜 하나 쥘 수 없어, 여러 문제가 발생한다.

　결국 이 방법이 제일 편하다. 2인실 숙박료를 내야 해서 돈
이 더 들긴 하지만.

　"아~. 오랜만에 이불에 누워 보네……."

　말렸다가 개어 놓은 지 얼마 안 되어서 그런지 햇볕 냄새가 나
는 이불에 다이빙을 한 채로 쿠온은 꿈속으로 빨려 들어갔다.

　파라메스령(領)을 빠져나간 마도 열차는 북으로, 북으로 힘

차게 나아갔다.

 산악 지대, 삼림 지대, 목초 지대를 빠져나간 마도 열차는 이윽고 두 번째 역, 살라니스령, 살라니아 역에 도착했다.

 나는 여기서도 파라메이아 역에서처럼 오르트린데 공작과 플랫폼으로 내려가 살라니스 자작과 인사를 나눴다. 그리고 또 선물을 받았다.

 발차 시간이 되어 우리는 살라니스 자작에게 고맙다는 인사를 하고 다시 열차에 올라탔다.

 "음? 좋은 냄새가 나는 듯합니다만."

 객차에 들어가자마자 야에가 내가 들고 있던 선물을 보며 킁킁 냄새를 맡으며 말했다. 우리 색시는 강아지였나?

 "햇과일이래. 이 영지의 명물이라나 봐."

 "크리스털 체리네요. 살라니스령의 특산품이에요. 새콤달콤해서 맛있어요."

 유미나가 설명을 마치자 아이들의 시선이 내가 들고 있는 자루 쪽에 집중되었다. 어? 지금? 지금 먹자고?

 꽤 많이 들어 있으니 다 같이 먹을 만큼은 되겠지만……

 선물 주머니에 들어가 있던 상자 세 개를 꺼내 뚜껑을 열어 보니, 빨강, 노랑, 녹색의 세 가지 체리가 가득 들어가 있었다.

 하나 꺼내서 보니, 투명하고 반짝거리는 광택을 발했다. 마치 유리 세공품 같았다. 그래서 '크리스털 체리'구나.

 투명했고, 안에 씨앗은 없는 듯했다. 사탕 공예품 같아. 정말

예쁜걸? 보기만 해도 즐거워.

빨간색 체리를 입에 쏘옥 넣어 보았다. 오! 맛있어! 맛 자체는 내가 아는 체리와 크게 다르지 않았지만 이게 더 맛있게 느껴졌다.

옆에 있던 노란색 체리도 먹어 봤다. ……호오. 이건 이거대로 단맛이 강한걸? 이것도 맛있다. 어디 보자, 녹색은…….

"아빠만 먹다니 치사해! 나도 먹을래!"

"아버지, 나도 먹고 싶어."

"폐하, 폐하! 나도!"

맛있는 작은 보석을 맛보자, 린네, 요시노, 아리스가 불만을 토로해 나는 상자 세 개를 테이블 위에 내려놓았다.

우왓! 사방팔방에서 손을 뻗자 크리스털 체리가 빠르게 사라져 갔다.

"참 맛있습니다. 아주 고급스러운 단맛이 나는군요."

"과자에 사용할 수 있겠어요."

"어머, 어머니. 크리스털 체리를 사용한 과자라면 이미 있어요. 가격이 조금 높긴 하지만요."

아이들은 물론 어른들도 가세해 먹어서 그런지 순식간에 크리스털 체리가 사라져 버렸다. 그걸 본 오르트린데 공작이 자신의 크리스털 체리까지 테이블 위에 올려주었다.

"선물로 받은 물건인데 죄송해요……."

"하하하. 우리는 연말이 되면 살라니스 자작이 보내주니 괜

찮아. 신경 쓰지 말게."

이 세계에도 연말에 선물을 주고받는 관습이 있는 모양이다. 귀족끼리는 교제를 위한 여러 풍습이 있는 거겠지.

오르트린데 공작이 준 크리스털 체리도 금방 다 떨어졌다. 사람이 이렇게 많으니 어쩔 수 없나. 그래도 더 맛을 음미하면서 먹어 줘.

힐다가 크리스털 체리를 바라보면서 중얼거렸다.

"마도 열차가 더 자주 오가면 이 크리스털 체리를 브륀힐드에서도 먹을 수 있게 되는 걸까요?"

"유통 분야는 지금까지와는 달리 크게 변할 거야. 지금도 리프리스의 바다에서 잡은 물고기를 몇 시간 내에 벨파스트의 왕도에 전해 줄 수 있으니, 신선한 채로 왕도의 식탁에 오르겠지. 아직은 많이는 보낼 수 없으니 값이 비싸질지도 모르지만."

지금까지 바다가 없는 마을에서는 강에서 잡은 민물고기만을 먹어야 했다. 바닷물고기를 먹으려면 말린 보존식을 먹거나, 얼음 마법으로 얼린 물고기를 사야 하는데, 얼린 물고기는 그걸 유지하기 위한 인건비가 들어 비쌌다.

일반 가정에서도 살 수 있을 만큼 바로 유통되긴 어렵겠지만, 마도 열차의 운행 횟수가 늘어나면 조만간 가정에서도 사서 먹을 수 있게 되지 않을까?

그러려면 열차 운행표가 필요하고, 더 나아가 개인이 들고 다닐 수 있는 기계식 시계가 필요하다. 서방 대륙에는 회중시계와 비슷한 물건이 보급되어 있으니 거기에서 수입하면…….

"어? 저건…….”

시계에 관해 생각하는데, 창문 밖을 바라보던 옆의 유미나가 뭔가를 발견하고는 몸을 앞으로 내밀었다.

나도 유미나와 같은 곳으로 시선을 돌리고 뭐가 있는지 응시해 봤는데, 평원이 계속될 뿐 특별히 뭔가가 있지는……. 아니, 뭔가가 움직이고 있는 건가? 너무 멀어서 참깨 알갱이처럼 작게 보이지만.

"저건 마수일 거예요……. 뭔가를 뒤쫓고 있는 것 같은데요. 설마 사람이 쫓기고 있는 건 아니겠죠……?”

"대단한걸? 어떻게 저걸 발견한 거야? 어디 보자, 【롱센스】.”

장거리 저격이 가능한 유미나의 눈으로도 보기 힘든 먼 거리의 모습을 순식간에 확대했다. 참깨 알갱이처럼 보였던 뭔가가 눈앞을 가득 채웠다. 아, 정말 마수다. 거대한 코뿔소처럼 생겼다. 저건 라이노배시였던가? 길드의 마수 도감에서 본 적이 있다. 분명 빨간색 랭크인 마수였다.

아주 큰 마수네. 그런데 왜 저렇게 폭주하고 있을까? 어…….

"아, 마차를 뒤쫓고 있어. 금방이라도 따라잡히겠어.”

"네?! 도, 도와줘야 해요!”

유미나가 당황해서 벌떡 일어섰다. 응, 도와줘야지. 잠깐 갔다 올게. 일단 도중에 내려야겠네. 어차피 나중에 돌아올 거지만.

나는 일단 엔데에게 말을 해 두었다.

"엔데, 미안해. 무슨 일이 있으면 잘 부탁할게."

"그래그래. 알겠어."

"좋아. 그럼【텔레포……."

마수가 있는 곳으로 순간이동을 하려고 하는데, 작은 그림자 두 개가 태클하듯이 내 허리를 붙들었다.

"트】?!"

순식간에 나는 마수에게 쫓기고 있는 마차가 달리는 길로 전이했다. 정면에서는 마차와 그 마차를 뒤쫓는 라이노배시가 나를 향해 폭주하듯 달려오고 있었다.

그 앞에 선 내 허리를 붙들고 있는 사람은 린네와 아리스였다. 같이 전이해 온 건가?!

"얘들이……!"

"괜찮아! 맡겨둬, 아빠!"

"저건 우리가 해치울 테니까!"

"아니, 그런 말을 하는 게 아니라, 앗! 얘들이 정말?!"

미소 지으며 대답한 두 사람이 폭주하는 라이노배시를 향해 달려갔다. 참 나. 저 아이들은 너무 행동력이 좋아서 탈이야!

필사적인 얼굴의 마부가 조종하는 마차가 교차하듯이 우리의 옆을 스쳐 지나갔다. 아무래도 행상인이 탄 마차인 듯했다. 마차에 쌓아둔 식량을 보고 라이노배시가 이끌렸던 거겠지.

"간다~!"

린네가 돌진하는 라이노배시를 정면에서 막아냈다. 정면 승부냐?!

하지만 체중이 가벼운 린네는 라이노배시의 돌진을 막아내지 못하고 좌아아아악, 하는 소리를 내며 뒤쪽으로 계속 밀렸다.

"【그라비티】!"

〈크오오?!〉

쿠웅! 라이노배시가 네 다리의 무릎을 굽혔다. 가중 마법의 무게로 인해 움직이지 못하게 된 듯했다. 그런데도 라이노배시는 어떻게든 일어서려고 몸부림을 쳤다.

그때 린네의 머리를 뛰어넘어 아리스가 라이노배시의 머리 위로 뛰쳐나왔다.

"【프리즈마 로즈】!"

아리스의 오른손 소매에서 수정 가시나무가 튀어나와 커다란 손도끼의 모양으로 변했다.

공중에서 크게 팔을 들어 올린 아리스가 눈 아래에서 움직이지 못하고 있는 라이노배시를 향해 힘차게 손도끼를 휘둘렀다.

"【프리즈마 길로틴】!"

〈꾸웩?!〉

라이노배시의 목에 그야말로 길로틴이 떨어진 것처럼 멋지게 손도끼가 적중했다. 동시에 몸부림을 치던 라이노배시가 더는 움직이지 않게 되었다.

"해냈어, 아리스!"

"해냈어, 린네!"

와아~! 두 사람은 하이파이브하며 그 자리에서 빙글빙글 돌았다.

린네가 웃으며 돌아보더니 나한테 달려왔다.

"소재에도 흠이 없어! 이거면 길드도 문제없이 사 주겠지, 아빠?"

"응…… 그러네. 아주 잘했어."

라이노배시의 가죽은 정말 좋은 갑옷의 소재가 될 듯했다. 잡는 방식으로는 최상급에 가까웠다. 하나도 베지 않고 잡는 게 제일 좋겠지만, 이렇게 잡아도 충분하고 남을 만큼 소재를 얻을 수 있을 것이다. 길드에 가지고 가면 비싼 값에 매입해 주겠지. 그런 점은 칭찬해 줘야지. 그럼, 그런 점은.

【스토리지】로 라이노배시 사체를 회수했다. 라이노배시에게 쫓겼던 마차는 곧장 도망쳐 버린 모양이었다. 상관없나. 우리도 얼른 열차로 돌아가 볼까.

달리는 열차로는 【텔레포트】로 돌아가기 힘들어서 (좌표가 이동하니까) 【게이트】를 열어 가기로 했다.

"【게이트】."

열린 전이문을 지나 우리는 원래 타고 있던 객차 안으로 무사히 귀환했다.

"수고하셨습니다."

"난 아무것도 안 했지만."

수고했다고 말을 걸어 주는 유미나를 보고 나는 쓴웃음을 지으며 대답했다. 이 열차 안에서 상황을 제대로 파악한 사람은 유미나 혼자가 아닐까?

"재미있었어~!"

"즐거웠지?"

그렇듯 태평하게 말을 하는 린네와 아리스의 등 뒤에서 천천히 그림자 두 개가 다가왔다.

"재미있었다고……? 린네, 잠깐 이쪽으로 와 줄 수, 있을까?"

"아리스……? 아빠랑 조~금만 얘기해 볼까?"

""아, 으윽…….""

린제와 엔데가 린네와 아리스의 목덜미를 붙잡고 연행해 갔다. 두 사람은 조금 혼나야 해.

나는 모른 척하며 유미나가 건네준 차를 들이켰다.

다음 역에 도착할 때까지 린제와 엔데의 설교가 길게 계속돼, 무릎을 꿇고 있던 린네와 아리스는 다리가 저리고 만 모양이다. 이건 자업자득이니 어쩔 수 없는 일이야.

살라니아 역 다음은 란스로령, 란스렛 역. 란스로 변경백이 다스리는 벨파스트 왕국의 마지막 역이다. 다음 역은 리프리스 황국령이다.

앞선 두 개의 역에서처럼 란스로 변경백에게 환대를 받고 선물까지 받았다. 객실로 돌아가자마자 아이들이 뭘 받았냐고 물어보듯이 몰려들었지만, 받은 선물이 형형색색의 다양한 직물이란 걸 알자 노골적으로 실망한 기색을 보였다.

흥미를 보인 사람은 린제와 에르나뿐으로, 집에 가서 이 원단으로 옷을 만들자며 즐겁게 대화를 나눴다.

"오오, 터널이구먼!"

스우의 말이 끝나기가 무섭게 열차 안이 어둑어둑해지며 천장에 달아 놓은 마광석의 불빛만이 밝게 빛났다.

터널에 들어왔기 때문이다. 창문 밖은 새카만 어둠이고, 창문은 거울처럼 우리를 비췄다. 때때로 터널 내부에 설치해 놓은 마광석의 반짝임이 유성처럼 우리의 눈앞을 지나갔다.

"귀가 압박되는 듯한 느낌이 드는군요."

야에가 귀를 가볍게 누르면서 중얼거렸다. 기압의 변화로 고막이 압박을 받나 보네.

이 터널은 꽤 길다. 어떻게 아냐고? 내가 팠으니까.

벨파스트 왕국과 리프리스 황국에 걸친 슬로니시아 산맥은 우회하기보다는 뚫고 나가야 훨씬 더 가깝다.

그래서 내가 흙 마법으로 굴착을 하고 【스톤월】을 만드는 요령으로 터널을 고정했다. 거리는 길이가 53킬로미터 정도 되는 세이칸 터널 정도가 아닐까? 많이 강화해서 만들었으니 몇천 년은 버티지 않을까 한다.

내가 도와준 일은 그 정도로, 땅을 정돈하고 레일을 깔고, 터널 내의 마광석을 설치하는 일은 두 나라에 맡겼다. 물론 난 일한 만큼 철저히 돈을 받았다.

"컴컴해서 시시해."

프레이가 어둠 속에서 흘러가는 마광석의 빛밖에 안 보이는 차창을 바라보면서 그렇게 중얼거렸다.

이것만큼은 어쩔 수 없다. 터널 안이고 속도도 줄이니 대략 20분 정도는 이 상태가 유지된다.

유미나가 흘러가는 지하의 풍경을 바라보며 나에게 물었다.

"이 세계에 '지하철'은 만들 수 있을까요?"

"만들 수야 있겠지만 상당한 인건비와 건설비가 들 거야. 지반 침하도 걱정이고."

이미 완성된 도시에 열차를 달리게 할 경우, 지상의 건축물에 영향을 주지 않고 노선을 건설할 수 있다는 게 지하철의 장점이다. 그러나 당연히 지상과는 달리 엄청나게 손이 많이 간다.

흙 마법을 사용한다고 해도 일반적인 마법사의 마력으로는 얼마나 많은 사람이 필요할지 짐작도 가지 않는다. 거기다 참가하는 마법사들의 안전을 확보하는 데도 비용이 든다.

지구에서도 지하철 1킬로미터를 건설하는 데 150억에서 300억 엔이 든다고 들은 적이 있다. 아무래도 지구든 이세계든 지하철 사업에는 거금이 필요한 모양이다.

솔직히 말하자면, 나 혼자서 일한다면 브뤼힐드에는 지하철을 만들 수 있을 것이다. 그런데 그런 일은 재상인 코사카 씨가 못 하게 말린다.

나 혼자 해서는 국가 사업이라 할 수 없다면서. 내가 국민의 일자리를 빼앗는 셈이 되니까. 그러니 예산과 일손이 갖춰질 때까지, 브뤼힐드의 지하철 사업은 한참 뒤로 미뤄둬야 할 듯했다.

어? 터널 끝에 빛이……. 출구인가?

"바다다!"

긴 터널을 빠져나가자마자 아이들의 목소리와 함께 처음으로 눈에 들어온 광경은 멀리 보이는 수평선이었다. 벨파스트와 리프리스 사이에 있는 내해였다.

태양 빛이 반사되어 바다가 푸르게 반짝거렸다. 가끔 하나둘씩 해변가의 마을이 보이기도 했다.

터널을 빠져나가니 절경이 펼쳐졌다.

"조만간 다 같이 해수욕을 하러 가도 좋겠어요."

"갈래~! 모두 다 모이면 해수욕하러 가자!"

"어머, 좋은걸? 바다라니, 오랜만이야."

힐다가 조용히 중얼거린 한마디를 듣고 린네와 쿤이 반응했다. 다 같이 바다라. 그것도 괜찮을지 모르겠어. 던전섬으로 가면 바로 바다이기도 하니까.

그런데 아이들이 모두 모이려면 얼마나 더 있어야 할지. 1년까지 걸리진 않겠지. 적어도 야에의 딸인 야쿠모는 이미 와 있는 상태니까.

"야쿠모는 어디에 있을지……. 참. 이제 그만 돌아와 줬으면 좋겠어."

【게이트】를 사용할 줄 아니 언제든지 돌아올 수 있을 텐데. 아니지. 그렇기에 더 돌아오지 않는 건지도 모른다.

"정말로…… 부모에게 걱정을 끼치다니 나쁜 아이입니다. 조금 벌을 줘야 하나……."

야에가 중얼거리는 소리를 듣고 아이들이 모두 엉덩이를 가리며 시선을 회피했다. 아하. 다들 야에한테 엉덩이를 맞아본 적이 있구나? 야에는 도가 지나쳤던 박사의 엉덩이를 때린 적도 있으니.

"야쿠모도 그렇지만, 쿠온이라는 아들도 오는 중에 나쁜 사람들에게 속지나 않았을지 걱정이 됩니다……."

야쿠모 외에도 두 명 더, 유미나와 스우의 아들딸이 아직 오지 않았다. 정말 걱정되긴 하네.

생각에 잠긴 야에의 말을 듣고 근처에 있던 아리스가 깔깔 웃었다.

"쿠온이 속아 넘어가? 아하하, 그럴 리가. 절대 그럴 리 없어. 쿠온의 마안이라면 착한 사람이랑 나쁜 사람을 구별할 수 있고, 그런 '와아악~?!' 우웁?!"

아이들이 일제히 아리스의 입을 막았다. ……아가씨? 지금 뭐라고 하셨나요?

마안? 착한 사람과 나쁜 사람을 구별해? 그 말은…….

내 옆에 있던 유미나가 천천히 일어서더니, 눈을 전혀 깜빡이지 않은 채 아리스에게로 성큼성큼 다가갔다.

모세가 바다를 가르는 것처럼 아리스의 입을 막고 있던 아이들이 좌우로 갈라졌다.

"아리스?"

"넵."

유미나가 어깨를 꽉 붙잡자 아리스가 어색하게 웃었다. 엔데가 다가가 막으려고 했지만, 째릿! 하는 의태어가 보일 듯한 유미나의 날카로운 눈빛에 움직임을 멈췄다. 본능적으로 위험을 감지한 모양이었다. 엔데 아빠, 잠시 물러나 있는 게 좋아.

"즉, 그런 말이군요?"

"네에……."

한 마디, 한 마디 확인하듯이 유미나가 묻자 아리스가 고개를 계속 끄덕였다.

그런 말이란, 그런 말인 거지……?

"음. 토야의 아들은 유미나 언니의 아이였는가. 아쉽구먼."

"해, 해냈어요!"

스우가 조금 뾰로통해져서 중얼거리는 말을 들은 유미나가 양 주먹을 위로 들어 올리며 기쁨을 표현했다.

아들은 유미나의 아이로 마안을 소유했구나.

"아~아. 들켰잖아."

"아리스는 깜빡할 때가 많아 탈이야."

"으으으……. 쿠온에 관한 일이라 무심코……."

프레이와 요시노가 한숨을 내쉬면서 아리스를 바라보았다. 우리로서는 오히려 고마운 일이지만. 아리스가 무심코 한 말 덕에 몇 번이나 도움을 받았는지 모른다.

"토야 오빠! 아들이에요! 우리의 아들! 브륀힐드의 후계자예요!"

"알았어. 알았으니 진정해."

"어떻게 진정을 하겠어요! 유미나는, 유미나는 해냈어요! 아아, 너무 기뻐!"

실제로는 아직 태어나지도 않았지만 유미나의 기분이 하늘을 찔렀다.

대외적으로 유미나는 제1 왕비다. 나는 서열을 신경 쓰지 않지만, 유미나는 후계자를 낳아야 한다는 압박감이 있었던 건지도 모른다.

"그런데 쿠온은 마안을 소유했구나. 유미나랑 똑같은 마안이라면 남들에게 속아 넘어가는 일은 없는 건가?"

"정확하게는 똑같은 마안은 아니지만…… 남에게 속아 넘어갈 걱정은 안 해도 될 거예요."

내 의문에 쿤이 대답해 주었다. 똑같은 마안은 아니라고? 그게 무슨 말이지? 비슷하지만 다른 마안이라는 말일까?

"그건 차츰차츰……. 쿠온이 오면 알게 될 일이니까요."

"그건 그러네……."

음. 아리스처럼 무심코 말을 꺼내길 기대할 순 없을 듯했다. 어차피 거기까지 추궁할 필요는 없나.

"그렇다면 나의 아이는 딸인 겐가? 음, 그것도 좋지. 틀림없이 귀여울 테니."

자동으로 딸이란 사실을 알게 된 스우였지만, 특별히 실망하는 기색도 없이 기뻐하는 유미나를 바라보았다. 스우와 나의 딸……. 아직은 손도 안 댄 상태인데.

그런데 쿠온이랑 스우의 딸 중에 누가 더 위지?

"스우의 딸이 제일 막냇동생이야?"

"어~. 그건, 그러니까."

"……그런가 보네."

내 의문을 에르제가 옆에 있던 에르나에게 직접 물어보니, 알기 쉬운 반응이 되돌아왔다. 에르나는 솔직하니까.

그러면 쿠온은 누나가 일곱 명이고 여동생이 한 명인 건가. ……기를 펴기가 힘들겠는걸?

내가 아직 보지도 못한 아들을 동정하는데, 옆에서 갑자기 목소리가 들려왔다.

"저……. 아까부터 무슨 이야기지? 스우의 딸이라니 무슨 말이야?"

오르트린데 공작이 멍한 표정을 지으며 나를 바라보았다.

……아뿔싸.

"미, 미래에서 온 토야의 아이? 이 아이들 모두가?"

"아리스만 빼고요. 이 아이는 엔데의 딸이에요."

깊게 고민을 한 끝에 오르트린데 공작과 아내인 에렌 씨에게
는 솔직히 말하기로 했다. 어차피 스우의 아이가 오면 이야기
할 생각이었기도 하니까. 오기도 전에 들킬 줄은 생각도 못 했
지만.

"닮긴 닮았군……. 공비 여러분들과 똑같아. 정말로 미래에
서 온 건가……."

아이들은【미라주】가 부여된 브로치를 떼어내고 원래의 모
습을 보여주었다. 각자 어머니들과 나란히 서니 외모가 똑같
아 일목요연했다. 이보다 더 알기 쉬운 증거는 없다.

"이상하다고는 생각했네. 아무리 친척이라고는 해도 아빠
라고 부르다니 이상하니까."

아무래도 공작도 어렴풋이 어떤 비밀이 있지 않을까 하고 눈
치는 채고 있었던 모양이었다. 보통 이상하다고 생각하는 게

당연하지. 역시 아빠라고 부르게 두면 문제가 생길 수밖에 없었나…….

"그, 그런데 스우의 딸은 어디 있지?"

"그게 말이네, 아버지. 야에의 딸과 유미나 언니의 아들, 그리고 내 딸까지 세 명은 아직 브륀힐드에 오지 않았으이. 이 세계에 오긴 온 모양이지만."

"뭐라고?! 그, 그래도 괜찮은 건가?!"

스우의 설명을 듣자 오르트린데 공작과 에렌 씨가 당황하기 시작했다. 에렌 씨의 품에서 잠들어 있던 에드도 그 모습을 보고 놀랐는지 칭얼거렸다.

"네, 그건 염려하지 않으셔도 돼요. 우리의 아이들은 모두 금색이나 은색 랭크의 모험자라고 하니까요."

"뭐?! ……스우의 딸은 몇 살이지?"

공작의 질문에 스우는 아리스를 돌아보았다.

"아리스. 내 딸은 몇 살인가?"

"응? 스테프는 나보다 한 살 어리니 다섯 살이야."

"호오. 내 딸은 스테프였구먼."

"앗?!"

다급히 입을 막는 아리스. 아이들은 한심하다는 듯한 시선을 아리스에게 보냈고, 엔데도 딸의 머리를 안타깝다는 듯이 쓰다듬어 주었다. 이렇게까지 무심코 발설할 수가 있는 건가. 덕분에 많은 도움이 되긴 하지만.

"스테프라면 애칭인 겐가? 이름은 스테파니?"

"악~! 이제 말 안 해!"

홱. 아리스가 시선을 돌렸다. 이런.

"스테파니아예요, 아버지."

삐친 아리스를 보고 쓴웃음을 지으며 아시아가 알려주었다. 스테파니아구나. 줄여서 스테프였어.

"아무리 금색, 은색 랭크의 실력을 지녔다지만 불과 다섯 살짜리 여자아이가 아닌가? 저, 정말 괜찮을까?"

"괜찮아. 스테프는 우리 남매 중에서 제일 방어에 특화된 아이거든. 상대가 누구든 건드릴 수조차 없어."

오르트린데 공작이 불안한 목소리로 묻자 프레이가 깔깔 웃으며 말했다.

방어에 특화? 【실드】는 린네가 사용했었지? 그렇다면 혹시……

"【프리즌】인가."

"맞아."

【프리즌】은 지정하면 자신의 의지와는 관계없이 방어벽을 펼친다. 잠을 자는 중에도 몸을 지킬 수 있다. 그렇다면 정말 방어에 특화했다고 할 수 있겠는걸? 방어 조건도 세세히 지정할 수 있고.

"그리고 그 아이는 【액셀】도 사용할 수 있으니 도망칠 때도 아주 빨라."

"【액셀】까지 쓸 수 있어……?"

완벽한 방어에 신속한 이동력. 엄청난 다섯 살 아이네.

"단, 그 아이는【액셀】을 도망치기 위해서 쓰진 않지?"

"꼭 '스테프 로켓'을 써."

쿤과 린네가 불길한 소리를 했다. '스테프 로켓'이라니 그게 뭔데?!

"스테프의 필살기.【프리즌】을 몸에 두르고【액셀】로 머리부터 돌진해."

"한마디로 몸통 박치기."

에르나와 요시노가 내 의문에 대답해 주었다. 엄청난 기술을……. 그러고 보니 스우도 자주 나한테 태클을 걸었어. '모전여전'이라는 건가?

오르트린데 부부는 아이들의 설명을 듣고 복잡한 표정을 지었다. 아직 만나 본 적도 없는 손녀의 그런 이야기를 듣고 기뻐해야 하는 건지 슬퍼해야 하는 건지, 잘 모르겠다는 표정이었다.

"이 이야기를 형님에게는 했나?"

"아직 안 했습니다. 원래 아이들이 오면 소개할 생각이었거든요. 레굴루스나 레스티아, 맞다 제노아스에도 말했던가? 그분들께는 말을 했지만요."

"역시 실제로 만나 보지 않아선 믿기 어렵겠어. 나도 아직 반신반의할 정도니까. 그런데 손녀 얘기를 들으니 안절부절못

하겠군."

"네, 저도 그래요. 스테프는 어떤 아이일까요. 스우를 닮아 활달한 아이일까요?"

공작에 이어 에렌 씨도 기대된다는 눈빛을 지으며 그렇게 말했다. 활달하지 않을까요? '스테프 로켓'을 쓸 정도니……. 아무래도 나의 막내딸은 상당한 말괄량이인 듯했다.

"일단 벨파스트의 국왕 폐하께는 비밀로 해 주세요. 유미나와 저의 아들…… 쿠온이 오면 저희가 설명하겠습니다."

"아하, 유미나의 아이가 후계자였던 건가. 왜 그리 기뻐했는지 이해가 되는군. 축하한다, 유미나."

"감사합니다, 숙부님!"

오르트린데 공작에게 축하의 말을 들은 유미나는 진심으로 기쁜 듯했다. 아직 만나지도 않았는데. 이런 상황에 쿠온이 정말로 나타나면 더 폭주하는 게 아닐까?

"그런데 제 아들은 어떤 아이인가요?! 멋진가요? 아니면 똑똑한가요? 여자아이한테는 친절한가요? 분명 부모님을 존중하는 착한 아이겠죠?"

"그건, 저어, 저어, 그러니까……."

"그만~! 에르나가 어쩔 줄 몰라 하잖아. 기쁜 마음은 알겠지만 조금 진정해."

유미나의 질문 공세에 딸인 에르나가 정신을 차리지 못하자 에르제가 중간에 끼어들었다.

"자자, 그건 만났을 때를 위해 남겨 두자. 먼저 알아 버리면 고정관념이 생기잖아."

"으……. 어서 만나고 싶어요."

삐친 유미나를 달래면서 여전히 기다릴 수밖에 없는 자신의 상황을 아쉬워했다. 요시노가 온 지 꽤 시간이 지났으니 이제는 와도 이상하지 않을 시점인데.

야쿠모야 아직 올 생각이 없는지도 모르지만. 이제 얼굴을 비치지 않으면 엄마가 한계에 달할지도 몰라. 직접 말하자면 엉덩이를 맞게 될지도 몰라.

아무래도 딸이 혼나는 모습을 보고 싶지는 않으니, 나는 쿠온이나 스테프보다도 야쿠모의 귀환을 간절히 바랐다.

칼을 휘둘러 칼날에 달라붙은 피를 날린다. 자동적으로 【클린】이 적용되는 자신의 애도(愛刀)를 야쿠모는 칼집에 집어넣었다.

"아가씨, 정말 강하구먼. 도적단을 혼자서 섬멸할 줄이야. 이것 참, 믿기가 힘들어."

프로페서
교수는 주변에 쓰러져 있는 남자들을 보고 감탄하며 숨을 내쉬었다.

갈디오 제국에서 배를 타고 아이젠가르드에 발을 내디딘 두 사람이었지만, 폐허가 된 아이젠가르드의 옛 수도 아이젠부르크로 가고 싶어도 교통수단이 없었다.

결국 걸어서 가기로 했는데, 가는 도중에 갑자기 도적에게 습격을 받았다.

나라가 붕괴되어 폐허가 된 아이젠가르드에서는 이런 무법자들이 자주 출몰했다.

단속하는 사람이 없어 자연히 신분에 문제가 있는 자들이 모여들어 폐허를 근거지로 삼은 듯했다.

야쿠모와 교수를 습격한 도적들은 50명 정도. 그 대부분을 야쿠모 혼자 해치웠다.

"참으로 묘하옵…… 묘하군요. 이자들은 아무래도 정신이 온전치 못해 보였습니다. 이해할 수 없는 말까지 쏟아낼 정도였고요. 어쩌면……."

야쿠모는 쓰러진 남자의 품을 뒤지다 낡은 지갑을 발견해 꺼내 보았다. 그걸 보고 교수는 뭐라 형용하기 힘든 표정을 지었다.

"아가씨. 도적의 지갑을 빼앗다니 그건 좀……. 그렇게 돈이 궁했는가. 나한테 말을 하면 조금은……."

"아, 아닙니다!! 돈이 필요해 지갑을 꺼낸 건 절대 아닙니다!!"

당황해 해명하는 야쿠모. 잠시 후, 야쿠모는 지갑에서 자신이 짐작했던 물건을 발견하고는 "역시나." 하고 작게 중얼거렸다.

"응? 그게 뭔가? 약인가?"

야쿠모가 지갑에서 꺼낸 작은 약 봉투. 열어 보니 안에는 황금 가루가 조금 들어가 있었다.

"사금인가? 아니, 사금이라기엔 색이 조금 탁하군……."

"이건 성목(聖木)의 나뭇가지를 갈아서 만든 약이라고 속이며 세상에 퍼뜨리고 있는 마약이옵…… 마약입니다. 이걸 섭취하면 점점 감정을 억제할 수 없어져 본능적으로 날뛰며 공격적인 인격으로 변합니다. 그리고 마지막엔 죽음에 이르죠."

"뭐라……?! 그런 물건이 나돌고 있단 말인가……!"

조금 전에 습격했던 이 도적들은 어딘가 눈의 초점이 맞지 않았고, 또 의미를 알 수 없는 말을 했었다.

아무리 봐도 정신 상태가 정상이 아니었다. 이미 머리와 몸이 약에 침범당해 말기 상태였던 모양이다.

"아이젠가르드에는 금화병(金花病)이 퍼졌었으니까요. 이런 사기나 마찬가지인 약을 찾는 사람도 많을 겁니다."

"음……. 나라는 대체 뭘 하는 거냐고 말하고 싶지만, 여긴 그 나라가 없으니……."

교수가 얼굴을 찡그렸다.
^{프로페서}

야쿠모가 만났던 그 잠수복을 입은 남자는 자신을 '사신의 사

도’ 라 칭했다. 이 약은 역시나 그자들과 관련이 있어 보였다.

마약은 아이젠가르드를 중심으로 퍼지고 있다. 그 주변국인 라제 무왕국, 갈디오 제국, 스트레인 왕국, 올펜 용봉국에도 마수가 뻗어가고 있는 듯했다.

대규모 조직으로 발전했을지도 모른다. 이렇게 커져선 이제 야쿠모 혼자서 어떻게 해 볼 수 없다. 야쿠모도 그건 이미 알고 있었다.

알고 있긴 했지만, 선물이 될 만한 정보를 하나라도 얻지 않아선 도무지 돌아갈 수 없는 상황까지 오고 말았다.

“아이젠부르크는 이제 얼마 남지 않았습니다. 갈 수 있는 데까지 가 보지요. 돌아가는 거야 언제든지 가능하니까요.”

자신에게 말을 하듯이 그런 말을 하고 야쿠모는 다시 걷기 시작했다. 교수^{프로페서}에게는 【게이트】에 관해 말을 해 두었다. 목적지인 폐도(廢都) 아이젠부르크까지 갔다가 아무것도 없다면 【게이트】를 열어 돌아가면 그만이다. 브륀힐드로 갈지 다른 곳으로 갈지는 아직 결정하지 않았지만.

반나절 정도 걷자 커다란 크레이터의 흔적이 보였다. 부모님과 사신이 싸워서 생긴 흔적이겠지. 교수^{프로페서}가 그 크레이터를 바라보면서 감탄스럽다는 듯이 숨을 내쉬었다.

“이것 참 대단하군……. 대체 어떤 싸움을 해야 이런 게 생기는 거지?”

야쿠모는 그 싸움을 보지 못했다. 당연하다. 태어나기도 전에 벌어진 일이니까.

단, 격렬한 싸움이었다는 것만큼은 안다. 이 커다란 크레이터는 사신이 만들었다는 모양이지만.

크레이터를 지나니 폐허가 된 마을의 잔해가 많아졌다.

빈터가 된 중앙부와 무너진 건물투성이가 된 도시의 외곽부. 그 차이는 매우 심했다.

"무너진 벽이 널려 있으니 걷기가 힘들군."

"무너질지도 모르니 너무 높은 건물 근처에는 다가가지 마십시오."

일찍이 '공도 아이젠부르크'라 불린 강철의 도시다운 면모는 찾아볼 수 없었다. 이곳에는 이제 녹이 슨 철 덩어리들과 부서진 돌이 있을 뿐이었다.

가끔 건물에 깔린 고렘 등이 보였다. 인간의 주검이 잘 보이지 않는 이유는 사신과 싸우기도 전에 헤카톤케이르로 마공왕이 폭주를 한 적이 있어 그때 이미 주민 대부분은 피난했기 때문이겠지.

"음?"

"아가씨, 왜 그러나?"

"쉿……. 소리를 낮춰 주십시오."

앞서 걷던 야쿠모가 건물 그늘에 숨었다. 그러자 교수와 교수를 따르던 기사 모습의 군기병들도 그 뒤를 이어 건물 그늘에 숨었다.

"대체 무슨 일이…… 음? 저건……!"

야쿠모가 바라본 곳, 폐허가 된 산더미 같은 잔해 위에서 주변을 살피는 듯한 마물 하나가 있었다.

마물이라고 해도 될지는 알 수 없다. 박쥐 같은 날개와 긴 꼬리를 지녔고, 온몸은 검은 갑옷 같은 뭔가로 뒤덮은 존재. 머리에는 무시무시한 비틀린 두 개의 뿔이 뻗어 있었고, 얼굴은 매끈했는데, 마치 껍데기를 벗겨낸 삶은 달걀처럼 아무것도 없었다.

"악마일까요?"

악마란 소환 마법으로 불러낼 수 있는 마계의 존재를 말한다. 계급에 따라 강력함에 차이가 있는데, 당연히 상위로 갈수록 불러내려면 다양한 제약과 조건이 필요했다.

주변에 소환을 한 사람이 있을지도 모른다는 생각에 야쿠모는 주변을 주의 깊게 살폈지만 당장은 다른 자의 기척은 느껴지지 않았다.

이건 야쿠모의 직감이었지만, 저 악마에게서는 그다지 강한 기척이 느껴지진 않았다. 아무래도 하급 악마인 듯했다.

"악마라니? 나는 악마인가 하는 존재를 만난 적은 없네만, 날개가 아주 이상하군."

마공학이 발전한 서방 대륙 사람이었던 교수^{프로페서}는 당연히 소환 마법을 모른다. 그런 교수^{프로페서}도 이상하다고 단언하는 악마의 날개. 그건 기계 날개였다.

자세히 보니 팔꿈치 아래로도 기계인 듯했고, 무릎 아래의 다리도 기계적인 모양이었다.

악마와 고렘의 융합체라고 하면 될까.

야쿠모의 아버지가 이 자리에 있었다면 틀림없이 '사이보그냐?!' 라고 말을 했겠지.

사이보그 악마는 무언가에 만족했는지, 빙글 몸을 돌려 그 자리를 떠났다.

"교수님은 여기에 계십시오. 잠깐 뒤를 쫓아가 보겠습니다."

"그래. 조심하게."

몸을 낮추며 야쿠모가 건물의 그늘에서 뛰쳐나갔다. 야쿠모는 어릴 적부터 기척을 지우는 훈련을 받았다. 모국 첩보 기관의 대장인 츠바키가 직접 지도해 주었다.

폐허가 된 건물의 그늘에 숨으면서 앞서가는 기계가 섞인 악마의 뒤를 쫓았다.

이윽고 악마는 거의 다 무너져 가는 공장 시설 안으로 들어갔다. 유리는 부서지고, 철골은 녹이 슬어 있었지만 비교적 멀쩡한 건물이었다.

야쿠모는 그 폐공장의 뒤편으로 돌아갔다. 악마의 뒤를 곧장 뒤쫓아가서는 아무래도 들킬 염려가 컸기 때문이다.

야쿠모는 깨진 유리 창문으로 안을 슬쩍 들여다보았다. 천장의 뚫린 구멍에서 어둑어둑한 공장 안으로 빛이 비쳐 들어왔다.

"저건……!"

야쿠모는 공장 안 중앙부에 놓인 존재를 보고 눈을 크게 떴다. 공장 안에 수없이 붙어 있는 부적 같은 물건에도 눈길이 갔지만, 그보다도 중앙부에 놓인 '그것' 이 훨씬 시선을 끌었다.

그것은 마치 곤충인 개미처럼 보였다. 표면은 돌 같은 색으로, 얼핏 보면 석상처럼도 보였다. 군데군데 균열이 가 있어 겉보기에는 너덜너덜했다.

돌 개미는 커다란 금속 받침대 위에 떠 있었다. 여기서는 잘 보이지 않지만, 커다란 금속으로 만들어진 받침대에는 마법진 같은 문양이 새겨져 있는 듯했다. 그 효과 덕분일까?

"저건…… 혹시 변이종이라는 사신의 종이 아닐까……?"

야쿠모는 사신을 본 적도 없고, 그 종인 변이종에 관해서도 이야기를 들어본 게 전부다. 이럴 줄 알았으면 아버지에게 억지로라도 영상을 보여 달라고 할 걸 잘못했다고 후회했지만, 이제 와 후회해 봐야 소용없는 일이었다.

어머니에게 들었던 변이종의 특징과 일치했다. 사신을 잃자 색이 변해 저것과 비슷하게 돌처럼 변했다고 들었다.

그런데 설사 저게 변이종이라 해도, 저 악마들은 뭘 하고 있는 걸까. 이미 저 변이종은 죽었는지 꿈쩍도 하지 않았다. 단순한 석상처럼 보였다.

"음?"

폐공장 안에는 야쿠모가 뒤를 미행했던 악마 외에도 비슷한 악마가 몇 마리나 더 있었다. 그중에 딱 하나, 모습이 다른 자를 발견했다.

전체적인 복장은 야쿠모의 어머니 중 한 명인 린과 비슷했지만, 어딘가 요염함과 퇴폐적인 분위기가 떠돌았다. 코르셋으로 꽉 조인 허리는 가늘었고, 그만큼 넘칠 듯한 가슴이 강조되어 있었다. 얼굴의 위쪽 절반은 철로 만들어진 도미노 마스크를 쓰고 있어 표정은 정확히 알 수 없었다.

돌돌 말린 긴 빨간 머리카락은 대강 정돈되어 있었다. 짧은 스커트 아래로 보이는 다리는 검은 레이스의 스타킹으로 덮여 있었고, 스타킹은 가터벨트로 고정되어 있었다.

같은 여성인 야쿠모도 눈을 어디에 둬야 좋을지 알 수 없는 그런 모습이었다. 마치 창부 같은 분위기를 풍기는 여성이었다.

그러면서도 허리에는 모습과는 어울리지 않는 메이스를 달고 있었다. 살짝 오렌지색을 띠는 듯한데 단순한 착각인 걸까.

어딘지 모르게 전에 만났던 잠수복 남자와 분위기가 비슷했다. 야쿠모는 저 여자도 '사신의 사도'가 틀림없다고 생각했다.

"후……. 자, 성가시지만 일하자, 일."

철 가면을 쓴 여성은 허리에 찬 메이스를 들고 천천히 변이종을 내리쳤다. 가차 없는 일격이었다.

야쿠모는 돌로 된 변이종이 부서지지 않을까 예상했지만, 변이종은 부서지지 않았다. 눌려 찌부러졌다.

"으럇으럇으럇!"

여성은 리듬감 있게 변이종을 계속 때렸다. 마치 만들어 둔 점토 작품이 무너지듯이 변이종은 원래의 형태를 잃어 갔다.

상하좌우를 계속 때리자 변이종이었던 그 존재는 단순한 덩어리로 변했다. 게다가 얻어맞을 때마다 작아져 지금은 야구공 정도의 크기에 불과했다. 마치 외부의 힘에 압박을 받아 압축되어 버린 것만 같았다.

공중에 정지한 야구공 크기의 돌을 내려치는 메이스의 속도가 빨라졌다. 오렌지색 빛의 궤적이 폐공장 안을 비췄다.

그리고 그에 호응하듯이 회색이었던 야구공 크기의 돌이 점점 빛을 띠며 황금색으로 빛나기 시작했다.

"이영차!"

철 가면을 쓴 여성이 크게 들어 올려 힘껏 메이스를 휘두르자 카앙! 하는 큰 소리가 나더니 공은 소멸했다.

아니, 소멸하지는 않았다. 반짝거리는 가루가 되어 마법진이 그려진 받침대 위에 떨어졌다. 사금 같은 가루가 마법진 위에 흩뿌려졌다.

"어머나? 겨우 이 정도밖에 안 돼? 인디고 그 자식이 또 불평하겠네."

투덜거리는 철 가면을 쓴 여성을 무시한 채 악마들이 재빨리 작은 날개 빗자루를 이용해 가루를 모아들였다.

"저 가루……. 설마 저게 황금약의 재료인가? 변이종의 사체로 만들고 있었을 줄이야……."

군이 따지자면 만들었다기보다는 변이종의 사체에서 쥐어짜냈다는 표현이 더 맞을 듯했지만.

이미 물을 다 쥐어 짜낸 걸레를 더욱 강하게 쥐어짜 간신히 약간의 물을 얻어낸…… 그런 느낌이다.

조금 더 안을 자세히 보려고 야쿠모가 창틀에 손을 댄 순간, 녹이 슬어 너덜너덜해진 창틀이 갑자기 통째로 벽에서 떨어져 안쪽으로 쓰러지기 시작했다.

"————?!!!"

야쿠모가 소리 없는 비명을 지르며 반사적으로 손을 뻗었지만 소용없었다. 큰 소리를 내면서 창틀이 폐공장 안으로 쓰러져, 안에 있던 모두가 소리가 난 곳을 돌아보았다. 창틀도 창문도 사라져 상대는 야쿠모를 훤히 확인할 수 있었다.

야쿠모는 자신이 지금 굉장히 얼빠진 짓을 했다고 확신했다.

"……어머나? 누구일까?"

"이, 이름을 밝힐 정도의 사람은 아니다!"

수치심에 얼굴을 붉힌 야쿠모는 그렇게 외치는 게 고작이었다.

"이름을 밝힐 정도의 사람은 아니다라……. 아가씨의 이름이 뭐든 별로 흥미가 없어. 어차피 금방 사라질 테니까."

철 가면을 쓴 여성이 키득키득 웃자, 폐공장에 있던 반쯤 기계인 악마들이 야쿠모를 향해 달려들었다.

무너진 창문 밖에 있던 야쿠모는 몸을 돌려 폐공장에서 멀어졌다. 그런 야쿠모를 창문을 넘어 쫓아오는 악마들.

"음?!"

폐공장에서 조금 떨어진 곳에서 야쿠모가 발걸음을 멈췄다. 앞에서도 역시 악마들이 나타났기 때문이다.

〈끼긱!〉

기계가 삐걱거리는 듯한 소리를 내면서 앞에 있던 악마들이 발톱을 내뻗었다. 그리고 날카로운 칼날 같은 손톱을 들어 올리며 야쿠모를 습격했다.

"흐압!"

야쿠모가 자신의 칼을 빼냈다. 수정처럼 반짝이는 그 칼날은 스쳐 지나가며 악마의 몸을 두 개로 잘라내 버렸다.

하반신을 남긴 채 악마의 상반신이 지면에 떨어졌다. 아무래도 몸통은 생물인 듯, 푸른 피가 폐허가 된 땅을 적셨다.

쓰러진 동료들을 돌아보지도 않고 계속해서 습격해 오는 악마를 야쿠모는 비스듬하게 베어버렸다.

아버지인 토야의 마력이 담긴 이 정검(晶劍)은 차원이 다른 날카로움을 자랑한다. 같은 정재(晶材)를 사용한 무기가 아니면 막을 수 없다. 설사 기계로 강화된 악마라 하더라도 막기는 불가능하다.

……불가능했어야 하는데.

"?!"

등 뒤에서 내려친 메탈릭 오렌지색 메이스를 야쿠모는 정검으로 막았다.

"어머나? 이상하네. 내 '핼러윈'으로 쳐도 부서지지 않다니. 아주 튼튼한 검인걸?"

"……당신의 동료도 똑같은 말을 했었습니다."

어느새 뒤쫓아온 철 가면을 쓴 여성에게 야쿠모가 그런 말을 하며 메이스를 떨쳐냈다.

"동료? 누굴까?"

"푸른 손도끼를 지닌, 둥근 투구를 쓴 자입니다."

"아, 인디고구나. 와, 걔랑 싸웠어? 그럼 나하고도 놀아줘야겠는걸?!"

철 가면을 쓴 여성이 다시 메이스를 휘둘렀다. 간파하지 못할 정도의 속도는 아니었다. 야쿠모는 정검을 겨누며 정면에서 그 공격을 막아냈다.

"큭?!"

야쿠모의 팔이 비명을 질렀다. 조금 전과는 다른 묵직한 일격. 아까 그 공격은 최선을 다했던 게 아니었나?! 야쿠모는 그런 생각을 하며 다시 메이스를 뿌리쳤다.

"자자자, 왜 그러지?"

"크윽……!"

연속으로 자신을 향해 날아오는 메이스가 공격할 때마다 묵직해졌다. 이상했다. 이건 마치……!

야쿠모의 뇌리에 조금 전, 폐공장에서 본 찌부러진 변이종의 모습이 떠올랐다.

정면을 향해 날아오는 메이스를 이번에는 옆으로 굴러 피했다. 지면에 박힌 메이스는 돌이 깔린 바닥을 파괴하며 큰 구덩이를 만들었다.

"그 메이스······. 내려칠 때마다 무게가 가산되는 것이오······ 것이군요? 또는 무게를 순간적으로 바꿀 수 있다든가."

"어머나, 들켰나? 아가씨. 정말 너 누구야?"

철 가면을 쓴 여성이 탐색하듯이 빤히 바라보았다. 그리고 메탈릭 오렌지색으로 빛나는 메이스를 다시 야쿠모를 향해 겨눴다.

야쿠모가 그 메이스의 능력을 눈치챈 이유는 여동생의 공격법과 비슷했기 때문이었다. 단, 여동생 린네의 공격은 이것보다도 더 무거웠지만.

정신을 차려 보니 주변에는 반쯤 기계인 악마들이 가득 몰려들고 있었다. 이 많은 숫자와 눈앞의 철 가면을 쓴 여성을 동시에 상대하기는 제아무리 야쿠모라도 너무 힘들었다.

그렇다면 야쿠모가 취할 수 있는 행동은 하나.

"【게이트】."

발밑에 자신 혼자만 지날 수 있을 정도의 전이문을 열고 쏘옥, 지면에 떨어지듯이 그 자리를 떠났다. 분하지만 도망치는 것도 전략의 하나다. 전이하는 순간 놀라워 눈을 휘둥그렇게 뜬 철 가면을 쓴 여성을 보니 야쿠모는 조금 기분이 후련해졌다.

야쿠모가 전이한 장소에서는 교수가 심심하다는 듯이 주변을 살피고 있었다. 야쿠모가 공중에 나타난 전이문에서 지면으로 떨어져 내려와 착지했다.

"우와아앗?! 뭐, 뭔가. 아가씨였나?! 사람 놀라게 하지 말게!"

갑자기 눈앞에 떨어지듯 나타난 야쿠모를 보고 교수는 기겁할 만큼 놀랐다. 잔해에 다리가 걸려 넘어질 뻔한 교수를 기사 모습의 군기병들이 부축해 주었다.

"들켰습니다. 도망가시죠!"

"오, 오오. 그래, 알겠네!"

상황을 곧장 파악한 교수가 고개를 끄덕였다. 조금 전 야쿠모가 적에게 둘러싸인 장소에서 이곳까지는 그다지 멀지 않다. 이곳에도 곧 악마들이 들이닥치겠지.

〈끼긱!〉

그렇게 생각하는 사이에 정말로 악마들이 다가왔다. 박쥐 날개를 푸드덕거리면서 이쪽으로 날아왔다. 그 뒤에는 철 가면을 쓴 여성도 보였다.

도망쳐야 한다니 마음에 들지는 않지만 적지에서 무리할 필요는 없다. 자신 혼자라면 몰라도 일행인 교수도 있다. '힘들 때는 삼십육계 줄행랑이 제일이다.' 라는 아버지의 말(아니다)이었다. 나머지 삼십오계는 뭔지 모르지만.

"【게이트】!"

열린 전이문으로 교수를 뛰어들게 한 뒤, 교수의 일행인 군기병도 그 뒤를 따르게 했다.

놓치지 않겠다는 듯이 악마의 팔이 총알처럼 발사되어 쇠사슬과 함께 야쿠모를 습격했다.

정검을 옆으로 휘둘러 야쿠모는 간신히 쇠사슬이 달린 그 팔을 베어 버렸다.

하지만 다음 순간, 악마의 등 뒤에 있던 철 가면을 쓴 여성이 오렌지색으로 빛나는 메이스를 들어 올린 모습을 보고, 야쿠모는 뒷걸음질로 전이문 안을 향해 뛰어들었다.

전이문이 사라진 그 장소에 콰앙! 하고 커다랗게 땅이 울리더니, 보이지 않는 무언가가 떨어져 내렸다. 돌바닥이 움푹 꺼지며 수많은 균열이 발생했다.

"……놓쳤나. 아쉽네. 이제 인디고한테 혼나려나?"

철 가면을 쓴 여성, 탄제린은 한숨을 쉬며 우울하다는 듯이 중얼거렸다.

【게이트】로 전이한 뒷골목에서 큰길로 나왔다. 높은 시계탑이 있는 중앙 광장에서 뻗어 있는 그 큰길에서는 언덕 위에 세워진 성이 선명하게 보였다.

야쿠모가 태어났을 때부터 익숙한 성……. 정확하게는 집이었다.

그 성을 올려다보면서 야쿠모는 우울하다는 듯이 한숨을 내
쉬었다.

"돌아오고 말았어……."

순간적으로 제일 안전한 곳을 떠올렸는데 그게 좋은 일이었
는지 나쁜 일이었는지는 몰라도, 무의식적으로 야쿠모는 브
륀힐드로 전이해 버렸다. 전이한 곳은 여동생들과 자주 성을
빠져나올 때 사용했던 뒷골목이었다.

"오오, 여긴 브륀힐드구먼. 아가씨, 여기의 임금님과 나는
안면이 있으니 안전해."

"네. 저도 잘 알고 있습니다……."

기뻐하며 말을 하는 교수를 보니 야쿠모는 뭐라 형용할 수
없는 기분에 휩싸였다.

일단 사신의 사도에 관한 정보를 가지고 온다는 자신의 목적
은 달성했다. 이제는 망설이지 말고 이 시대의 아버지와 어머
니들을 만나러 가면 되지만, 계속 연락을 하지 않았던 몸이라
아무래도 주저할 수밖에 없었다.

꼬르륵……. 풀이 죽어서 그런지 배가 고팠다.

"그러고 보니 배가 고프군. 저 숙소에서는 식사도 가능하다
고 하니, 뭐라도 먹을까?"

"그러네요……. 윽! 아니요, 저기 말고 다른 데로 가죠. 저쪽
에 맛있는 가게가 있을 듯한 예감이 듭니다. 저쪽이요, 저쪽."

당황한 야쿠모가 교수를 쭉쭉 다른 방향으로 밀었다.

교수가 가리킨 숙소의 이름은 '은월'. 브륀힐드 왕가의 국영 가게다. 그래서 나라를 섬기는 기사들도 자주 찾는다. 안전한가만 따지면 이곳보다 안전한 가게는 없다.

그렇지만 지금의 야쿠모로서는 아버지 밑에서 일하는 사람과 마주쳐도 이상하지 않은 위험한 가게였다.

혹시 수배라도 되고 있다면, 누가 신고할 테고 그렇게 되면 아버지는 단숨에 날아온다. 그리고 어머니도……

여기까지 온 이상 도망칠 생각은 없지만, 조금만 더 마음을 정리할 시간이 필요했다.

그런데 허둥대다 보니 야쿠모는 눈치를 채지 못했다.

'은월' 가게 앞에 있던 고양이 몇 마리가 가만히 자신들을 바라보고 있다는 사실을.

그중 몇 마리가 야쿠모와 교수를 뒤쫓아가기 시작했고, 한 마리는 자신들의 보스에게 그 사실을 알리기 위해 성으로 가는 길로 달리기 시작했다.

한편 마도 열차에 탄 사람들은.

우리를 태운 마도 열차는 리프리스 황국의 첫 번째 역인 파리스톤 역에 정차했고, 여기서도 우리는 성대한 환영을 받았다. 지리적인 문제로 리프리스에서는 파리스톤 역 다음이 황도 베른이었다. 즉, 종점이다.

우리의 짧은 여행도 다음 역에 도착하면 끝난다. 전체적으로 열차 자체에는 문제가 없는 듯했다. 이 정도면 괜찮지 않을까?

앞으로는 리프리스, 벨파스트 내의 지방으로 노선이 확장되리라 생각한다. 이세계의 로컬선이라고 하면 될까.

그와는 별도로 레굴루스, 미스미드, 파나셰스 같은 이웃 나라로도 노선이 확장되어 사람들의 왕래와 화물의 유통이 활발해지겠지.

관광을 위해 여행하는 사람들도 늘어나겠지. 조만간 여행 회사가 생길지도 모르겠어.

종점에 도착하기가 아쉽다는 듯이 유미나가 창문 밖으로 보이는 경치를 바라보았다.

"아레피스에서 베른까지 다섯 시간 정도네요. 마차로 여행하면 며칠이나 걸린다는 게 거짓말 같아요."

"돈은 들지만, 그래도 안전은 보장되니 여유가 있는 사람들은 기차를 타게 될 거야."

마도 열차에 타면 도적에게 습격당할 걱정도 없어진다. 안전하게 목적지에 도착할 수 있게 된다. 화물 열차가 달리게 되면 대량의 짐을 옮길 수도 있게 된다.

앞으로는 마도 열차가 유통의 중심이 되지 않을까?

〈주인님.〉

"응? 코하쿠야?"

미래가 어떻게 변할지 전망을 그려보고 있는데, 성을 지키고 있던 코하쿠가 텔레파시로 말을 걸었다. 무슨 일이 있나?

"왜? 무슨 일 있어?"

〈네. 부하인 고양이가 알려온 일입니다만, 야에 님과 비슷한 소녀가 성 아래에 나타났다고 합니다.〉

"뭐?!"

무심코 크게 소리를 내자, 주변 사람들의 시선이 나에게로 쏠렸다. 옆에 있던 유미나가 눈을 깜빡이며 물었다.

"무, 무슨 일인가요. 토야 오빠?"

"아니……. 지금 코하쿠가 연락을 했는데, 성 아래에 야쿠모로 보이는 아이가 나타났대……."

"저, 정말입니까?!"

벌떡 자리에서 일어서는 야에. 주변 사람들도 대화를 딱 멈추고 우리를 바라보았다.

"코하쿠. 그 아이는 지금 어디 있어?"

〈장소는 알 수 없지만, 성으로 오고 있지는 않다고 합니다. 고양이들이 뒤를 쫓고 있으니 저는 지금 그곳으로 가고 있습니다만———.〉

성으로 오는 중이 아니라고? 돌아온 게 아닌가?

야에가 애가 탄다는 듯이 나에게 바짝 다가왔다.

"서, 서방님! 어서 잡으러 가야 합니다! 철저히 제압하지 않으면 도망칠지도 모릅니다!"

애가 참. 범죄자처럼 그렇게 말할 필요는 없잖아. 네 딸인걸.

그렇지만 야쿠모는【게이트】를 사용할 줄 안다. 놓칠 가능성도 없지는 않다.

"좋아.【게이트】로 코하쿠가 있는 곳으로 가자. 그리고 뒤를 쫓고 있는 고양이들과 연락해서——."

"자, 잠깐만 기다려 주게! 토야, 아니지. 공왕 폐하가 사라져선 곤란해! 베른에서는 리프리스 황왕 폐하도 기다리고 계시니까!"

서두르는 우리를 멈춰 세운 사람은 오르트린데 공작 각하였다.

맞아, 그 일이 있었어. 크게 심각하게 생각하진 않았지만, 사실 이건 공식적인 행사였다.

큭, 하필이면 이럴 때!

황왕 폐하 혼자라면 어떻게든 넘어갈 수도 있을지 모르지만, 이번엔 리프리스의 중신들도 온다. 초대를 받은 한 나라의 왕이 사라져선 아무래도 큰 문제다.

"이, 일단 야에 씨만이라도 브륀힐드로 보내주시면 어떤가요? 왕비라면 모두 모여 있지 않아도 큰 문제가 되진 않을 거예요……."

린제가 오르트린데 공작에게 머뭇거리며 말했다. 공작은 곰곰이 생각하더니.

"공왕 폐하가 있다면야…… 한 명 정도는 몸이 안 좋아서 참석하지 못한다고 변명해 넘어갈 수 있을지도…….'

"그럼 그렇게 하겠습니다! 서방님, 몸이 안 좋아 먼저 돌아가겠습니다!"

야에가 도저히 몸이 안 좋다고는 생각하기 힘든 똑똑한 말투로 그렇게 외쳤다.

으음. 나도 따라가고 싶지만 이 상황에서는 역시 힘든가.

"아버지, 나도 따라갈게. 이제 그만 야쿠모 언니를 잡아야 하니까.'

맏언니의 부재로 인한 차녀의 책임감 탓인지, 프레이가 그렇게 말하며 나섰다. 프레이가 야에랑 함께 가준다면 안심이려나?

"좋아. ……야에도 진정하고 냉정하게 행동해 줘."

"소인은 아주 냉정합니다. 냉정하고말고요."

안절부절, 허둥지둥 같은 의태어가 보이는 것 같은 모습으로 야에가 말했다. 괜찮겠지……?

코하쿠가 기다리는 브륀힐드 성문 앞으로 【게이트】를 열자 기다렸다는 듯이 야에가 빠르게 뛰어들었다. 그리고 프레이도 그 뒤를 따라 껑충 뛰어들었다.

"괜찮을까……?"

불안한 마음을 안은 채, 우리를 태운 열차는 리프리스의 황도, 베른을 향해 갔다.

◇　◇　◇

야쿠모는 교수[프로페서]와 헤어진 뒤, 브륀힐드 성 아랫마을을 어슬렁거렸다.

교수[프로페서]는 지인인 고렘 기사…… 에르카 기사라고 생각하지만, 그 사람에게 인사를 하러 간다며 성으로 가서 야쿠모와는 따로 행동하게 되었다.

원래는 같이 가야 하겠지만, 여기까지 와서 야쿠모는 성으로 갈까 말까 망설였다.

"역시 더는……. 이럴 줄 알았다면 어머니에게 허가를 받고 수행을 떠났어야 했나……."

크게 한숨을 내쉬면서 야쿠모는 마을을 정처 없이 걸었다. 과거의 마을이라고는 하지만 태어난 곳이라 잘 알고 있는 곳이었다. 길을 잃고 헤맬 염려는 없다.

자, 이제부터 어쩌면 좋을까. 다시 한숨을 내쉰 야쿠모의 앞을 가로막은 그림자 하나.

숙였던 고개를 들어보니, 그곳에는 익숙한 얼굴이 있었다.

자신이 알고 있는 얼굴보다는 젊지만 틀림없이 자신의 어머니인 야에였다.

"찾았습니다. 가출한 딸……!"

"아, 아니요. 어, 어머니. 저는 가출을 했던 적은…….”

무표정한 얼굴로 자신을 노려보는 야에를 보고, 야쿠모는 멈칫하며 한 걸음 뒤로 물러섰다.

어머니의 아무 말 없는 압력에 야쿠모는 주춤거렸다. 야쿠모는 금색 랭크 모험자가 되어 나름대로 강해졌다고 자부했지만, 어머니인 야에에게는 눈곱만큼도 이길 수 있을 것 같지가 않았다.

"대체 지금까지 어딜 그렇게 돌아다녔습니까……?"

"어, 어머니. 사실 이번 일에는 다 이유가…….”

야쿠모는 뱀 앞에 선 개구리처럼 꼼짝을 하지 못했다. 어머니의 분노가 이렇게 큰가 싶어 발이 떨어지지 않았다.

순간 【게이트】로 도망칠까도 생각했지만, 그런 짓을 하면 불에 기름을 붓는 꼴이었다.

이렇게 된 이상 각오를 다지고 어머니의 분노를 받아들일 수밖에 없다. 야쿠모가 그렇게 생각하며 눈을 감았지만, 다음 순간, 야에는 야쿠모를 꼬옥 안아주었다.

"어? 어머니……?"

"바보 같기는……! 얼마나 걱정했는지 압니까……!"

금색 랭크 모험자라고는 해도 불과 열한 살인 딸이 혼자서

다른 나라를 여행했으니 걱정을 하지 말라고 해도 걱정을 안 할 수 없는 일이었다.

야에는 어머니로서 야쿠모와 함께 지낸 기억은 없지만, 꼬옥 안은 이 사람이 자신의 딸이라는 사실을, 소중한 존재라는 사실을 확인할 수 있었다.

"겨우 만났군요……."

"어머니……. 저, 정말, 죄, 죄송합니……."

"쿠후후. 야쿠모 언니도 참 쑥스러워하긴."

"아니?! 프, 프레이?!"

야에의 등 뒤에서 빼꼼 나타난 사람은 바로 아래의 여동생인 프레이였다. 발밑에는 아버지의 소환수인 코하쿠도 있었다.

야쿠모는 부끄러운 마음에 어머니에게 안겨 있는 모습을 여동생에게 보여주고 싶지 않았다.

야쿠모는 버둥대면서 떨어지려 했지만, 야에는 그런 야쿠모를 꼭 안고 놓아 주지 않았다.

"어, 어머니! 이젠 그만 놓아주……!"

"……가족들에게 걱정을 끼치고, 야쿠모는 나쁜 아이군요."

"네?"

갑자기 야에의 말투가 바뀌자 야쿠모의 얼굴이 살짝 어두워졌다. 자신을 안고 있는 야에의 팔에 힘이 더 크게 들어가 야쿠모는 더욱 옴짝달싹할 수 없었다.

"저어, 어머니? 힘이 너무 강하지 않으신지……! 아야야야!"

"······나쁜 아이에게는 벌을 내려 줘야겠지요?"

어머니의 낮은 목소리를 듣고 야쿠모는 핏기가 가시는 느낌을 받았다. 이 목소리는 어릴 적에 자주 들어본 적이 있다.

약속 시각까지 성에 돌아오지 않았을 때.

거짓말을 해서 실수한 사실을 속이려고 했을 때.

떼를 쓰며 성안 사람들을 곤란하게 만들었을 때.

그럴 때마다 받는 벌은 항상 똑같았다.

"싫어어!! 어, 어머니!! 제발 그것만큼은! 그것만큼은!!!!!"

야쿠모가 몸부림치며 야에의 품 안에서 더욱 버둥거렸다. 하지만 딸을 꽉 붙든 야에의 팔은 꿈쩍도 하지 않았다.

"프, 프레이! 살려 줘!"

언니의 위엄도 버리고 야쿠모는 바로 아래의 여동생에게 도움을 요청했다.

눈물을 글썽이는 언니를 보고 생긋 미소 짓는 프레이.

"야쿠모 언니. 포기할 줄도 알아야 해."

"싫어어어어어어어어?!"

"자, 성으로 돌아갈까요? 벌은 그 뒤에 잔뜩······."

"으아악?! 아버지! 도와주세요!"

결국에는 이곳에 없는 아버지에게까지 도움을 요청하는 야쿠모. 순간 코하쿠는 텔레파시로 이 사실을 주인에게 전해야 하나 생각도 했지만, 위압감과 함께 자신을 바라보는 야에의 미소를 보고는 생각을 고쳐먹었다. 코하쿠도 재앙은 피하고 싶었으니까.

번쩍 딸을 어깨에 둘러업은 야에는 즐겁게 성을 향해 걷기 시작했다.

야에의 어깨 위에서 그 딸은 절망감에 휩싸여 있었지만.

"흑, 흐윽~……."

"다들 어서 오십시오."

"으, 응……."

설레는 마음을 억누르며 리프리스에서 행사를 간신히 마친 우리는 곧장 【게이트】를 열어 브륀힐드로 돌아왔다.

거실에 들어온 우리가 보게 된 광경은, 생글거리며 우리를 맞이하는 야에와 소파에 엎드려 훌쩍이는 야쿠모로 보이는 소녀, 그리고 그 엉덩이에 얼음주머니를 대고 있는 프레이의 모습이었다.

아무래도 야쿠모는 엉덩이를 맞는 벌을 받은 듯했다. 야쿠모는 정말 엄격해…….

"대체 어떻게 된 거야……."

"가출한 딸에게 약간의 벌을 주었습니다."

야에의 대답을 듣고 '절대 약간은 아니잖아~~~'라고 작게 반론이 날아들었지만, 야에는 돌아보지도 않고 그냥 무시했다. 왜지? 미소가 무서워…….

"야쿠모."

"네, 네엡!"

야에가 부르자 깜짝 놀란 야쿠모는 비틀거리며 소파 위에서 무릎을 꿇었다. 맞은 엉덩이가 아픈지 조금 허리를 들고 있는 듯했다.

"여러분. 걱정을 끼쳐 드려 정말 죄송합니다…….."

무릎을 꿇은 채로 꾸벅 고개를 숙이는 야쿠모. 아냐아냐. 그렇게까지 할 필요는 없어!

엉덩이를 누르고 있던 야쿠모에게 내가 회복 마법을 걸어줬더니 통증이 사라진 듯, 야쿠모의 안색이 조금이나마 회복되었다.

"괜찮아?"

"후우……. 감사하옵…… 감사합니다, 아버지."

야쿠모는 부끄러운지 시선을 피하면서 감사의 인사를 했다.

다른 아이들과 마찬가지로 야쿠모도 어머니인 야에와 많이 닮았다. 착실해 보이는 아이다. 너무 착실한 나머지 조금 융통성이 부족해 보이는 타입처럼도 보였다.

여하튼 무사해 다행이다. 이것으로 일곱 명째. 이제 두 사람인가. 외동아들과 막내딸은 어느 하늘 아래 있는 건지.

▪ 제2장 숨겨진 엘프 마을

"으~음. 역시 힘든가."

성의 상공에 【플라이】로 떠올라 신력을 모은 뒤 【서치】를 발동해 봤지만, 도저히 세계 전역을 조사할 수는 없었다.

마력을 사용한 평범한 【서치】는 대기, 또는 대지나 바다 모두에 포함된 마소를 이용하기에 결계로 차단되지 않은 대부분의 장소를 조사할 수 있다.

한편 신력을 담은 【서치】는 결계로 감싸인 장소마저도 돌파해 검색할 수 있지만, 자신의 신기를 확장해 사용하기 때문에 광역 검색은 할 수 없다.

지금은 못 한다는 말일 뿐, 신격(神格)이 올라가면 가능해지기야 하겠지만.

야쿠모가 말하길 '사신의 사도'는 사람들을 폐인으로 만드는 약을 뿌려대며 뭔가를 꾸미고 있다는 모양이었다.

게다가 그 약의 재료는 변이종이라고 한다.

사신과 싸우면서 모두 소멸시켰다고 생각했는데, 일부는 소멸시키지 못했던 걸까? 또는 누군가가 의도적으로 숨겼다든가? 결계를 펼치면 【서치】를 막을 수 있으니까.

그래서 【서치】로 '사신의 사도'를 검색해 보려고 했지만 이렇게 실패한 참이다.

그 자식들이 빼앗아 간 '방주(아크)'도 찾을 수 없고. 프레이즈 때처럼 차원의 틈새에 숨어 있을지도 모른다.

뒤에서 몰래몰래……. 참 귀찮아. 정면으로 공격해 올 수는 없는 건가? 그러면 순식간에 해치울 텐데.

내가 성 위의 상공에 둥실둥실 떠서 그런 생각을 하는데, 아래에서 떠들썩한 소리가 들려왔다.

아래를 보니 기사단의 훈련장에서 야쿠모가 검을 휘두르고 있었다. 상대는 야에였다.

모녀 대결. 프레이 때랑 똑같네. 그러고 보니 린제도 린네랑 싸웠지……? 루랑 아시아도 요리 대결을 했었고. 우리 집 어머니들은 딸과 싸워야만 한다는 가훈이라도 있는 건가?

"코코노에 진명류 오의, 자전일섬(紫電一閃)!"

"코코노에 진명류 오의, 용아열참(龍牙烈斬)!"

두 개의 검이 번뜩이며 격돌했다. 사용하는 검은 목검이지만 저 목검은 튼튼하게 강화되어 있어 쉽게 부러지지 않는다.

……부러지지 않는데, 목검이 깎여 나가지 않았나? 대체 어떤 대결을 펼치고 있길래…….

조금 걱정이 되어 나는 훈련장으로 내려갔다.

이미 훈련장엔 사람들이 꽤 많이 모여 있었다. 기사단 사람들은 물론, 성에서 일하는 메이드나, 문관인 사람들도 열중해서 시합을 지켜봤다.

그중에 낯익은 사람이 있어 나는 말을 걸었다.

"오셨군요, 주타로 씨."

"아, 토야…… 아니, 공왕 폐하. 실례하고 있습니다."

훈련장의 한구석에서 두 사람의 싸움을 진지한 눈으로 바라보고 있던 사람은 야에의 오빠이자, 야쿠모의 삼촌인 코코노에 주타로 씨였다.

주타로 씨는 현재 무사 수행이라는 명목으로 브륀힐드에 머물고 있다. 약혼자인 아야네 씨랑 같이.

가끔 기사단 사람들 사이에 섞여서 훈련하기도 하고, 모로하 누나에게 지도를 받기도 한다.

덧붙이자면 주타로 씨와 야에의 부모님에게는 이미 야쿠모에 관해 이야기해 두었다. 다른 가족과 마찬가지로 깜짝 놀랐긴 했지만 의외로 순순히 받아들여 주었다.

"두 사람은 어떤가요?"

"뭐라고 하면 좋을까요. 야에에게 추월당하고, 그 딸에게도 추월당하니 강함이란 무엇인가 하는 생각이 절로 드는군요……."

약간 어깨를 늘어뜨리며 주타로 씨가 그렇게 말했다. 무슨 말씀을. 주타로 씨도 아주 강하시거든요? 원래 강했지만, 모로하 누나의 지도를 받아 더욱 강해진 듯했다. 우리 기사단 중에서도 주타로 씨에게 이길 수 있는 사람은 거의 없을 만큼. 이센에서라면 톱클래스의 실력 아닐까?

그런데도 야에나 힐다와는 차이가 크니 당사자는 그런 느낌이 안 들지도 모르지만.

"코코노에 진명류 오의, 봉추비렴(鳳雛飛廉)!"

"코코노에 진명류 오의, 비연열파(飛燕裂破)!"

다시 두 사람의 검이 맞부딪쳤다.

아래를 향해 휘두른 야쿠모의 목검이 아래에서 호를 그리며 휘두른 야에의 목검에 맞고 튕겨 나갔다.

"거기까지. 승자는 야에!"

심판을 보던 모로하 누나가 손을 들며 선언했다.

주변 사람들이 감탄을 내뱉으며 아낌없는 박수를 보냈다.

"흠. 상당한 수행을 쌓은 듯하군요."

"큭⋯⋯. 젊은 날의 어머니에게도 이길 수 없다니⋯⋯."

"나도 그런 생각 했어⋯⋯."

야쿠모의 중얼거리는 소리를 듣고 근처에서 보고 있던 프레이가 그 말에 동의했다.

그건 너희의 어머니가 신기(神器)인 결혼반지를 낀 덕에 종속신 수준이 되어 그런 거야. 평범한 사람들이 아니거든. 그런 존재와 정면으로 대결할 수 있는 너희도 평범하다고는 할 수 없지만.

"그럼 다음은 제가 상대하겠습니다. 괜찮을까요, 야쿠모?"

"아, 네에……. 살살 부탁드립니다……."

야쿠모 앞에 이번엔 목검을 든 힐다가 나타났다. 야에와 야쿠모의 싸움을 보고 몸이 근질거렸던 모양이었다.

야에에 이은 힐다와의 연전을 끝낸 야쿠모에겐 보스 캐릭터인 모로하 누나와의 대결이 기다리고 있었다. 미안, 이 아빠는 아무것도 해 줄 수가 없어…….

하다못해 시합이 다 끝나면 【리프레시】라도 걸어서 피로를 풀어 주자.

힘내라, 야쿠모.

"지, 쳤, 어~~~~."

주문을 마친 뒤, 야쿠모는 카페 '파렌트'의 테이블에 푹 엎드렸다.

테이블 두 개를 붙인 자리에는 어린 소녀들이 모여 있었다. 장녀인 야쿠모부터 일곱째인 린네까지. 플러스 아리스를 포함해 8명이다.

평소 여동생들 앞에서는 늠름한 모습을 유지하는 야쿠모였지만, 이번만큼은 그럴 수가 없었던 모양이었다.

쿤이 그 모습을 보고 키득키득 웃으면서 놀렸다.

"인기가 아주 많은걸요, 야쿠모 언니."

"이런 인기는 필요 없어……."

야쿠모는 그 뒤로 계속해서 기사단의 대결 요청을 받았는데, 그 모습을 보고 재미있겠다며 모로하 누나가 야쿠모 VS 기사단 전체라는 개인 대 집단 훈련을 시켜 버렸다.

"지금까지 마음대로 돌아다닌 벌이에요. 조금은 반성하세요."

"이제 잘 알았으니 제발 좀 봐줘……."

살짝 화를 내는 아시아에게 야쿠모가 작은 목소리로 그렇게 토로했다. 그 뒤로 몇 번이나 어머니들에게 똑같은 말을 들었는지 모른다.

"언니언니, 야쿠모 언니! '사신의 사도' 는 강했어?!"

"이겼어?! 아니면, 졌어?!"

풀이 죽어 있는 언니는 상관하지도 않고 린네와 아리스가 흥미진진한 듯 물었다.

쓴웃음을 지으면서 천천히 일어난 야쿠모는 컵에 든 차가운 물을 한 모금 마셨다.

"싸운 '사신의 사도' 는 둘이었어. 파란 손도끼를 든 철 투구 남자와 오렌지색 메이스를 든 철 가면 여자. 철 투구는 전이 마법을 써서 도망쳤고, 철 가면을 상대했을 때는 내가 도망쳤어."

"야쿠모 언니가 도망쳤다고?"

"일행이 있었거든. 그 사람이 위험해서. '교수'^(프로페서)라고 해서 고렘의……."

"교, 교수^(프로페서)?! 야, 야, 야쿠모 언니, 교수^(프로페서)를 만나셨어요?!"

평소의 냉정한 모습을 벗어던지고, 쿤이 자리에서 벌떡 일어섰다. 여동생들도 주변 손님들도 무슨 일인가 하며 쿤을 바라보았다.

"어? 연락 안 왔어? 에르카 기사를 만난다며 성으로 갔을 텐데……."

"정말로요?! 잠깐 실례할게요!"

쿤이 곧장 다급히 카페 '파렌트' 밖으로 나갔다.

오랜만에 자매가 만났는데, 벌써 한 명이 줄어들었다. 어이없다는 듯이 요시노가 중얼거렸다.

"아직 주문한 메뉴도 안 나왔는데……."

"괜찮아. 쿤의 몫은 내가 먹을게."

생글거리는 얼굴로 프레이가 기회를 놓치지 않고 그렇게 말했다.

"……그래서, '사신의 사도'는 강했어?"

떠나간 셋째 쿤은 그렇게 놔두고, 넷째 요시노가 화제를 다시 되돌렸다.

"진심으로 대결해 보진 않았지만 꽤 강했어. 어머니들 정도는 아니지만. 그리고 뭔가 성가신 힘을 가진 모양이야. 철 가면을 쓴 여자는 린네랑 똑같은 힘을 지니고 있었어."

"나랑?"

자신의 이름이 언급되자 린네가 눈을 깜빡이며 되물었다.

"【그라비티】처럼 무게를 이용하는 힘. 철 투구를 쓴 남자의 전이 능력도 그거랑 같은 게 아닐까? 아무래도 해칫과 메이스가 수상해. 강한 사신의 힘이 느껴졌어."

"아, 그러고 보니 '방주'를 훔친 사신의 사도도 빨갛고 불길한 레이피어를 가지고 있었어요."

야쿠모의 말을 듣고 생각이 났다는 듯이 아시아가 중얼거렸다. 아시아는 뒤쪽에서 슬쩍 봤을 뿐이었지만.

"한마디로 사신의 신기(神器)······ '사신기(邪神器)'였다는 걸까? 정말 성가신 녀석들이야."

프레이가 작게 한숨을 내쉬는데 '파렌트'의 웨이트리스가 은쟁반에 주문한 음식을 올려서 가지고 왔다.

"기다려 주셔서 감사합니다~. 프루트파르페와 몽블랑입니다."

"왔다~!"

프루트파르페는 린네 앞에, 몽블랑은 아시아 앞에 놓였다. 그 뒤에도 잇달아 주문한 음식이 테이블 위에 놓였다. 프레이 앞에는 밀푀유와 롤케이크, 이렇게 두 개가 놓였지만. 밖으로 나가 버린 쿤이 주문한 음식이었다.

"여기로 날아왔을 때는 어떻게 되나 싶었지만 다들 무사해서 다행이야!"

"요시노 언니는【텔레포트】를 쓸 수 있어서 문제없었을지 모르지만 우리는 정말 큰일이었어. 도착하자마자 스마트폰을 강에 떨어뜨렸거든."

쇼트케이크를 먹으면서 한가한 소릴 하는 요시노에게 린네가 입술을 삐죽이며 말했다.

야쿠모와 요시노처럼 전이 마법을 사용할 줄 아는 두 사람과 우연히 브륀힐드 근처에 나타난 쿤. 전이 마법을 사용할 수 있는 파란색 왕관 '디스토션 블라우'를 보유한 파나세스 왕국에 나타난 아시아. 이 아이들은 크게 고생하지 않고 집으로 찾아온 그룹이라 할 수 있었다.

프레이도 출현한 장소는 섬나라인 헬가이아로 집으로 오기 힘든 장소였지만, 스마트폰을 가지고 있었던 덕분에 크게 고생하지 않고 합류할 수 있었다.

"이렇게 기다려도 쿠온이랑 스테프가 안 오는 걸 보면, 우리랑 비슷한 상황일 가능성이 큰 거겠지?"

에르나가 딸기 타르트에 포크를 꽂으면서 그렇게 추측했다. 특히 쿠온은 합리적인 성격이니 스마트폰을 가지고 있었다면 바로 연락을 했을 게 분명하다.

밀푀유를 훌떡 먹어버리고 롤케이크를 먹기 시작한 프레이가 웃으면서 대답했다.

"쿠온은 야무져 보이지만 얼빠진 면이 있으니까."

"난 그런 점도 좋아하지만!"

"나왔다! 아리스의 쿠온 병."

린네가 어이없다는 듯이 아리스를 바라보았다. 나이가 같아서 그런지, 쿠온과 아리스는 어릴 적부터 함께 지냈다. 아리스가 쿠온에게 사랑과 비슷한 감정을 품기 시작한 시기는 언제였을까. 그 계기는 이곳에 있는 자매들도 몰랐다.

사실 아리스는 평범한 아이들과는 차원이 달라 같은 수준에서 상대할 수 있는 또래의 남자아이는 쿠온 뿐이다. 어떻게 보면 당연한 결과라 할 수 있었다.

자매들이 보기에 쿠온도 아리스를 소중하게 생각했다. 아리스만큼 노골적이지는 않지만.

"아리스는 정말 쿠온을 좋아하는구나……."

"응! 강하고, 다정하고, 멋져서 좋아해!"

에르나의 말을 듣고 아리스가 웃으면서 대답했다. 자매들은 조금 고개를 갸웃할 정도의 발언이었지만, 아버지인 엔데가 들으면 이를 갈고도 남을 발언이었다.

덧붙이자면 쿠온과 아리스는 양가의 부모님이 공인한 사이다. 엔데를 제외하고.

일찍부터 약혼자 사이가 되어도 이상하지 않은 두 사람이지만, '아이의 결혼 상대는 어른이 된 이후에 스스로 결정하게 하겠다.' 라는 토야의 방침에 따라 아직 약혼까지는 하지 못했다.

그 이면에는 '그러니까 딸들에게 약혼자를 정해 주지 않겠어.' 라는 약간 비뚤어진 의도도 있었지만, 그건 굳이 말할 필요는 없는 거겠지.

실제로 한 나라의 공주인데도 자매들은 아직 한 명도 약혼자가 없었다.

여러 나라에서 약혼을 타진했지만, 토야가 모두 거절해 버렸다.

그에 관해선 뭐라 하고 싶은 말이 없는 것은 아니었지만, 자매들도 특별히 마음에 둔 사람이 없어서 일부러 그냥 모른 척하고 있었다.

그건 그렇고.

"쿠온도 그렇지만 스테프도 스마트폰을 떨어뜨린 걸까?"

"잃어버린 모습이 쉽게 떠오르네요. 그 아이는 몇 번이나 잃어버려 아버지한테 찾아 달라고 했으니까요."

아시아가 홍차를 한 모금 마시고는 못 말린다는 듯, 후우, 하고 숨을 내쉬었다.

막내 여동생인 스테파니아는 좋게 말하면 천진난만하고, 나쁘게 말하면 저돌적이다. 일단 머릿속에 떠오른 일이 있으면 움직이고 보는, 행동력 덩어리인 아이였다.

스테파니아가 어떤 일에든 최선을 다하고 겁을 내지 않는 성격인 이유는 절대 방어인 【프리즌】을 지니고 있기 때문이 아닐까? 아시아는 그렇게 생각했다. 왜냐하면 【프리즌】을 펼치면 아무런 위험이 없으니까. 아무리 터무니없는 짓을 해도 멀쩡하다. 저돌적인 성격이 되어도 이상하지 않았다.

그렇게 막내 여동생의 성격을 분석하던 아시아에게 린네가 말을 걸었다.

"스테프랑 쿠온 중에 누가 먼저 오게 될까?"

"스테프의 출현 장소가 여기서 가깝지 않다면 쿠온이겠죠. 그 아이라면 요령 좋게 이곳을 향해서 오고 있을 거예요. 단지……."

"쿠온은 야무져 보이지만 얼빠진 면이 있으니까."

끝을 흐리는 아시아의 뒤를 이어 프레이가 아까와 똑같은 말을 했다.

하지만 아무도 그 말을 반박하지 않았다.

쿠온은 우수하지만 어딘가 모르게 마무리가 어설프다. 그에 더해 자주 소동에 말려드는 체질이다. 이상한 부분에서 토야를 빼다 박았다.

"성가신 일에 말려들지 말았어야 할 텐데……."

요시노가 혼자서 작게 중얼거렸다. 말은 안 했지만 다른 아이들도 같은 생각이었다.

"일이 성가셔졌어……."

쿠온은 레굴루스 제국의 제도, 갈라리아로 향하는 길 한가운데에 서 있었다.

주변에는 마물들의 사체가 산처럼 쌓여 있었다. 고블린, 홉고블린, 고블린 아처, 고블린메이지, 고블린 솔저, 고블린 레인저, 고블린 제너럴, 고블린 로드, 그리고 고블린킹에 이르기까지, 온갖 고블린의 사체가 널브러져 있다.

이유는 집단폭주(스탬피드) 때문이었다.

갑작스러운 집단폭주(스탬피드)에 쿠온이 탔던 제도 갈라리아행 합승마차가 말려들고 말았다.

고블린에 쫓겨서 정신없이 마차를 내달리던 마부로서는 타고 있던 퇴물 모험자가 설마 어린아이를 밀어서 떨어뜨리리라고는 생각도 못 했겠지.

쿠온도 마찬가지였다. 너무 엉뚱한 사건에 순간적으로 '어?' 라고 하며 멍하니 있었을 정도였다.

마차의 짐칸에서 필사적으로 쫓아오는 고블린을 '오오, 열심히 쫓아오네' 라고 생각하며 마치 남의 일처럼 지켜보고 있었는데, 갑자기 퍽 하고 누군가가 자신을 밀어서 떨어뜨렸다.

쿠온을 떨어뜨린 남자는 처음에 같이 탔을 때부터 까칠하게 굴며 다른 손님에게 소리를 지르거나 불평을 터뜨리곤 했지만, 아무래도 진짜 쓰레기였던 모양이다.

누군가를 떨어뜨려, 그 사람이 희생되는 동안 도망칠 생각이었던 거겠지. 쿠온을 떨어뜨린 이유는 어린아이가 혼자 여행하는 도중이었으니 제일 떨어뜨리기 쉬웠기 때문일 것이다. 이런 비겁한 사람은 '상대가 누구든 상관없었다.' 라고 말을 하지만, 사실은 제일 약해 보이는 사람을 노린다.

쿠온은 떨어지는 순간, '어? 이럴 수가?' 라고 생각했지만, 곧장 지면에 구르면서 착지한 뒤 몰려오는 고블린의 앞쪽 지면에다 아버지에게 물려받은 마법을 날렸다.

"【슬립】."

〈꾸웨에엑?!〉

꽈아~앙! 고블린이 갑자기 넘어졌다. 쿠온은 고블린이 손에서 놓친 너덜너덜한 구리 검을 빼앗아 쓰러진 고블린의 숨통을 끊고, 자신을 향해 오는 다른 고블린에게도 검을 휘둘렀다.

〈끼엑?!〉

"이크."

고블린 솔저의 공격을 아슬아슬하게 피했다. 쿠온의 오른쪽 눈이 오렌지골드색 빛을 발했다.

'선견(先見)'의 마안.

쿠온이 지닌 일곱 개의 마안 중 하나로, 상대의 움직임을 예측할 수 있는 마안이다.

어머니인 유미나가 지닌 【미래시】의 능력과 비슷하지만, 매우 짧은 시간밖에 효과가 없다. 하지만 공격을 피하는 데는 최적인 능력이었다.

공격을 피하고, 고블린을 해치우고, 무기가 부서지면 무기를 빼앗고, 쿠온은 계속해서 고블린을 해치웠다. 그 결과, 몇 십 분이 지나자 움직이고 있는 사람은 쿠온 혼자뿐이었다.

마차에서 떠밀려 떨어졌지만, 다행히 짐은 모두 백팩에 넣고 메고 있었던 덕분에 잃어버리지 않았다. 무기로 쓰던 값싼 활은 마차가 그대로 가지고 가 버렸지만.

그 이외에는 문제가 없긴 한데…….

"여기서부터 걸어가야 해……?"

두 시간 정도 기다렸지만 마차가 돌아올 기미는 없었다. 아무래도 그대로 도망쳐 버린 듯했다. 다른 손님들도 있었으니 자신을 떨어뜨린 남자는 다른 사람들의 증언으로 인해 처벌되리라 생각한다.

"난 이미 죽었다고 생각하고 있을 거야……."

지금쯤 이 앞마을의 주민들은 도망쳤거나, 수비를 강화하고 있겠지.

어떻게 하지? 쿠온은 그렇게 생각하며 품에서 지도를 꺼냈다.

이 지도는 평범하게 가게에서 산 물건이었다. 아버지인 토야가 스마트폰을 보급하기 시작한 뒤로 대략적인 지도가 사람들에게도 판매되었고, 서방 대륙과 교역이 시작되자 더욱 자세한 지도가 만들어졌다.

값싼 지도이긴 했지만 스마트폰을 잃어버린 지금은 요긴하게 사용하고 있다.

"출발한 곳이 베탄 마을이고, 목적지가 라이부브 마을이니…… 이 숲을 똑바로 빠져나가면 제도 근처의 마을로 갈 수 있겠네요."

쿠온은 왼편에 있는 커다란 숲을 보면서 지도를 확인했다. 길을 따라서 가기보다는 이 숲을 가로질러야 더 빠르다. 꽤 큰 숲이지만 충분히 답파는 가능해 보였다.

문제는 마수가 많이 서식하고 있다는 점이지만 그건 어떻게든 해결이 가능하다.

주변에 널브러져 있는 고블린들 사이에서 비교적 쓸 만한 무기를 물색했다.

고블린킹이 들고 있던 검이 튼튼해 보였지만, 너무 커서 쿠온이 다루기엔 조금 힘들었다.

"이게 좋을까요?"

고블린 솔저가 사용한 검과 고블린이 사용했던 단검을 쓰기로 했다. 둘 다 원래는 모험자가 사용했던 무기인 듯, 크게 상해 있지는 않았다. 손에 넣은 지 얼마 안 된 거겠지.

가능하면 칼집도 있었으면 했지만, 고블린이 그런 물건을 사용할 리가 없었다.

쿠온은 백팩에서 천을 꺼내 단검의 칼날 부분에 두른 뒤, 곧장 코트의 주머니에 꽂아두었다.

검은 칼집 없이 그대로 들고 다닐 수밖에 없다.

"태워 줄 마수가 있다면 좋을 텐데요."

쿠온이 지닌 '신종(臣從)'의 마안은 동물, 마수를 따르게 할 수 있는 마안이지만 세세한 조건이 필요해 통하지 않을 때도 많다. 이것만큼은 운에 달렸다.

"좋아, 그럼 가 볼까요."

가볍게 중얼거린 쿠온은 숲을 향해 가볍게 걷기 시작했다.

울창한 숲은 마치 침입자를 거부하는 듯한 기운을 내뿜었다.

십중팔구 누구나 불길한 숲이라고 생각하겠지. 사람의 접근을 허용하지 않는 압력이 느껴졌다.

이 숲은 위험하다. 불안하다. 돌아가자. 그런 생각을 하게 만드는 숲이 쿠온의 눈앞에 펼쳐졌다.

평범한 사람이라면 마음의 목소리에 따라 이 숲을 우회하는 길을 택하지 않을까. 하지만 소국의 왕자님은 그러든 말든 상관없다는 듯이 숲속을 가르며 나아갔다.

쿠온이 특별히 둔해서 그런 것은 아니었다. 쿠온도 여기서 당장 나가라고 말하는 듯한 위압감이 들었다.

들기는 했지만 우회할 생각이 없을 뿐이었다.

"명백히 사람이 접근을 피하게 하는 결계가 쳐져 있네요. 아주 강력한 결계가. 평범한 결계가 아니란 말인가요."

쿠온은 고블린에게서 빼앗은 검으로 방해되는 낮은 나무의 나뭇가지와 잎을 쳐내며 성큼성큼 숲을 나아갔다.

뭐라 형용하기 힘든 기묘한 숲이었다. 조금 전부터 이상한 기척이 언뜻언뜻 느껴졌다. 무시무시한 분위기라고 하면 될지, 공기라고 해야 할지, 그런 기척이.

어느새 어둑어둑한 숲속에 안개가 끼기 시작해 눈앞의 시야가 나빠졌다.

불과 몇 미터 앞도 판단하기 힘든 상황에, 쿠온은 이상하다는 생각이 들었다.

안개는 대기 중의 수분이 많고 기온이 떨어지면 쉽게 발생한다. 비가 내린 후에 기온이 떨어지면 안개가 생기기 쉬운 이유도 그 때문이다.

하지만 이 숲은 별로 춥지도 않았고 습도도 그다지 높다고는 볼 수 없었다. 거기다 갑자기 느껴진 마력의 흐름.

쿠온은 틀림없이 인위적인 안개일 거라고 판단했다. 사람이 접근을 피하게 하는 결계가 쳐져 있었으니, 그 시점에 이미 누군가의 의도가 개입해 있으리라고는 생각했지만.

이건 마법으로 만든 안개일 가능성이 크다. 쿠온이 숲에서 길을 잃게 만들 셈이거나, 또는…….

〈거기서 멈춰라.〉

갑자기 숲속에서 울린 목소리를 듣고 쿠온은 움직임을 딱 멈췄다.

목이 잠긴 노인 같은 목소리였다. 누군가가 자신을 감시하고 있는 듯했다. 이 안개는 상대가 자신의 모습을 감추기 위한 장치인 모양이었다.

〈아이여. 여기서 이만 돌아가라. 안 그러면 무시무시한 재앙이 너에게 쏟아질 것이다. 지금 당장…….〉

"아니요, 그럴 생각은 없어요. 저는 이 숲을 통과하고 싶을 뿐이에요. 무슨 조건이 필요한가요? 조금이라면 돈도 건네드릴 수 있는데요."

〈뭐?〉

목이 잠긴 목소리가 동요한 감정을 숨기지 못했다. 어린이라면 조금만 위협해도 돌아가리라 생각했던 만큼 이런 반응은 예상하지 못했다.

〈도, 돈은 필요 없다. 이 숲에서 어서 나가라. 마물에게 잡아먹히고 싶은가.〉

"아무리 그래도요. 저는 이 숲을 빠져나가 반대편으로 가고 싶어요. 죄송하지만 돌아갈 생각은 없는데요?"

〈그래선 안 된다! 돌아가라!〉

"안 돌아갈 거라니까요."

〈앗. 얘가!〉

쿠온이 다시 성큼성큼 앞으로 나아가자 잠긴 목소리의 사람이 당황하기 시작했다. 그와 동시에 나무 위에서 잎이 쓸리는 소리가 여럿 쿠온의 귀에 들려왔다. 아무래도 목소리의 주인은 나무 위에서 이곳을 감시하고 있는 듯했다.

〈……이제 어쩔 거야?! 돌아갈 생각을 안 하잖아!〉

〈큭! 어쩔 수 없지. 조금 위협을 할까.〉

"어?"

조금 전처럼 잠긴 목소리가 아니라 평범한 남자와 여자의 목소리가 작게 들려왔다. 지금까지는 목소리를 일부러 바꿨던 모양이다. 목소리만 들어보면 젊은 남자와 여자였다.

그런 분석을 하면서 안개 속을 헤치고 더욱 앞으로 나아가는 쿠온.

그런데 쿠온 앞을 커다란 그림자가 막아섰다.

짙은 안개를 뚫고 나타난 존재는 온몸이 나무로 된 4미터 정도의 머리가 작은 거인. 걸을 때마다 관절 부분의 나무껍질이 툭툭하고 벗겨지며 떨어졌다.

우드 골렘이다. 아직 젊다. 다 자란 우드 골렘이라면 6~7미터는 된다.

그래도 여섯 살인 쿠온과 비교하면 엄청나게 크다.

〈크오오오오옹……!〉

눈앞에서 울부짖는 우드 골렘을 아무 말 없이 올려다보는 쿠온. 잠긴 목소리의 주인공들은 몸이 움츠러들어 움직이지 못하게 되었다고 생각해 기분이 좋아졌다.

〈짓밟히고 싶지 않으면 여기서 떠나라! 지금이라면.〉

우지끈! 뭔가가 부러지는 소리가 나더니, 우드 골렘의 목이 망가지며 커다란 몸에 어울리지 않는 작은 머리가 지면에 툭하고 떨어졌다.

동시에 〈오오오오오⋯⋯옹〉 하는 소리를 내며 우드 골렘이 뒤로 쓰러져 땅에 충돌해 그 충격으로 산산조각이 났다.

〈〈어?!〉〉

"아, 골렘은 살아 있다고 간주되지 않는 거군요."

그렇게 중얼거리는 쿠온. 쿠온의 눈은 붉은빛을 띤 금색으로 빛나고 있었다.

'압괴(壓壞)'의 마안. 쿠온이 지닌 일곱 개의 마안 중 하나. 그 이름 그대로 노려보기만 해도 물질을 압박해 망가뜨리는 마안이었다.

생물에게는 효과가 없고, 너무 단단해선 망가뜨리지 못하며, 확실히 눈으로 포착해야만 하는 등, 사용상의 제약도 많지만 활용성이 높은 마안이었다.

우드 골렘은 핵이 목에 있다. 생물에겐 통하지 않는 마안이지만 스켈레톤이나 좀비에는 효과가 있어서 밑져야 본전이라 생각하고 목의 핵을 망가뜨리려 시도해 봤는데, 아무래도 성공적이었던 듯하다.

〈앗! 대체 어떻게 된 거야?!〉

〈정상이 아냐! 평범한 아이가 아니라고!〉

더는 숨기지도 않게 된 목소리를 듣고 쿠온은 쓴웃음을 지었다.

평범한 아이가 아니라고? 쿠온은 태어났을 때부터 그런 말을 들었다. 쿠온뿐만이 아니다. 쿠온의 누나들과 여동생도 마찬가지였다.

그런 시선에는 익숙하다. 조금 상처를 받긴 해도, 그렇다고 이 힘을 특별히 숨길 생각은 없다. 이 힘도 자신의 일부다. 아버지와 어머니에게 받은 소중한 힘이다.

쓰러진 우드 골렘을 뛰어넘어 쿠온은 숲의 안쪽으로 나아갔다.

〈악! 아아아아! 잠깐 기다려!〉

〈윽! 이렇게 된 이상!〉

바스락거리며 잎이 쓸리는 소리와 함께 쿠온 앞으로 남녀 두 사람이 뛰어내렸다.

금발에 푸른 눈. 두 사람 모두 숲속에서 발견되지 않기 위해서인지 녹색 계열의 옷을 입고 있었고, 두 사람 모두 귀가 길었다.

"엘프셨나요?"

"더는 앞으로 나아가서는 안 된다! 얌전히 물러나라!"

남자 엘프가 등에 메고 있던 활을 꺼내 화살을 메기더니 쿠온을 겨냥하며 그렇게 말했다.

여자 엘프도 마법 지팡이의 끝을 마찬가지로 쿠온을 향해 겨눴다.

"조금 전에 말씀드린 대로, 저는 이 숲을 빠져나가고 싶을 뿐입니다. 지날 수 있게 허락해 주실 수는 없을까요?"

"안 된다! 우린 미리 경고해 줬다는 걸 잊지 마라!"

남자 엘프가 활을 쏘았다. 이어서 여자 엘프의 지팡이에서는 사람 머리 정도의 물 공이 튀어나왔다.

쿠온은 손에 든 검으로 날아온 활을 태연하게 잘라버렸다. 그리고 이어서 날아온 물 공으로 시선을 돌리자, 쿠온의 눈이 푸른색을 띤 금색으로 변화했다.

다음 순간, 물 공이 곧장 공기에 녹아들 듯이 사라졌다. 엘프 두 사람이 놀라 눈을 휘둥그렇게 떴다.

"아니?!"

"어?!"

"안됐지만 저에게 마법은 안 통해요."

정확하게는 안 통하는 게 아니라, 상쇄할 수 있다는 말일 뿐이었다. 어떠한 마법 효과이든 소멸시켜 버리는 '무소(霧消)'의 마안이다.

이것에도 약점이 있는데, 마법 효과를 미치게 하는 모든 대상을 시야에 포착해야 한다. 그래서 이 안개처럼 넓게 퍼져 있는 마법은 소멸시키기 어렵다.

'압괴'의 마안과 마찬가지로, 이 마안도 효과 범위가 좁다. 그래도 이 거리라면 항상 발동시킬 수 있다.

"어, 어라?!"

여자 엘프가 다시 마법을 날리려고 했지만 지팡이 끝에 물 공이 생길 때마다 곧장 소멸되었다.

"대, 대체 넌 누구냐······?!"

"모치즈키 쿠온이라고 합니다. 이제 보내주실 수 있을까요?"

"양자 모두 거기까지."

쿠온이 생글거리며 자기소개를 했을 때, 다른 목소리가 들려왔다.

숲속에서 새롭게 엘프 세 명이 나타났다. 그중 한 사람은 연두색 로브를 두르고 있었는데, 명백히 다른 엘프와는 분위기가 달랐다.

"장로님!"

장로님이라고는 하는데, 겉모습만 봐선 다른 엘프와 큰 차이가 없었다. 아주 젊어서 아무리 봐도 20대 중반에 불과했다. 금색의 긴 머리카락을 지닌 장로님이라 불린 남자 엘프는 쿠온 앞으로 다가왔다.

"인간의 아이여. 위협해서 미안하구나. 사과라고 하기는 뭐하나, 우리 엘프 마을로 초대하지. 피로를 풀고 가거라."

"엘프 마을에요? 감사하지만 빨리 가야 해서요······."

"이제 곧 해가 진다. 헤매지 않고 이 숲을 빠져나간다고 해도 한밤중이지 않나. 가능하면 밤새도록 걷지 않는 게 좋아."

그 말을 듣고 위를 올려다보니 정말로 숲의 틈새 사이로 보이는 하늘은 어둑어둑해지고 있었다. 깊은 밤이 되어 노숙하는 처지가 되고 싶진 않았다. 그리고 쿠온은 혼자다. 야수에게서 몸을 지키려면 나무 위에서 잠을 자야만 했다.

'식량도 다 떨어져 가니 지금은 순순히 초대를 받아들일까요? 그전에⋯⋯.'

잠시 쿠온의 눈이 백금색으로 빛났다. '간파'의 마안. 친어머니인 유미나가 지닌 인간의 본질을 꿰뚫어 보는 마안이었다.

경계는 하고 있지만 엘프들에게 악의는 없는 듯했다. 그렇지만 조금 공포의 색이 보였다. 이건 자신을 보고 느끼는 공포일까, 아니면 다른 존재 탓에 느끼는 공포일까⋯⋯.

"그럼 말씀을 받아들이겠습니다. 저는 모치즈키 쿠온이라고 합니다. 하룻밤 신세를 지겠습니다."

"그래. 나는 엘프 마을의 장로인 볼프람이라고 한다. 대단한 대접은 할 수 없다만, 잠자리와 식사 정도는 제공하마. 콜레트, 안내하거라."

"제가요?! 네에⋯⋯. 자, 이쪽이야."

조금 전까지 쿠온과 대치하던 여자 엘프가 깜짝 놀랐지만, 장로가 힐끗 노려보자 순식간에 기세가 약해졌다.

콜레트가 쿠온을 데리고 숲속으로 사라지자, 남은 남자 엘프가 장로를 보고 가볍게 항의했다.

"장로님! 대체 어쩔 셈입니까?! 저렇게 수상한 아이를 마을에 들이다니!!"

"정체는 알 수 없지만, 어린아이면서도 실력은 뛰어나지 않

나. 그리고 그 힘……. 우리의 도움이 될지도 모르네."

장로는 쿠온과 우드 골렘, 그리고 엘프 두 사람과의 싸움을 숨어서 지켜봤다.

그 힘은 【마안】의 힘이겠지. 그 힘이 있다면 혹시나…….

장로는 신이 보냈을지도 모르는 희망에 의지할 수 있기를 바라며 마을로 돌아갔다.

엘프 마을은 개간하지 않은 숲 안에 그대로 존재했다.

마을 중심에 있는 큰 나무를 둘러싸듯이 나무 위에 집이 존재했고, 현수교를 사방의 나무와 나무에 연결해 길을 만들었다. 엘프 마을은 나무 위에 존재하는 마을이었다.

어둠 속에서 몇 개의 불빛이 보였다. 램프인가 했는데, 놀랍게도 유리 안에 갇힌 반딧불이였다.

평범한 반딧불이가 아니었다. 마광 반딧불이다. 체내의 마소를 마법으로 변환해 평범한 반딧불이보다 몇 배나 되는 빛을 발하는 반딧불이다.

빛 마법 【라이트】를 발하는 반딧불이라고 하면 알기 쉬울까.

나무 위의 마을인 만큼 횃불이나 램프 같은 불을 사용해서 빛을 밝히긴 어려워 그런지도 모른다. 쿠온은 그렇게 생각했다.

안내된 집은 장로의 집인 듯했고, 콜레트는 장로의 딸이라고 한다. 아무리 봐도 두 사람은 남매 같았지만.

장수종은 성장이 끝나면 모습이 거의 변하지 않는다. 쿠온의 어머니 중 한 명인 린과 사쿠라가 그러했다.

다만 쿠온의 어머니들은 모두 신의 권속이라 엘프처럼 어른이 된 뒤로는 노화하지 않지만.

방으로 안내된 뒤로 곧장 식사 초대를 받았다. 식당으로 가 보니 장로인 볼프람과 딸인 콜레트, 그리고 볼프람의 아내라고 하는 우르술라가 맞이해 주었다.

"차린 음식이 별로 없어 죄송합니다."

"아니요. 저야말로 갑자기 죄송합니다. 감사히 먹겠습니다."

식당의 의자에 앉아 쿠온은 테이블 위에 놓인 요리를 바라보았다. 빵과 콩잎 샐러드, 야채조림, 건더기가 많은 국, 과일, 그리고 구운 고기였다.

엘프는 채식주의라고 생각하는 사람이 많지만 보통은 고기도 먹었다.

테이블에 놓인 고기는 어떤 새 고기에 소금 간을 했을 뿐인 음식이었지만, 쿠온은 그런 소박한 맛을 싫어하지 않았다.

생각보다 호화로운 식사라 쿠온이 만족스러워하는데, 장로 볼프람이 말을 걸었다.

"그런데 쿠온은 어디까지 가지?"

"브륀힐드입니다. 가족을 만나러 가는 중이에요. 먼저 제도 갈라리아로 가려고 했는데 가는 도중에 마차에서 떠밀려 떨어지는 바람에 이 숲을 빠져나가려고 했습니다."

"제도인가. 우회하기보다 이 숲을 빠져나가야 더 빠르긴 하다만……. 이 숲에는 사람이 접근을 피하게 하는 결계가 펼쳐져 있었네."

"네. 그런 것 같더군요."

쿠온이 태연하게 대답하자 볼프람은 어깨를 늘어뜨렸다. 고대 마법 문명 시절부터 전해져 내려오는 강력한 결계였는데……. 그 모습을 보고 딸과 아내도 뭐라고 형용하기 힘든 표정을 지었다.

"쿠온은 인간으로서는 상당한 단련을 한 모양이군."

"네……. 가족과 친척이 엄청난 분들뿐이라서요."

구체적으로 말하자면, 검의 신, 수렵신, 무신(武神) 등이다. 그에 더해 어머니들과 누나들도 굉장하지만.

볼프람은 눈이 멍해진 쿠온을 보고 이야기를 꺼내도 될지 어떨지 망설였지만, 곧 결심한 뒤 쿠온에게 자신의 목적을 말했다.

"쿠온에게 꼭 부탁하고픈 일이 있네."

"……무슨 일인가요?"

세 사람의 모습을 보고 그런 낌새를 어렴풋하게 느끼고 있던 쿠온은 동요하지 않고 채소조림을 포크로 꽂아 먹었다.

"이 숲은 일찍이 '진수(鎭守)의 숲' 이라 불렸네. 우리는 이 숲을 지키는 일족이지."

"진수의 숲이요? 추측해 보자면 뭔가를 봉인했거나, 그걸 지키시는 건가요?"

"날카롭군. 그래, 이 숲에는 고대 마법 왕국 시대에 만들어진 무시무시한 마법 생물이 봉인되어 있지. 폭주하여 이 근처 일대를 파괴했다고 일컬어지는 전설의 마물일세."

마법 생물. 사람의 손과 마법으로 만들어진 마법생명체.   아티팩트 크리처

그 역사는 태곳적으로 거슬러 올라가며, 종국에는 슬라임도 누군가가 만들어 낸 마법 생물이라고 한다.

골렘, 가고일, 키마이라 등은 물론, 미믹, 호문클루스 등도 마법 생물이라고 할 수 있었다.

그 마법 생물이 이 숲에 봉인되어 있다고?

"봉인은 이미 너덜너덜해 당장에라도 풀리기 직전이네. 이미 독기가 새어 나오기 시작하고 있어⋯⋯."

"아, 그래서 그랬군요. 어렴풋이 숲 전체에 무시무시한 기운이 떠돌고 있는 느낌을 받았습니다."

그 마법 생물이 내뿜는 독기가 숲에 떠돌고 있었던 거구나. 쿠온이 혼자 중얼거렸다.

"그런데 그 마법 생물은 어디에 있나요?"

"괜찮다면 안내하지. 직접 눈으로 보게."

볼 수 있다고? 그런 생각에 쿠온은 조금 놀랐다. 그런 존재는

지하 깊숙한 곳이나 아공간에 봉인되어 있을 줄 알았으니까.

식사를 마치고 쿠온과 엘프의 장로인 볼프람, 그리고 딸인 콜레트가 셋이서 집을 나섰다.

볼프람이 손에 든 마광 반딧불이 램프가 흐릿하게 밤길을 밝혔다.

봉인 장소는 바로 코앞으로, 마을 중심에 있던 큰 나무였다. 걸어서 몇 분 정도 만에 봉인 장소에 도착했다.

"이 봉인의 나무가 마법 생물을 지금까지 억눌러 왔네. 그러나 이제 한계에 가까워."

"이건……."

쿠온이 봉인 장소를 보니, 큰 나무의 뿌리 안에 갇힌 듯 사로잡힌 검 하나가 있었다.

폭이 넓은 도신은 백은색으로 빛났고, 금색 라인으로 장식된 손잡이 부분에는 불길하게 빛나는 보석이 달려 있었다.

틀림없이 검이다. 그런데 검이 마법 생물이라고?

쿠온이 의아하게 생각하는데, 원한에 찬 작은 목소리가 들렸다.

〈베겠다, 죽이겠다, 베겠다, 죽이겠다, 베겠다, 죽이겠다, 베겠다, 죽이겠다, 베겠다, 죽이겠다, 베겠다, 죽이겠다, ……베겠다, 베겠다, 베겠다, 베게 해다오, 베게 해다오, 베게 해다오오오오오…….〉

"우와, 무서워."

쿠온이 얼굴을 찡그리며 한 걸음 뒤로 물러섰다. 원한에 찬 목소리는 틀림없이 검이 내고 있었다. 이 검은 살아 있는 건가?! 쿠온이 놀라 눈을 휘둥그렇게 떴다.

"인텔리전스 소드. 저건 사악한 의지를 가진 저주받은 검일세. 5000년 전, 고대 마법 문명으로 만든 마법 생물이지. 큰 나무의 힘으로 봉인했지만 언젠가는 풀려나 이 세상에 재앙을 가져오게 될 것이야……."

"이미 거의 풀리려 하고 있는데요."

검이 덜걱덜걱 움직일 때마다, 검을 휘감고 있던 큰 나무의 뿌리가 우직우직하며 잘려 나갔다. 덜걱덜걱하는 소리가 이윽고 덜컥덜컥하는 소리가 되었고, 조금씩 큰 나무의 구속이 풀리며 나무 파편이 사방으로 튀었다.

"이, 이럴 수가! 이렇게 빨리?!"

〈베게 해다오오오오오오!〉

우지끈! 큰 나무의 구속을 깨고 마검이 튀어나왔다. 공중에 떠오른 마검의 칼끝이 천천히 쿠온을 향했다.

〈찔러 죽이겠다아아아아!〉

활시위를 당긴 것처럼 매우 빠른 속도로 마검이 쿠온을 향해 날아왔다. 장로도 콜레트도 꼼짝을 못 해 쿠온이 마검에 꿰뚫리리라 생각했던 그 순간, 갑자기 속도가 줄어든 마검이 지면에 떨어져 쨍그랑하는 허무한 소리를 냈다.

〈우, 움직일 수가 없다……! 왜지……?!〉

"마법을 써서 스스로를 움직이게 한 거겠지만, 그런 거라면 상쇄할 수 있어요."

쿠온의 오른쪽 눈이 푸른빛을 띤 금색으로 빛났다. '무소'의 마안이다. 마법 자체가 보이지 않더라도 그 마법이 발동되고 있다고 인식만 하면 '무소'의 마안으로 마법을 상쇄해 버릴 수 있다.

비행 마법이 해제된 마검은 어떻게 해 보지도 못하고 땅에 떨어지고 말았다.

"당신은 굉장히 난폭하게 날뛰는 검인 듯한데…… 어떻게 하면 좋을까요?"

〈이 자식……! 베어 주겠다……!〉

"어? 아주 반항적이네요? 그런데 그 보석. 당신의 '핵'이죠? 그걸 파괴해도 정신을 유지할 수 있나요? 시험해 볼까요?"

이번엔 쿠온의 왼쪽 눈이 레드골드색 빛을 발했다. '압괴'의 마안. 쿠온은 일곱 개의 마안을 좌우 어느 쪽으로든 발동할 수 있고, 이처럼 동시에 별개의 마안을 발동할 수도 있다.

쿠온의 마안에 노출되자 마검의 빨간 보석이 삐걱, 하는 소리를 냈다.

〈자, 자, 잠깐! 그만둬라! 그것만은 그만둬!〉

"잠깐? 그만둬? 태도가 아주 거만한걸요……?"

또 삐걱, 하고 보석이 비틀리는 듯한 소리가 났다.

〈으악~~~~?! 기, 기다려 주십시오! 부탁, 부탁드립니다!〉

도신이 뒤로 젖혀질 정도로 마검이 당황하더니 비명을 질렀다. 마법 생물에게 핵은 생명의 원천이다. 앞선 우드 골렘처럼 파괴되면 생명을 잃게 된다.

보통 이렇게 귀중한 마도구의 '핵'에는 어느 정도의 방어 결계가 펼쳐져 있기 마련이었다. 이 마검에도 자동 회복 기능이나 방어 결계는 있었지만, 그런 결계도 조금 전부터 전혀 기능하지 않았다. 쿠온의 마안으로 인해 기능이 정지되었기 때문이다.

마검과 쿠온의 대화를 멍하니 바라보던 엘프 장로와 콜레트.

설마 봉인된 전설의 마검이 이토록 쉽게 제압당하다니. 위험해지면 엘프 마을이 단결해 목숨을 걸고 다시 봉인하겠다고 각오했었는데.

"이보게, 쿠온……?"

"아, 죄송합니다. 조금 조…… 아니요, 벌을 주려고 하니 잠시 기다려 주세요."

"그, 그런가……."

그 뒤로는 쿠온의 협박과 마검의 비명이 반복될 뿐이었다. 마검은 쿠온의 빈틈을 노려 도망가려고 날아올랐지만 곧장 쿠온의 마안에 걸려 땅으로 떨어졌다. 그리고 또 보석이 삐걱.

〈도련님! 제발 봐주십시오! 더는 반항하지 않겠습니다!〉

"아주 유창하게 말하게 됐네요. 조금만 더 하면 될까?"

삐걱. 쩌억.

〈으아악~~~~?! 더는, 더는 정말 안 됩니다~~~~~!! 망

가지겠어!! 부서진다고요~~~~~!〉

마검의 절규가 엘프 마을에 울려 퍼졌다. 어느새 빨갰던 보석은 마검의 안색처럼 새파랗게 변했다. 이제 마검에겐 쿠온에게 거역할 마음이 눈곱만큼도 남지 않게 되었다.

〈건방지게 행동해 죄송합니다. 용서해 주십시오……. 엘프여러분에게도 오랫동안 불편을 끼쳐드려 진심으로 사과드립니다.〉

봉인되었던 마검이 칼자루의 끝을 꾸벅 숙였다. 모인 엘프마을의 사람들은 입을 반쯤 벌리고 어이없어할 뿐이었다.

자신들이 오랫동안 봉인해 온 무시무시한 마검이 아주 겸손한 모습으로 사과했으니까. 기뻐해야 하는 건지 놀라야 하는건지 판단이 서지 않았다.

"마검도 이렇게 말하니, 부디 용서해 주세요."

마검과 함께 쿠온도 엘프 사람들에게 고개를 숙였다. 당황한 장로 볼프람이 손을 좌우로 흔들며 말했다.

"아니, 아니네……. 용서고 뭐고, 이곳에 있는 자들은 직접적인 피해를 입지 않았으니……."

"그렇게 말씀해 주시니 감사합니다. 그런데 이 마검은 어떻게 하면 좋을까요? 역시 파괴해 버려야 할까요?"

〈도련님! 용서해 주십시오! 뭐든 하겠습니다! 부디 저를 소유해 주십시오!〉

마검이 매달리듯이 쿠온의 발밑에 칼자루의 끝을 쭉쭉 밀어붙였다. 조금 아파서 쿠온이 얼굴을 찡그렸다.

"쿠온이 복종시켰다면 그 마검은 쿠온에게 맡기는 것이 도리이지. 더러움도 사라진 듯하니까 말일세."

장로가 말하는 '더러움'이란 고대 마도구에 흔히 있는 사용자의 부정적인 에너지로 인한 오염을 말했다.

그런 오염이 거듭되면 사용자의 감정과 목적에 동조해 아티팩트가 사실상의 '저주'를 받게 된다.

일찍이 쿠온의 아버지인 토야도 이센에서 '불사의 보옥'이라는 더러워진 아티팩트와 대치한 적이 있는데, 마검도 그것과 똑같은 저주를 받았다.

죽은 자를 조종하는 '불사의 보옥'처럼 그 사용 목적으로 인해 저주받는 물건도 있고, 이 마검처럼 수많은 목숨을 빼앗아 저주를 받는 물건도 있다.

반대로 말해 저주를 받는다는 것 자체가, 그만큼 고성능인 아티팩트라는 말이기도 한데…….

"무기를 입수할 수 있다면 마침 딱 좋긴 하지만……."

〈그렇죠?! 도련님에게는 고블린한테 빼앗은 그런 검은 어울

리지 않습니다요. 절 사용해 주십쇼!〉

　말하는 검은 좀……. 쿠온은 그런 생각에 조금 고민했다. 무기 마니아 누나인 프레이라면 눈을 반짝이며 좋아하겠지만 쿠온은 달랐다.

　그런데 왜 이렇게 비굴한 말투를 사용하는 걸까. 너무 자기를 낮추는 것 아닌가? 아니면 원래 이렇게 만들어진 건가?

　바빌론 박사의 바빌론 시스터즈도 각자 말투가 다 특징이 있긴 했지만.

　설마 이 마검도 박사가 만들었다든가? 그런 의문이 든 쿠온은 자신에게 바짝 다가선 마검에게 직접 물어봤다.

　"당신 혹시 자신의 제작자가 누구인지 아나요?"

　〈넵. '크롬 란셰스'라는 쩨쩨한 놈입죠.〉

　그 이름을 듣고 쿠온은 눈을 동그랗게 떴다.

　'크롬 란셰스'. 고렘의 왕관(크라운) 시리즈를 만들고, 5000년 전, '검은색'과 '흰색' 왕관의 힘을 사용해 세계의 결계를 넘었던 고렘 기사.

　쿠온도 크롬 란셰스에 관한 이야기라면 어머니인 유미나가 '하얀색' 왕관인 아르부스의 서브 마스터라서 바빌론 박사나 누나인 쿤한테 자주 들었다. 설마 여기서 그 이름을 듣게 될 줄이야.

　"혹시 당신을 사용하기 위해 무언가 대가를 내야 하나요?"

　〈아뇨. 크롬 자식은 대가 없는 왕관(크라운) 시리즈를 만들려고 했던

모양이니까요. 전 그 프로토타입이었습죠.〉

이 마검에는 고렘 기술도 사용된 모양이다. 고렘 중에는 무장형이라고 해서 무기나 방어구 역할을 하는 고렘도 있다. 이 마검도 분명 그런 계통이겠지.

〈자자, 도련님. 한번 시험해 보십쇼. 다른 검은 들고 싶지도 않아질 겁니다.〉

"아주 일방적이네요⋯⋯."

말은 그렇게 하면서도 쿠온은 일단 손잡이를 잡고 두세 번 정도 휘둘러 보았다. 정말로 너무 무겁지도 않고 너무 가볍지도 않아 쓰기 편한 검이었다.

"단지 저에겐 너무 큰 검이라고 해야 할까요?"

〈그렇습니까? 잠깐만 기다려 주십쇼.〉

마검은 그런 말을 하더니, 확 크기가 작아졌다. 롱소드가 쇼트소드 정도로 변했다. 길이는 쿠온의 체격에 딱 알맞아졌다.

"자유롭게 길이를 변형할 수 있나요?"

"옙. 어느 정도라면요. 이런 것도 가능합니다."

이번엔 마검이 순식간에 대검처럼 변했다. 날 길이가 길어졌고 날의 폭은 넓어졌다. 쿠온의 아버지인 토야도 【모델링】을 부여해 비슷한 무기를 만들었는데, 그것과 비교해도 손색이 없는 변화였다.

쿠온은 정말 이 검은 편리하겠다고 생각했다. 우쭐댈 것 같아서 마검에게는 말하지 않았지만.

〈그 외에도 할 줄 아는 일은 많습니다만…… 그건 차차 보여 드립죠.〉

이 마검을 정말로 크롬 란셰스가 만들었다면, 변형만 할 줄 아는 검일 리가 없다. 아직 이외에도 숨겨진 기능이 있겠지.

한 번쯤은 바빌론 박사와 에르카 기사에게 조사해 달라고 하는 편이 좋을 듯했다.

"계속 칼날을 드러내 놓고 다닐 수도 없으니, 내일까지 딱 알맞은 칼집을 만들어 주겠네."

마검을 들고 있자 볼프람이 그런 제안을 했다. 정말로 이대로는 마을에 들어가기도 어려울 듯했다.

〈오, 고마운걸? 도신에 먼지나 진흙이 묻는 건 질색이니까.〉

"그런 일을 신경 쓰는군요?"

〈도련님! 도신은 검에겐 얼굴이나 마찬가집니다! 얼굴에 더러운 게 묻으면 꼴사납잖아요.〉

무슨 말을 하고 싶은지는 알지만, 조금 전까지 큰 나무에 봉인되었던 마검은 오랫동안 비바람에 드러나 있었던 탓에 많이 더러워져 있었다. 그러니 새삼스럽게 신경 쓸 일인가? 하는 생각이 들었을 뿐이었다.

"우리를 오랜 사명에서 해방해 줘 정말로 고맙네. 약소하지만 파티를 열 생각이니 부디 참가해다오."

"감사합니다. 하지만 저녁도 대접을 받았으니 이번엔 사양하겠습니다. 이제 졸려서요……."

밤이 깊긴 했지만 아직 열 시도 되지 않았다. 이런 모습은 영락없는 어린애구나. 볼프람은 졸린 표정을 짓는 마을의 구세주를 보고 쓴웃음을 지었다.

결국 쿠온은 곧장 침대에 들어가 잠이 들었고, 엘프들만 따로 밤새도록 파티를 열었다.

마검은 원래 봉인되었던 큰 나무의 뿌리에 계속 꽂아두었다. 쿠온이 잠든 사이에 마검이 또 도망치지나 않을까 엘프들은 걱정했지만 마검 자신은 그러지 않을 거라 말했다.

〈도망치면 이번에야말로 망가지겠지. 저 도련님은 한다면 하는 성격이니까. 땅끝까지 쫓아와 분명히 나를 생글거리면서 부러뜨릴 거야. 도련님은 그런 분이지. 결코 거역해선 안 돼…….〉

검인데 벌벌 떨면서 식은땀을 흘리는 마검을, 엘프들은 딱하다는 듯이 바라보았다.

"이건 도시락이야. 가다가 먹어."

"와아. 이렇게 도시락까지 준비해 주시다니, 감사합니다."

다음 날 아침. 엘프 마을의 출구에는 길을 떠나려는 쿠온과 마검이 있었다. 쿠온은 콜레트에게 받은 도시락을 백팩에 넣었다.

마검은 엘프들이 만들어 준 검은 칼집에 꽂힌 채, 쿠온이 멘 백팩 밖으로 머리를 내밀고 있었다. 허리에 차면 걷기 불편하기 때문이었다.

"다음에 또 들러 주게. 그때야말로 파티를 열어 환영하지."

"그때는 잘 부탁드립니다."

쿠온은 마을 출구에서 계속 손을 흔들던 엘프들과 헤어져 숲을 똑바로 걷기 시작했다. 엘프들의 이야기에 따르면 이대로 쭉 가면 레굴루스의 제도인 갈라리아로 이어지는 가도가 나온다고 한다.

〈그런데 도련님은 어디로 가시는지요?〉

"브륀힐드 공국이라는 작은 나라예요. 가족을 만나러 가는 중이죠. 그런데 가도에 나간 뒤로는 말하면 안 됩니다? 사람들은 제가 이상한 사람이라고 생각할 거예요."

모르는 사람이 보면 어린이가 혼자서 중얼거리는 모습으로 보이겠지. 일단 쿠온도 세상의 시선을 신경 쓰고 있다.

〈인간이란 참 불편하군요.〉

"검이 더 불편해 보이는데요. 그러고 보니 이름은 있나요? 크롬 란세스는 뭐라고 불렀나요?"

쿠온은 궁금했던 사실을 물어보았다.

〈저 말입니까? 전 【인피니트 실버】라고 불렸습니다.〉

"인……? 기네요. 그럼 실버라고 부를게요."

〈호오. 그럼 그러시길. 앗, 도련님. 이제 곧 숲이 끝납니다.〉

실버의 말을 듣고 앞을 보니 숲의 출구가 보였다.

숲을 빠져나가니 경사 위의 조금 높은 지대로, 바로 눈앞을 가도가 가로지르고 있었다.

"어~. 태양이 이쪽에 있으니 제도 갈라리아는…… 이 방면이구나."

쿠온은 방향을 확인한 다음 백팩을 고쳐 메고 경사를 내려가기 시작했다. 겨우 숲을 빠져나와서인지 절로 발걸음이 빨라진 듯했다.

제도 갈라리아까지 가면 브륀힐드로 가는 마차도 있겠지. 조금만 더 가면 가족과 만날 수 있다고 생각하니 기쁘기도 했지만, 누나들에게 줄 선물을 사가지 않으면 매정하다며 불평을 들을지도 모른다는 생각도 들었다.

누나가 일곱 명이어선 동생은 여러모로 힘들 수밖에 없다. 제도라면 적당히 살 만한 물건도 있을 테니 그건 다행이다.

최악의 경우 프레이 누나나 쿤 누나에게는 실버를 건네주자. 그러면 불평을 들을 가능성은 거의 없다.

〈응?! 갑자기 오한이 듭니다만?!〉

"그냥 착각 아닐까요?"

은근히 감이 날카로운 마검에게 태연히 그런 대답을 하고 쿠온은 다시 가도를 걷기 시작했다.

◇　◇　◇

"그러면 네 사람의 새 출발을 축복하며…… 건배!"

〈건배!〉

내 선창에 맞춰 모두 잔을 높다랗게 들어 올렸다. 모험자 길드에 병설된 주점에는 다 들어올 수 없을 만큼 많은 모험자들로 가득했다.

"축하해! 행복하게 살아!"

"신부들을 소중하게 대하고!"

"자자, 벌컥벌컥 마셔!"

주점의 한 자리에 앉아 수많은 사람들에게 둘러싸여 있는 사람은 금색 랭크 모험자인 엔데였다.

나는 약속대로 엔데와 메르, 네이, 리세의 결혼식을 열어 주었다. 지금은 결혼식도 끝나, 모험자 길드의 주점에서 피로연을 여는 중이었다.

결혼식에는 아리스는 물론 아이들도 참가했지만, 날이 저물어 아이들은 피로연에 참가시키지 않고 모두 성으로 돌려보냈다. 모험자들과 여는 파티잖아? 교육상 좋지 않다. 아리스도 오늘은 우리 성에서 맡아 주기로 했다. 아이들을 돌보는 역할은 유미나와 린제가 맡았다.

오늘의 모험자 주점은 전체를 대절했다. 피로연에는 엔데의 지인인 모험자들과 메르, 네이, 리세의 지인인 이웃집 사모님들과 아가씨들이 참가했다.

"여기 추가로 주문한 닭튀김과 케이크가 나왔어요! 테이블 옆으로 비켜 주세요!"

숙소 '은월' 의 점장인 미카 누나가 큰 접시를 양손에 들고 주방에서 나타나자 오오! 하고 참가자들이 환성을 질렀다.

주방에서는 미카 누나를 비롯해 카페 '파렌트' 의 점장인 아에루 씨, 그리고 루가 요리를 마구 양산하는 중이었다.

메르, 네이, 리세의 강력한 요청인 많은 식사&후식이다.

쾅! 쾅! 큰 접시를 신부 세 사람이 앉은 테이블 위에 놓아두자, 곧장 모두 접시를 향해 손을 뻗었다. 물론 결혼식을 마친 신부 세 사람도 사양하지 않았다.

"맛있어요! 역시 토야 씨에게 부탁하길 잘한걸요?"

"메르 님. 이 케이크는 처음으로 먹어 보는 맛입니다!"

"맛있어. 최고. 만족만족."

신부들이 얼굴 가득 미소를 지으며 음식을 맛보았다. 정말 거침이 없네⋯⋯. 남편은 저쪽에서 아직도 모험자들에게 둘러싸여 시달리고 있는데요? 그냥 무시하깁니까?

정확히 말하자면 엔데는 메르만의 남편이다. 네이와 리세가 결혼한 상대는 메르니까.

기본적으로 이 세계에는 동성끼리 결혼하지 않는다. 허용되지 않는 건 아니라, 몇 건 정도 사례가 있긴 있다고 한다.

애당초 이 세계에서는 결혼했다고 어디에 신고하고 그러진 않으니까 알 수가 없다. 귀족이라면 왕이나 영주 앞에서 맹세하곤 하지만.

브륀힐드에서도 동성혼을 한다고 뭐라 할 생각은 없으니, 메르, 네이, 리세, 엔데는 이제 정식 부부가…… 부부(夫婦)? 부부(婦婦)? ……아무튼, 인생의 반려가 되었다.

하지만 옆에서 보면 엔데 하렘으로 보이니, 주변 사람들의 시샘으로 엔데가 저런 상황에 처하게 됐다.

간신히 모험자들의 후폭풍을 극복한 엔데가 비틀거리며 우리에게 다가왔다.

"수고했어."

"참 나. 옷이 구깃구깃해졌어. 모험자들은 정말 가차가 없다니까."

"너도 모험자잖아."

그것도 금색 랭크. 이미 국가가 나서야 하는 수준의 의뢰를 받는 존재야. 나도 그렇지만.

"하여간, 결혼 축하해. 아내를 배려하고, 가족에게 휘둘리는 즐거움을 맛보아 줘."

"역시 경험자가 하는 말은 다른걸? 무게감이 있어."

농담하면서 엔데와 나는 유리잔을 쨍하고 부딪쳤다.

"결혼했다고 해서 크게 뭔가가 변하는 건 아니지만……."

"살 곳은? 계속 거기서 살 거야?"

엔데와 아내 세 사람이 지금 사는 곳은 브륀힐드의 평범한 주택이었다.

신혼부부는 보통 새집에서 살게 되지만, 이 네 사람은 원래 같이 살고 있었으니까.

"지금 집을 새로 짓고 있어. 얼마 후에 아리스가 태어나면 집이 좁아지잖아? 역시 마당이 있는 집에서 자유롭게 무럭무럭 자랐으면 하거든."

새집이라. 엔데는 금색 랭크 모험자이고 전이 능력도 있다. 돈이야 얼마든지 벌 수 있겠지. 엔데가 돈을 들여 집을 지어 브륀힐드의 목수들이 수입을 얻을 수 있다면 고마워해야 할 일이다.

엔데네 집은 새로운 시가지에 짓는다고 한다. 그곳엔 언젠가 마도 열차의 역이 들어설 예정이니 번화해지지 않을까 한다.

새집에 관한 이야기를 하는데 새로 온 모험자들이 또 엔데를 데리고 갔다. 쉴 틈이 없네. 오늘은 엔데가 주인공이니 어쩔 수 없나.

엔데도 어느새 이 세계에 익숙해졌다. 나보다 친구가 많아 보인다……. 모험자들에게도 사랑을 받는 모양이고.

그러고 보니 아리스의 말로는, 엔데가 미래에는 모험자 길드의 길드 마스터라고 했었지?

저 모습을 보니 그 말이 절로 이해가 된다. 그야말로 적성에 맞는 직업일지도 모르겠어.

"폐하."

"아, 레리샤 씨. 안녕하세요."

멍하니 생각을 하는데 현직 길드 마스터인 레리샤 씨가 다가 왔다.

이곳은 모험자 길드에 병설된 주점이니 최상급 모험자라 할 수 있는 금색 랭크의 결혼식에 길드 마스터가 온다고 해서 이 상할 건 없다.

그리고 내가 왕이라 바쁘다 보니, 대부분의 금색 랭크 의뢰 는 엔데가 해결했다. 공헌도로 따지면 엔데가 나보다 한 수 위 라 할 수 있지 않을지.

레리샤 씨는 여전히 엔데의 결혼식에 참가할 때 입은 드레스 를 입고 있었다. 레리샤 씨는 미인이고 엘프라서 사람들의 이 목을 끌었지만, 이곳에는 모험자 길드의 대장에게 접근하는 무모한 사람은 없었다.

"그 약에 관해서입니다만."

레리샤 씨가 내 옆에 서서 작은 목소리로 말했다.

그 약이란 '사신의 사도'가 뿌려대고 있는 마약을 말하는 거 겠지. 뭔가 알아낸 사실이라도 있는 걸까.

"이곳 동방 대륙의 모험자들 사이에서는 거의 나돌고 있지 않은 듯합니다. 어떤 의도가 있어서 그런지는 알 수 없습니다 만……."

"금화병의 특효약이라고 선전하고 있다는 모양이니까요.

여기선 원하는 사람이 적겠죠."

금화병. 아이젠가르드에서 발생했다는 괴질이지만, 실제로는 사신이 인간을 변이종으로 만들기 위해 꾸민 짓이었다.

소문에 소문이 더해져 아이젠가르드는 금화병으로 멸망했다는 말까지 떠돌았다. 그래서 서방 대륙의 사람들은 그 수상한 약을 원하는 사람도 많았다.

그런데 놈들이 이런 짓을 왜 하는지 알 수 없었다.

'연금동'의 플로라에게 야쿠모가 가져온 황금 약을 분석해 달라고 해 본 결과, 그 약에는 강한 '저주'가 걸려 있었다.

평범한 사람이라면 제정신을 잃고 폐인이 된다. 보라색 왕관 '파나틱 비올라'의 대가를 응축한 듯한 약이었다.

단지 사람을 죽이기 위해서라기엔 효율적이지 않다. 무언가 다른 목적이 있는 걸까?

"일단 동방 대륙의 모험자 길드에 소식을 전달했습니다. 움직임이 있다면 바로 연락드리겠습니다."

"힘든 일을 맡겨 죄송합니다."

"아닙니다. 금색 랭크 모험자의 의뢰인걸요."

레리샤 씨가 웃으면서 대답했다. 하지만 아직 서방 대륙은 모험자 길드가 널리 정착하지 못했다. 그곳은 '흑묘' 실루엣 씨에게 부탁해 조사해 달라고 하자.

"요즘엔 묘한 사건이 많군요. 각지에서 집단폭주가 많이 발생하고 있고, 마을 주민이 갑자기 사라진다는 보고도 올라오고 있습니다."

"마을 주민이요?"

"네. 리프리스 북쪽의 해변가 어촌에서요. 평소처럼 행상인이 찾아갔는데 마을 사람들이 한 사람도 남김없이 사라졌다고 합니다. 도적이나 해적에게 습격당한 흔적도 없는데……. 단, 무수히 많은 기묘한 발자국으로 보이는 흔적이 바다를 향해 나 있었다고 합니다."

레리샤 씨의 이야기를 듣고 나는 눈썹을 찌푸렸다. 해변의 어촌. 장소는 리프리스의 북쪽.

요시노가 우리를 데리고 갔던 반어인(半魚人)에게 습격당한 섬은 그 해역에 있었다. 그 섬을 습격한 반어인은 요시노가 물리쳤지만, 어쩌면 반어인이 다른 마을까지 습격했을지도 모른다.

마을 사람 모두를 반어인으로 만들어 바다로 데려간 건가?

역시 그 자식들의 거점은 바다 밑인가? 빼앗긴 '방주'는 잠수함 능력이 있다. 산고와 코쿠요에게 명령해 부하들인 '어린종(魚鱗種)'으로 바닷속을 탐색해 달라고 하긴 했지만…….

바다 마수가 너무 많은 곳으로 가면 평범한 물고기들은 잡아먹히고 마니까…….

"이래선 수중용 탐색기가 필요하겠는걸?"

수중용 무인 탐색기 드론. 또는 수중용 프레임 기어. 또는 수중용 장비.

'방주'^{아 크} 에 올라타는 일도 생각해 둘 필요가 있을지 모른다.

박사랑 에르카 기사랑 상의해 볼까. 지금이라면 교수^{프로페서}도 있으니 좋은 아이디어를 제공해 줄지도 모른다.

나는 유리잔에 남은 과실 주스를 단숨에 들이켰다.

"오늘은 자허토르테를 만들어 봤어요."

"오오~!"

루가 초콜릿을 바른 검은 케이크를 가지고 등장하자 아이들뿐만 아니라 나의 아내들한테서도 감탄의 목소리가 새어 나왔다.

오스트리아 빈에서 만들어진 '초콜릿 케이크의 왕' 이라 일컬어지는 간식의 등장에 나도 조금 가슴이 들썩거렸다.

루는 신혼여행을 하는 중에 지구에서 온갖 요리책을 사들인 이후로 매일같이 계속해서 새로운 요리를 만들었다.

특히 간식은 카페 '파렌트' 의 아에루 씨와 함께 시험 삼아 몇 번이고 반복해서 만들었다. 그 덕분에 지구의 간식과 비교해도 손색이 없는 음식을 만드는 수준까지 다다랐다.

레시피 중에는 지구에서만 구할 수 있는 재료도 있으니, 완전히 똑같이 만들진 못했지만.

한 사람 분량으로 나눈 뒤 자허토르테를 포크로 잘라 입으로 옮기니, 촉촉한 스펀지와 농후한 초콜릿의 맛이 입안 가득 퍼졌다. 초콜릿의 부드러운 감촉이 아주 훌륭했다.

하지만 난 단 음식을 그다지 좋아하진 않으니 한 조각이면 충분하려나?

이건 케이크 중에서도 상당히 진한 맛에 속해 그런지 달콤한 맛이 꽤 강렬했다. 역시 '초콜릿 케이크의 왕'이라 할 만하지만, 나에게는 조금 부담스럽다.

"조금 쓰긴 해도 맛있어~!"

"정말 맛있어! 루 어머니, 하나 더!"

린네와 프레이가 입 주변에 초콜릿을 가득 묻히며 자허토르테를 다 먹어 치웠다. 이렇게까지 진하면 아이들 입맛에는 조금 쓰지 않을까 싶었지만 꼭 그렇지는 않은 듯했다.

자허토르테는 나와 아내들, 그리고 아이들, 그에 더해 카렌 누나를 비롯한 하느님들 몫까지 만들었다고 한다. 엄청나게 만들었구나.

카렌 누나를 비롯한 하느님들도 자허토르테를 맛있게 먹었다. 음악의 도시라고도 하는 빈의 대표적인 케이크라서 그런지 소스케 형의 바이올린 소리가 더욱 맑게 들리는걸? 이 곡은 슈베르트의 곡인가? 슈베르트가 빈 출신이었던가?

접시에 있던 자허토르테를 프레이가 한 조각 더 자신의 접시로 옮겼다. 벌써? 너무 서두르지 않아도 아직 많이 남아 있고, 다른 사람들도 너무 많이는 못 먹을 텐데? 야에를 비롯한 일부 사람은 예외지만…….

어? 야에가 웬일로 하나 더 덜어서 먹질 않네? 오늘은 컨디션이 별로인가?

"어머니? 배탈이라도 나셨나요?"

나와 똑같은 생각을 했는지 야쿠모가 어머니인 야에에게 물었다. 평소라면 홀 케이크 하나를 다 먹어도 이상하지 않은 야에가 한 조각만 먹고 포크를 내려놓았으니, 그렇게 생각해도 이상할 게 없다.

야쿠모의 질문에 뭐라 대답하기 힘들다는 표정을 짓던 야에였지만, 곧 한숨을 내쉬며 말했다.

"아니, 실은 말입니다……. 몸무게가 조금 늘어서 오늘은 자제할까 하고……."

야에의 말을 듣고 우리 아내들 중 몇 명이 포크를 딱 멈췄다. 아~. 그래서 그랬구나.

초콜릿에 생크림, 버터 등을 가득 사용한 자허토르테는 칼로리가 상당히 높다. 너무 많이 먹으면 살이 찔까 봐 걱정될 수도 있지.

조금 있다가 저녁도 먹어야 하니, 지금 배를 가득 채우면 몸무게가 더 늘어날지도 모른다고 야에는 걱정한 모양이었다.

"나, 나도 하나 먹었으니 이제 괜찮을 것 같아."

"나, 나도……."

에르제와 린제가 야에처럼 접시 위에 포크를 내려놓았다.

스우와 사쿠라도 하나 더 먹을까 말까 망설였다. 다른 아내들도 마찬가지였는데, 결국 하나 더 먹는 사람은 아무도 없었다.

　아이들은 상관하지 않고 계속 케이크를 덜어 먹었다. 아니, 야쿠모랑 쿤은 이제 안 먹네. 언니들은 몸무게가 신경 쓰일 나이인가? 프레이는 계속 먹고 있었지만.

　"왜 어머니들은 케이크 안 먹어? 벌써 배불러?"

　케이크에 손을 대지 않는 어머니들을 보고 린네가 의아하다는 듯이 물었다.

　그 말을 듣고 린제가 뭐라고 말하면 좋을지 몰라 망설이는 듯한 표정을 지으며 대답했다.

　"그건 있지, 달콤한 음식을 너무 많이 먹으면 살이 찌거든. 그래서 오늘은 이만 먹을까 하고……."

　"많이 먹어도 난 살 안 찌는데?"

　"그건……."

　린네가 어리둥절한 표정을 짓자, 린제는 더욱 뭐라고 말하면 좋을지 모르는 표정을 지었다.

　나는 그런 모습을 슬쩍 보면서도 못 들은 척하며 눈앞의 자허토르테를 먹었다.

　예전에 아내들이 살이 쪘다고 착각해* 대소동이 벌어진 일을 나는 잊을 수 없다. 이런 이야기에는 남자가 끼어들지 말아야 한다. 괜히 벌집을 건들지 않는 게 좋다.

　"살찌지 않는 케이크가 있다면 좋을 텐데……."

---

*드라마CD2에 수록(국내 미발매).

"케이크에는 꼭 설탕을 써야 하니 그건 어려워요."

에르제와 루의 그런 대화가 내 귀에 닿았다. 전혀 없진 않은데 말이야. 지구에선 당질 제한 케이크가 있기도 하고, 칼로리가 낮은 치즈케이크도 있다고 한다.

살이 찌는 이유는 섭취 에너지가 소비 에너지보다 많기 때문이지만.

'달콤한 음식은 식사와는 별개' 라는 말이 있듯이 달콤한 음식은 거역하기 힘든 유혹이긴 하겠지.

"살이 찌지 않는 케이크라……. 슈거셸의 진주라면 가능할지도 몰라."

카리나 누나가 그런 말을 하며 자허토르테를 입에 넣었다.

루가 그런 말을 놓칠 리가 없었다. 그리고 루의 딸인 아시아도 그 말을 놓치지 않았는지 흥미롭다는 듯이 카리나 누나를 돌아보았다.

"카리나 형님. 슈거셸이라니요?"

"슈거셸이란 어느 지방의 바다에서 나는 조개 마수야. 그 마수가 체내에서 만드는 진주는 설탕 덩어리거든. 그 설탕은 슈거펄이라고 하는 귀중한 재료로, 설탕과는 달리 먹어도 살이 찌지 않는대."

〈먹어도 살이 찌지 않아?!〉

벌떡! 의자를 박차면서 일어서는 나의 아내들. 아, 나 왠지 앞으로 어떤 전개가 펼쳐질지 훤히 알 수 있을 것 같아.

◇ ◇ ◇

　“역시 이렇게 됐구나······.”

　나는 검색으로 찾아낸 슈거셸이 서식하는 바다에 와 있었다.

　장소는 산드라 지방과 라일 왕국, 그리고 기사 왕국 레스티아에 둘러싸인 내해. 그곳에 떠 있는 작은 섬 근처에 많이 서식했다.

　“아버지, 바닷속의 슈거셸을 어떻게 잡을 거예요?”

　앞에 펼쳐진 모래사장을 보면서 나를 따라온 아시아가 물었다.

　“산고랑 코쿠요가 있으면 바닷속에도 들어갈 수 있어. 지상처럼 움직이긴 어렵지만.”

　〈그 말대로예요. 우리한테 맡겨 둬요.〉

　〈네. 안심하십시오.〉

　으쓱. 우쭐대는 표정을 지으며 산고와 코쿠요가 둥실둥실 떠서 앞으로 나섰다. 이 둘의 힘이 있다면 물에 빠지는 일 없이 바닷속의 땅을 걸을 수 있다.

　슈거셸의 존재를 듣고 그 슈거셸이 지닌 슈거펄을 가장 가지고 싶어 한 사람은 요리를 좋아하는 루와 아시아 모녀였다. 귀한 음식 재료라 흥미가 생긴 모양이었다.

슈거셸을 잡겠다고 나선 사람은 루와 아시아 외에 야에, 야쿠모, 에르제, 에르나, 그리고 사쿠라, 요시노였다.

원래는 나 혼자 하려고 했지만, 검색 화면을 보니 숫자가 꽤 많아서…….

거기다 슈거셸이라고 해서 모두 슈거펄을 지니고 있지는 않다고 한다. 지니고 있는 개체와 지니고 있지 않은 개체가 있다는데, 카리나 누나가 좀처럼 구하기 힘들다고 한 이유는 슈거셸이 모래사장으로 거의 오지 않아 잡을 기회가 없기 때문이 아닐까? 그게 나의 생각이었다.

그렇다면 많이 잡아야만 슈거펄을 충분히 구할 수 있다는 의미였다.

슈거셸은 조개면서 바닷속을 매우 재빨리 헤엄치며 다닌다고 한다. 헤엄친다기보다는, 빨아들인 바닷물을 제트 분사를 하듯이 내뿜어 바닷속에서 움직이는 것에 가깝다는 모양이지만.

움직이지 않는다면 타깃으로 지정하고 지면에【게이트】를 열어 전부 수확할 수 있을 텐데.

〈그럼 갑니다?〉

코쿠요가 말을 하자마자 우리 주변에 얇은 장벽이 만들어졌다. 이 장벽은 나의【프리즌】처럼 물을 차단하면서 산소를 받아들일 수 있다고 한다. ……어? 세세한 부분은 다를지 몰라도【프리즌】을 사용하면 산고와 코쿠요의 힘을 빌리지 않고도 바닷속으로 갈 수 있다는 말 아닌가……?

아냐. 내【프리즌】은 각자가 투명한 상자에 들어가 움직인다고 보면 되니 활용도가 나쁜가? 자유롭게 움직일 수도 없고.

【라이트】마법을 사용해 바닷속을 비췄다.

"바닷속을 걷다니 신기한 기분이야."

"앗, 엄마. 물고기 떼야. 예뻐!"

에르제와 에르나가 바라본 곳을 보니, 작은 물고기들이 떼를 지어 헤엄치고 있었다. 마치 커다란 물고기 같다. 작은 물고기가 구형을 이루며 바닷속에 비치는 태양 빛을 받아 반짝반짝 빛났다. 저건 '베이트볼'이라고 했던가? 작은 물고기들이 잡아먹히지 않도록 구형의 무리를 이루는 것. 큰 물고기가 추격이라도 하나?

"맛있어 보입니다……."

"소금구이를 하면 맛있을 거예요……."

"어머니. 저건 튀기면 맛있지 않을까요?"

야에와 루, 그리고 아시아가 베이트볼을 보면서 음식 대화를 나눴다.

설마 이걸 감지하고 무리를 이룬 건 아니겠지?

누가 잡아먹힐 줄 알고?! 마치 그런 말을 하듯이 작은 물고기 떼는 우리의 시야에서 사라졌다. 요리 얘길 들으니 나까지 물고기를 먹고 싶어졌어. 돌아가는 길에 몇 마리 잡아서 가자.

"아버지, 앞으로 얼마나 남았어?"

요시노가 내가 들고 있는 스마트폰을 들여다보려고 옆으로 다가왔다.

"거의 다 왔어. 몇 개인가의 집단으로 뭉쳐 있는데, 제일 가까운 곳은 이 근처니⋯⋯. 앗, 저건가?"

【라이트】의 빛을 받아 진주색으로 빛나는 여러 조개들. 진주라고 해서 진주조개 같은 모양을 상상했는데, 저건 굳이 따지자면 가리비에 가깝네.

단, 크기가 장난이 아니었다. 1미터는 넘지 않을까? 그거다. 보티첼리의 '비너스의 탄생'에 그려진 가리비 같다.

"생각보다 크군요⋯⋯. 서방님, 어떻게 공격하면 좋겠습니까?"

"음~. 카리나 누나가 그러는데, 슈거셸은 마법 저항력이 높대."

아티팩트 크리처

슈거셸은 원래 슬라임 같은 마법생명체라고 한다. 태고의 시대에 사람이 만든 생명체란 말이다. 수천 년의 시간이 지나 독자적인 진화를 이뤘다는 모양이지만.

"마법이 잘 듣지 않는다면 물리 공격을 해야겠네요."

야쿠모가 천천히 허리에서 검을 빼냈다. 투명한 칼날이라 그런지 물속에서는 더 눈으로 보기가 힘드네. 이건 유리하다고 할 수 있을까?

"마법이 안 들으면 에르나는 저걸 상대하기 힘들겠어……."

"엄마, 괜찮아. 이 지팡이가 있으니까 물리 공격도 가능해."

에르제의 말을 듣고 에르나가 별 지팡이를 꼭 쥐며 말했다. 별 지팡이라면 장거리 물리 공격도 가능하다.

요시노도 사용할 수 있는 마법 속성은 불과 바람이라 물속에서는 크게 도움이 되지 않는다. 그렇지만 요시노는 【리플렉션】과 【어브소브】, 【텔레포트】를 사용할 줄 아니 방어 담당으로 활약해 줄 수 있겠지.

문제는 【어포트】와 【서치】 마법밖에 못 쓰는 아시아인데…….

"야쿠모 언니 정도는 아니지만 저도 어느 정도는 쓸 수 있어요."

그렇게 말하면서 아시아가 허리 뒤에 장비하고 있던 흰 쌍검을 꺼냈다. 그 쌍검도 야쿠모의 칼과 마찬가지로 정재로 만든 듯했다.

루도 역시나 쌍검을 빼냈다. 야에나 힐다 정도는 아니지만 루도 모로하 누나의 지도를 받았다. 웬만한 모험자보다는 훨씬 강하다.

아시아의 실력이 어느 정도인지는 모르지만, 아이들은 모두 미래에서 모로하 누나나 카리나 누나의 지도를 받았을 테니 걱정 자체가 불필요할지도 모른다.

"이제 저걸 해치워 볼까요. 에르나, 몇 마리 정도를 공격해 이곳으로 유인할 수 있겠습니까?"

"으, 응. 해 볼게."

야에의 요청에 에르나가 별 지팡이를 꽉 쥐었다.

물속에선 내 브륀힐드를 써도 총알이 거의 날아가지 않겠지만, 에르나의 별 지팡이는 마력으로 날리는 거니 괜찮지 않을까? 지상보다야 위력이 많이 떨어지겠지만.

"에잇!"

아래로 휘두르자 별 지팡이 끝에 달린 별이 분리되어 고속으로 회전하며 제일 앞에 있던 슈거셸에 부딪쳤다.

역시 위력이 떨어지는지 슈거셸의 껍데기를 부수지는 못했다.

에르나의 공격에 반응했는지 별에 맞은 슈거셸과 그 주변의 슈거셸이 조개껍데기를 뻐끔거리며 물속에서 둥실 떠올랐다.

다음 순간, 반격이라는 듯이 슈거셸 여섯 마리가 마치 수리검처럼 회전하면서 우리를 향해 돌진했다.

"온다!"

우리는 흩어지며 슈거셸의 공격을 피했다.

요시노와 사쿠라, 에르나는 더욱 후방으로 물러섰고, 루와 아시아가 그 호위를 맡았다.

공격한 슈거셸에 처음으로 반격을 가한 사람은 에르제였다.

"분쇄……!"

에르제의 팔에 장비된 정재로 만든 건틀릿이 슈거셸의 껍데기를 부쉈다. 슈거셸의 껍데기는 아주 단단하다고 들었지만 에르제의 공격력 앞에서는 별것 없었나 보다.

"우리도 공격하지요, 야쿠모!"

"네!"

역시나 앞으로 뛰어나온 야에와 야쿠모 모녀가 정검을 빼내 슈거셸을 베었다.

껍데기를 벌리고 정면으로 습격한 슈거셸을 단숨에 세로로 쪼개 버리는 야쿠모.

"야쿠모 언니?! 슈거펄까지 자르지 않게 조심해 주세요!"

"어?! 아, 알았어!"

운이 좋았는지 나빴는지, 야쿠모가 베어 버린 슈거셸에는 슈거펄이 없었던 모양이었다.

그걸 본 야에가 슈거셸의 중심을 피해 참격을 날리는 공격으로 전환했다.

슈거셸은 몸속 중심 부근에 슈거펄을 지니고 있다고 한다. 가능하면 중심을 피하는 게 무난하겠어.

앗, 나도 보고만 있으면 안 되지. 나는 뒤에서 날아온 에르나의 별 공격을 받은 슈거셸을 블레이드 모드로 변환한 브륀힐드로 베어 버렸다.

슈거펄이 있는지 없는지는 전멸시킨 다음에 조사해 보기로 했다. 일단 지금은 눈앞의 적을 모두 섬멸하는 데 집중하자.

◇ ◇ ◇

"일단 모두 해치웠군요."

야에가 바다 밑에 굴러다니는 슈거셸의 잔해를 보면서 칼을 칼집에 넣었다.

총 여덟 마리. 너부러진 슈거셸을 루와 아시아가 해체하더니 '없네'라고 중얼거리며 다음 슈거셸을 확인했다.

슈거셸의 고기는 덤덤해 별로 맛이 없다는 모양이다. 겉보기엔 가리비 같은데.

"여기엔 있어요!"

루가 기뻐하며 슈거셸에서 꺼낸 무언가를 머리 위로 들어 올렸다.

그건 작은 수박 크기의 예쁘고 흰 구슬이었다. 저게 슈거펄이구나. 무지갯빛으로 빛나지 않아 진주^펄 같지는 않네.

"바닷속인데 녹진 않아?"

설탕 덩어리라고 생각했던 나는 루가 들고 있는 슈거펄이 물에 녹지나 않을까 걱정이 되었다.

"괜찮아요. 단단한 껍데기에 싸인 안쪽에 설탕 대용으로 사용할 수 있는 물질이 가득 들어 있거든요. 껍데기를 깨지 않는 한 안의 내용물이 물에 녹지는 않아요."

아하. 달걀 껍데기 같은 건가?

그렇지만 껍데기는 얇은 편이라고 하니, 혹시나 깨질까 봐 얼른 【스토리지】 안에 넣어 두었다.

좋아. 미션 성공. 의외로 싱겁게 발견했네.

"단번에 발견해서 다행이야. 그럼 성으로 돌아갈까?"

"무슨 말씀이세요? 당연히 하나로는 부족해요. 자, 다음 슈거셸이 있는 곳으로 가죠."

"뭐?"

당연하다는 듯이 모두 바다 밑을 걷기 시작했다. 잠깐만. 더 잡을 생각이야?

"우리는 아이들이 많아. 이것만으론 부족해."

"많이 잡으면 과자를 많이 만들 수 있어!"

사쿠라의 태연한 말을 듣고 요시노가 기뻐하며 반응했지만, 아이들에게 주는 과자라면 평범한 설탕이라도 괜찮지 않나? 그런 생각이 들었다.

물론 너무 많이 주면 몸에 나쁘겠지만, 먹어도 살이 찌지 않는 설탕이 필요하다면 주로……

"서방님? 이건 이미 결정한 일입니다."

"구시렁거리지 말고, 어서 가자. 어서."

야에와 에르제의 박력 넘치는 미소를 보고 나는 나오려던 말을 꿀꺽 집어삼켰다.

굳이 풍파를 일으킬 필요는 없다. 이렇게 해서 가정의 평온을 지킬 수 있다면 얼마든지 사냥하고말고.

　나는 다음 슈거셸이 있는 장소를 검색해 화면에 띄웠다.

　"이제 이 정도면 충분하고도 남지 않을까?"

　사냥하고 또 사냥하고. 나는 100마리 이후는 숫자를 세길 포기했다. 이제 잡은 숫자가 500마리에 가깝지 않나 싶은데.

　이렇게 잡아대면 슈거셸이 멸종하지 않을까?

　"입수한 슈거펄은 총 24개……. 이 정도면 당분간은 필요 없겠네요."

　루가 남획을 끝내겠다고 선언했다.

　그런데 500마리 가깝게 잡아 24개라니. 입수 확률 5퍼센트인데, 이걸 높다고 해야 하나 낮다고 해야 하나.

　아무튼 좋다. 이제 돌아갈 수 있으니……. 내가 【게이트】를 열려고 하는데 사쿠라가 쉿 하고 손가락을 입술에 댔다.

　"……이상한 소리가 나."

　"이상한 소리?"

　나도 귀를 기울여 봤지만 특별히 아무 소리도 나지 않았다.

　물속에선 소리가 잘 전달된다. 거기에 더해 권속 특성인 '초

청각'을 지닌 사쿠라가 들린다고 한다니 무슨 소리가 들리는 건 확실했다.

하지만 '이상한 소리'라니 뭐지?

"뭔가가 이곳을 향해…… 아래에서!"

이윽고 우리도 느낄 수 있을 만큼 땅이 울리더니, 바다 밑의 땅에서 흙먼지를 날리며 거대한 슈거셸이 나타났다.

지금까지 봤던 슈거셸은 크기가 1미터 내외였지만, 이놈은 4미터는 훌쩍 넘었다.

"슈거셸의 부모일까요?!"

"아니, 부모라기보다는 아종이겠지……!"

진화한 종인지 갑자기 변이한 종인지는 모르겠지만, 크기만 클 뿐 특징은 슈거셸이 분명했다. 지금까지 잡은 방법으로도 잡을 수 있지 않을까?!

"그런데 이건……!"

슈거셸이 바닷속에서 거대한 몸을 움직이는 것만으로도, 우리는 해류에 말려들어 몸의 균형을 유지하기 힘들었다. 이게 은근히 우릴 곤란하게 만들었다.

발을 디디지 못해 몸을 제대로 가눌 수 없었기 때문이다. 어쩌면 좋지……?!

우리를 당황하게 만든 거대 슈거셸이 몸을 돌려 다시 우리 쪽을 향했다. 그리고 제트 분사처럼 물을 내뿜으면서 균형을 잃고 웅크린 에르제를 향해 돌진해 왔다.

"아버지! 엄마의 신발에【그라비티】를 걸어 줘!"

"아, 그렇구나……! 타깃 설정! 에르제의 부츠에【그라비티】!"

〈알겠습니다.〉

스마트폰에서 셰스카의 목소리가 울리더니, 먼 거리에서 가중 마법인【그라비티】가 발동되었다.

다음 순간, 다리에 꾹 힘을 주어 에르제가 바다 밑에 발을 딛고 일어섰다.

그리고 돌진해 오는 거대 슈거셸에게 정면으로 맞서기 위해 자세를 잡았다.

흐릿한 빛의 띠처럼 보이는 뭔가가 허리에 대고 있던 에르제의 주먹에 모여들었다.

"무신류, 신라나선권(神羅螺旋拳)!"

에르제가 주먹을 날리자 눈 부신 빛과 함께 주먹에 붙어 있던 빛의 띠가 마치 드릴처럼 원뿔형의 형태가 되어 돌진해 온 거대 슈거셸을 산산조각 내버렸다.

바다 밑에서 부서진 슈거셸의 껍데기가 흩날렸다.

일격에 끝장냈나. 나의 아내, 더 강해진 거 아냐? 부부싸움만은 절대 하지 말자…….

"야호! 엄마, 굉장해!"

"에르나! 에르나야말로 신발에【그라비티】를 건다는 멋진 아이디어를 생각하다니 굉장한걸? 역시 내 딸이야!"

달려온 딸 에르나를 번쩍 안아 올리고 꼭 껴안는 에르제. 아빠만 소외된 기분인데요. 내가 【그라비티】를 걸어줬는데.

"앗?!"

갑자기 아시아가 놀란 듯이 외치더니, 바다 밑에 흩어진 커다란 껍데기 하나를 들어 올려 옆으로 힘껏 치워 버렸다. 의외로 힘이 세구나. 물속이라서 그런 건가?

치운 껍데기 아래에서 모습을 드러낸 건 새하얀 밸런스볼 크기의 슈거펄.

"크다! 이건 엄청난 수확이에요!"

그걸 보고 어머니인 루도 거대 슈거펄을 향해 곧장 달렸다. 모녀 모두 우후후, 우후후 하고 황홀한 미소를 짓고 있다.

"마지막에 큰 슈거펄을 손에 넣었군요."

"이제 과자를 잔뜩 만들 수 있겠어!"

요시노가 그런 말을 하며 기뻐했지만, 살이 안 찐다고 과자만 먹으면 영양분을 균형 있게 섭취할 수 없거든? 루랑 아시아한테도 그런 점은 확실히 말해 두자.

"오늘은 슈거펄을 사용한 자허토르테에 도전해 봤어요!"

"오오~!"

"얼마 전에도 자허토르테였지?"

또다시 등장한 초콜릿 케이크의 왕을 보고 무심코 딴지를 거는 나.

그런 나를 무시한 채, 모두들 각자 자허토르테를 잘라 자신의 접시에 옮겨 담았다.

"으음~! 정말 맛있습니다! 역시 좋아하는 음식을 마음껏 먹을 수 있으니 정말 좋군요!"

"맛있어……! 이거라면 얼마든지 먹을 수 있겠어!!"

"씁쓸하면서도 달아! 행복해……!"

저번에는 하나만 먹고 말았던 야에, 에르제, 린제도 벌써 두 개나 먹고 있다.

아무리 살찌지 않는 설탕이라지만 많이 먹으면 다 소용없을 텐데. 케이크에는 달걀이나 밀가루도 사용되니까.

그렇지만 지금 그런 소릴 하면, 엄청난 피해를 보게 된다. 아쉽게도 나는 그런 피해를 감수할 용기가 없어, 눈앞의 자허토르테를 퇴치하는 데만 집중하기로 했다.

음……. 진하고 강렬하다. 역시 난 한 조각이면 충분하겠어.

며칠 후, 나는 결국 과식을 했다며 다이어트에 열중하는 아내들을 보게 되었다. 무슨 일이든 과하면 좋지 않다.

"수중용 고렘이라면 '지휘자^{마에스트로}' 가 특기이지 않았나? 그 사람은 인간을 싫어하는 비뚤어진 성격이라 사람이 사는 곳에서 멀찍이 떨어져 지내지. 지금은 어디에 있을지."

손님인 '교수^{프로페서}' 는 흰 턱수염을 쓰다듬으면서 자신 없는 목소리로 말했다.

여기는 '바빌론' 이 아니라 성안의 가장 가장자리에 있는 지상의 박사 전용 공방이었다. 왜 제일 가장자리에 있냐고? 폭발할 가능성이 있으니까.

"프레임 기어를 물속에서 싸우게 만드는 것 자체는 어렵지 않아. 다만 수중 전용으로 만든 프레임 기어에 비하면 성능이 부족할 수밖에 없어. 그리고 '방주^{아크}' 는 수중 전용이겠지. 이건 임시방편밖에 안 될걸?"

박사가 스크루가 달린 책가방, 다연장 어뢰 포드와 핸드 앵커를 장비시킨 중기사^{슈빌리에}의 프라모델을 책상 위에 쿵, 하고 내려놓았다.

음~. 일단 물속에서도 싸울 수 있게 만든 정도에 불과한 장비네. 실제로도 그렇지만.

"그럼 처음부터 만드는 수밖에 없나. 얼마나 걸려?"

"기본 설계가 없는 전용기니까. 꽤 걸릴 거야. 단, 만든다고 한다면 프레임 기어보다는 오버 기어가 더 나을지도 몰라."

오버 기어? 느와르 고렘의 '왕관'을 코어로 삼은 수마형(獸魔型) 프레임 기어인가? 왜 그게 낫다는 거지?

"당연한 이야기지만, 인간형은 물속에 적합하지 않아. 그렇다면 수생 생물을 모방한 모양이 더 유리하잖아?"

에르카 기사가 내 의문에 대답해 주었다. 듣고 보니 정말 그러네. 극단적으로 말해 사람 형태보다는 유선형 덩어리가 더 빠르게 물속을 이동할 수 있기도 하니까.

"거기다 프레임 기어를 운반할 수도 있잖아요. 박사님, 만든다면 물고기형이 좋을까요?"

흥미진진하게 우리 이야기를 듣고 있던 쿤이 참을 수 없다는 듯이 중간에 끼어들었다. 그런데 그 말을 들은 박사는 팔짱을 끼고 고개를 갸웃했다.

"아냐. 너무 흔해. 산고 같은 거북 형태도 재미있을지도 모르겠는걸? 프레임 기어를 싣기도 편할 테고."

"무슨 소릴. 역시 상어형이 좋지 않겠나. 사납고 냉철한 모습을 전면에 내세워서……."

"상어는 이미지가 나빠. 그럴 거면 돌고래가 더 귀엽고 보기도 좋잖아. 무조건 돌고래형!"

이것도 아니고 저것도 아니라고 하면서 신형의 콘셉트에 관해 네 사람이 의견을 나눴다. 이렇게 되면 난 방관자가 될 수밖에 없다. 난 도저히 이야기를 맞춰 줄 수가 없으니.

"만드는 건 그렇다 치고, 코어는 어떤 '왕관'으로 할 건데?"

느와르는 사자형인 '레오 느와르', 루주는 호랑이형 '티거 루주', 블라우는 사슴형인 '디어 블라우'를 가지고 있다. 누군가에게 하나 더 맡길 생각인가?

내 질문에 에르카 기사가 태연하게 대답했다.

"유미나의 '하얀색' 아르부스가 있잖아."

"아르부스랑 유미나는 서브 마스터 계약이잖아? 오버 기어를 움직일 수 있어?"

아르부스의 왕관 능력 '리셋'의 대가는 계약자의 기억이다. 그래서 유미나와 아르부스는 정식 계약을 맺지 못하게 했다. 그런 위험한 일을 하게 놔둘 순 없으니까.

"서브 마스터라도 움직이는 것 정도는 문제없어. 왕관 능력은 사용하지 않는 데다, 메인 마스터가 없는 이상 제어권을 빼앗길 일도 없으니까."

그렇구나. 그럼 수중용 오버 기어는 유미나한테 맡길까. 어떤 오버 기어가 만들어질지는 알 수 없지만.

"그거하고는 별도로 수중용 프레임 기어도 생각 중이야. 인어형으로 만들면 상반신은 지금까지와 똑같이 만들 수 있을지도 모르니까. 전용기를 사용할 순 없으니 양산형이 되겠지만."

인어형 프레임 기어…… 그리고 양산형이라. 해난사고도 있으니, 개발해도 그냥 버려지는 일은 없을 것 같긴 하다.

"토야의 레긴레이브나 아내들의 전용기도 물속에서 자유로이 움직이게 개조하는 게 좋겠지? 너희까지 양산형을 타면 비효율적이니까. 이건 개발을 뒤로 미뤄도 되겠지만……. 그러니까 토야. 이번에 개발비를 왕창 좀……."

헤헤헤. 박사가 두 손을 비비면서 히죽히죽 웃었다.

윽. 필요한 개발비라는 건 잘 알지만 얘네는 돈을 물 쓰듯 써 버리니.

내가 고민하는 표정을 짓는데, 쿤이 내 소매를 쭉쭉 잡아당겼다.

"아버지, 안 되나요……?"

눈물을 흘릴 듯한 모습으로 쿤이 나를 올려다보았다.

크, 윽?! 소, 속아 넘어가선 안 돼! 이건 함정이야! 봐! 쿤 너머에서 개발자 세 사람이 히죽거리며 웃고 있잖아!

"쓸데없는 지출이 없도록 최대한 아껴야 한다……?"

"고마워요, 아버지!"

나는 점프해 안겨드는 쿤을 안아주었다. 바빌론 박사, 에르카 기사, 그리고 교수 세 명이 환하게 웃으며 척 엄지를 들었다. 크, 우리 딸을 이용하다니.

"결정됐다면 바로 콘셉트를 결정해 볼까. 오버 기어는 내가 하겠지만, 양산형은 누가 담당할래?"

"저요! 저한테도 일을 맡겨 주세요!"

쿤이 순식간에 나에게서 떨어져 세 사람에게로 달려갔다. 이 아빠는 어딘가 모르게 좀 서운해……

일단 돈을 모아야 하나? 지금까지는 엔데한테 금색 랭크 일을 양보했지만, 이번엔 나도 금색 랭크 일을 조금 맡자. 엔데는 신혼이니 잠깐 쉬어도 괜찮겠지. 가족에게 충실하란 말이다.

나도 가족에게 충실하다고는 말하기 힘든 면이 있긴 하지만……

"서방님. 모험자 길드에 간다면 소인들도 꼭 같이 가고 싶습니다."

다음 날 아침. 모험자 길드에 가서 돈을 마련하려고 하는데, 야에와 힐다가 나에게 말을 걸었다.

들자 하니, 두 사람도 조금만 더 하면 금색 랭크가 된다는 모양이다. 세계에서 네 명째, 다섯 명째의 금색 랭크가 탄생하는 건가.

특히 힐다는 금색 랭크 모험자가 할아버지라 그런지, 기합이 단단히 들어가 있는 듯했다.

그에 더해 두 사람의 딸인 야쿠모와 프레이가 미래에선 금색 랭크라는 점도 하나의 이유가 아닐까 한다.

부모로서 뒤처진 채로 내버려 둘 수는 없는 거겠지. 약간의 허세도 있겠지만.

브륀힐드에는 은색 랭크 이상의 의뢰는 없다고 보면 된다. 하지만 전 세계의 모험자 길드에는 금색, 은색 랭크의 의뢰가 매우 많다. 한마디로 장소 문제다.

나나 엔데는 전이 마법을 사용할 줄 아니 의뢰를 많이 해결할 수 있어서 랭크업도 빨랐다. 아이들의 랭크가 높은 이유도 야쿠모나 요시노의 전이 마법 덕분이 아닐까?

평범한 은색 랭크 모험자는 며칠에 걸쳐 여행하며 현장에 도착한 다음, 의뢰를 마치고 다시 돌아가야 한다. 당연히 랭크를 올리려면 시간이 걸릴 수밖에 없다.

마도 열차가 더 발전하면 그런 고생도 줄어들겠지만.

야에랑 힐다도 의뢰가 있으면 나한테 전이를 부탁할 생각이겠지. 아내들의 부탁이니 물론 받아들이겠지만, 야쿠모에게 부탁하는 방법도 있지 않나?

"아닙니다. 아무래도 딸의 도움을 받아 랭크를 올려서는 마음이 편치 않으니까요."

야에가 쓴웃음을 지으며 대답했다. 역시 부모로서의 허세인가. 나도 그 마음을 모르진 않는다.

"에르제는? 에르제도 금색 랭크가 목표잖아?"

에르제의 동문 선배인 엔데가 금색 랭크라서 의욕에 불탔었는데.

그런 내 의문에는 힐다가 대답해 주었다.

"오늘 에르제 씨는 에르나와 쇼핑을 갔답니다. 자낙 씨 가게에 옷을 보러 간다나 봐요. 에르제 씨는 어느새 딸의 옷을 골라 주는 재미에 푹 빠졌어요."

힐다도 그런 말을 하며 쓴웃음을 지었다. 아, 그랬구나.

우리 딸들은 모두 어머니에게 깊은 사랑을 받고 있지만, 특히 딸을 많이 귀여워하는 사람이 에르제와 린제였다.

야쿠모, 프레이, 쿤, 이 세 사람은 어느 정도 나이가 되어 어른스러운 면이 있다. 그래도 아직 어린이지만 부모님과 찰싹 달라붙어 다닐 나이는 지난 듯했다.

요시노와 사쿠라도 서로 크게 간섭하는 사이가 아니었고, 아시아와 루는 아예 서로 경쟁하는 사이에 가깝다.

에르나와 린네는 지금 여기로 온 아이들 중에서는 어린 편이라 다른 아이들보다 더 귀여움을 받는 게 아닐까 한다.

특히 에르제는 에르나와 딱 달라붙어 다녔다. 에르나는 싸움을 별로 안 좋아해서 에르제와 전투 훈련을 하지는 않았지만, 그 이외의 일을 할 때는 에르제와 자주 함께한다.

에르제도 딸이 무척 귀여운지, 귀여운 옷을 잔뜩 사서 입혀 보기도 하고, 자주 같이 외출하기도 했다.

"설마 에르제가 제일 딸 바보일 줄이야. 생각도 못 했어. 물론 에르나는 무척 귀엽지만."

"딸 바보 2호가 여기 있군요."

"프레이도 귀여워요."

물론 프레이도 귀엽다. 야쿠모도, 다른 아이들도 모두 착하니, 난 정말 행복한 남자야.

"이렇게 아이들을 귀여워해선 결혼할 땐 정말 난리겠습니다……."

"으윽!"

야에의 말이 가슴을 푹 찔렀다. 그것만큼은 최대한 생각하지 않으려 했는데.

당연히 언젠가는 결혼하겠지만……. 아니지. 어떻게든 결혼을 못 하게 막을 순 없을까? 접근하는 남자들을 죄다…….

"자자, 바보 같은 생각은 그만하고 얼른 가요."

"앞으로가 너무 걱정되는군요."

"으으……."

나는 힐다와 야에에 이끌려 모험자 길드로 갔다.

"은색 랭크 의뢰라면 이것과 이것인데 어떠신가요? 아직 받아주실 만한 분이 안 계신 듯합니다."

모험자 길드의 응접실에서 길드 마스터인 레리샤 씨가 의뢰가 적힌 두 장의 종이를 하나씩 힐다와 야에에게 건네주었다.

브륀힐드의 모험자 길드에는 금색 랭크 의뢰가 없지만, 전세계의 모험자 길드에 문의하면 몇 개 정도는 쉽게 발견할 수 있다.

"흠. 파르프 왕국에서 전룡(電龍)을 토벌하는 의뢰입니까."

"이건 엘프라우 왕국에서 프로스트자이언트를 토벌하는 의뢰네요."

전룡과 프로스트자이언트라. 원래 은색 랭크 모험자라도 파티를 짜서 가야 간신히 이길 수 있는 상대지만, 두 사람이라면 고전할 것도 없는 토벌 상태다.

그렇지만 방심은 금물. 충분히 조심해 줬으면 하는 바람이었다.

"괜찮습니다. 괜히 매일 모로하 형님에게 훈련을 받는 게 아니니까요."

왜일까? 이 말을 듣고 굉장히 안심되는 한편, 어딘가 모르게 가엾다는 생각도 드는데.

그래도 혹시나 무슨 일이 있을 때를 대비해서 야에한테는 루리를, 힐다한테는 코교쿠를 딸려 보냈다.

루리라면 전룡과 이야기할 수 있으니 어쩌면 대화로 해결할 수 있을지도 모르고, 코교쿠는 눈이 많은 지방에서 추위로부

터 몸을 지켜줄 수 있을 테니까.

【게이트】를 열어 각자 현장으로 보내주었다. 끝나면 전화든 소환수의 텔레파시든 연락을 하면 데리러 갈 테니까.

두 사람을 응접실에서 【게이트】로 보내준 후, 이번엔 내 차례라는 듯이 나는 레리샤 씨를 돌아보았다.

"그리고 폐하의 의뢰입니다만."

"네네."

"현재는 이렇다 할 의뢰가 없습니다."

"네?"

의뢰가 없어? 금색 랭크 의뢰가 없다는 건가? 어? 전 세계적으로도?

"엔데 씨가 당분간 쉰다며 쌓여 있던 의뢰를 다 해치우셨습니다."

"크으윽……!"

나도 안다. 이건 화를 내선 안 되는 일이다. 엔데는 결혼 후에 편하게 지내고 싶으니 먼저 일을 해뒀을 뿐, 나쁜 의도는 하나도 없었겠지. 오히려 이건 칭찬해 줘야 할 일이다. 이 자식!

"돈이 될 만한 의뢰는 없을까요?"

"한 나라의 왕이 그런 말씀을 하시면 국민으로서 마음이 불안해집니다만, 그러네요. 로드메어에서 집단폭주^{스 탬 피 드}의 징후가 보이는데……."

레리샤 씨가 복잡한 표정으로 종이 뭉치를 넘기면서 말했다.

집단폭주라. 내버려 두면 마을이 위험에 처한다. 얼른 대처해
야 할 안건이다. 하지만⋯⋯.

"그건 로드메어의 모험자가 토벌해야 할 의뢰죠?"

"네."

"그럼 안 되겠네요."

내가 가서 해결하면 문제는 사라진다. 하지만 그래선 로드메
어의 모험자들은 할 일이 없어진다. 이게 어려운 점이란 말이
지. 랭크의 차이는 있지만 나도 그 사람들도 같은 모험자니까.

집단폭주의 경우, 느긋하게 소재를 모을 수는 없으니 쓰러
뜨린 마수는 대체로 방치된다. 대신 나중에 모험자 길드가 회
수해 모험자들에게 보수로 나눠준다.

물론 활약한 모험자와 아무것도 하지 않은 모험자에게 주는
보수는 차이를 둔다. 모험자 중에는 길드의 감시원도 있으니
그런 차이는 철저히 확인한다.

"그런데 또 집단폭주인가요? 정말 많아졌네요."

"네. 뭔가에 쫓기고 있는지, 아니면 다른 이유가 있는지는
알 수 없습니다만."

집단폭주가 발생하는 이유는 다양하지만, 가장 흔한 이유가
외적의 침입이다.

강력한 힘을 지닌 마수가 어딘가로 침입하면 거처에서 내쫓
긴 약한 마수들이 집단으로 도망치기 시작하고, 그게 어느새
폭주가 되어 버리는 경우다.

얼마 전의 거대 거북…… 자라탄이 등장했을 때도 그랬다. 그건 자라탄이 출현하자 놀란 마수들이 일으킨 집단폭주^{스탬피드}였다.

그때는 땅속에 잠들어 있던 자라탄이 눈을 떠서 집단폭주^{스탬피드}가 발생했다. 그리고 지금 세계 각지에서 집단폭주^{스탬피드}가 자주 발생하고 있다. 이건 우연일까?

자라탄은 몸집은 거대하지만 그에 어울리지 않게 겁이 많은 성격이다. 자라탄도 도망쳐야만 하는 어떤 기척을 느꼈던 게 아닐까?

세계가 융합되어 마소 웅덩이가 많아졌고, 그 결과 거수가 나타날 확률이 높아졌다.

그 거수가 활발히 움직이면 집단폭주^{스탬피드}가 일어난다고 해도 이상할 게 없지만, 이렇듯 동시에 발생하는 게 과연 우연일까?

"혹시 집단폭주^{스탬피드} 주변에 거수의 흔적을 발견하면 알려주세요. 프레임 기어를 보내겠습니다."

"네. 그때는 잘 부탁드립니다."

거수가 상대면 역시 모험자들만으로는 힘에 부친다. 혹시 모르니까 최대한 주의해야지.

그건 그렇다 치고 돈을 벌고 싶어도 벌 방법이 없어져 버렸다. 어쩌면 좋지?

평화의 폐해인가? 아니, 물론 좋은 일이긴 하지만!

모험자 길드 밖으로 나와 마을을 걸어 다녔다. 어떻게 할까.

"그렇다면 뭘 팔아야 하나? 장사를 시작할 수 있는지 만이라도……."

옷 판매는 '패션 킹 자낙'의 자낙 씨, 음식은 '은월'의 미카 누나, 카페는 '파렌트'의 아에루 씨, 잡화, 마도구, 에테르 비클 관련은 스트랜드 상회의 오르바 씨랑 겹치니……

자낙 씨나 오르바 씨에겐 판매 금액의 일부를 받고 있으니, 두 사람의 영역을 침범해 봐야 이득이 되지도 않는다.

독서 카페 '츠쿠요미'는 아예 손도 안 대고 있고……

가능하면 바로 돈을 벌고 싶지만, 장기적으로 계속 돈이 들어온다면 뭔가를 시작해도 괜찮을지도 모른다. 다만……

돈이 문제라기보다는 문제는 수중형에 사용할 소재다. 철, 미스릴, 오레이칼코스……

직접 찾으러 갈까? 아냐. 전부 다 모으려면 아무래도 힘들어. 광석 소재를 전부 입수할 수 있는 장소 없을까? 으음, 우리 나라에도 광산이 있었다면……

아.

"있잖아. 광산으로 살아가는 나라."

철강국 간디리스. 서방 대륙에서 만들어진 공장제 고렘의 대부분이 간디리스의 소재를 사용한다고 한다.

전에 만났던 그곳의 임금님에게 부탁해 싸게 구입할 수 없을지 교섭해 보자.

한꺼번에 사면 몇 퍼센트 정도는 깎아줄지도 모른다.

"좋아. 그렇다면 뭐가 필요한지 박사한테 가서 물어볼까."

나는 【게이트】를 열어 성에 있는 박사의 연구실로 전이했다.

◇　◇　◇

"너희……. 어제부터 잠도 안 자고 계속했어?"

"응? 그렇다만?"

무슨 문제라도? 그렇게 말을 하듯이 박사가 고개를 갸웃했다.

얜 괜찮다. 평범한 몸이 아니니까.

하지만 에르카 기사나 고령인 교수까지 밤을 새우면 안 되지. 미용에도 안 좋고, 건강에도 안 좋아.

그 두 사람 옆에 있던 내 딸도 슬쩍 노려보았다.

"저, 저는 잤어요! 어머니가 오셔서 억지로 침실로 데려가셨거든요!"

역시나 린. 딸의 행동을 완벽히 파악하고 있다. 그 대신 오늘은 아침 일찍부터 이곳에 온 모양이지만.

그 행동력, 어떻게 좀 안 되나. 후우. 한숨이 절로 나온다.

"소재를 간디리스에 가서 사 올 생각이라, 뭐가 필요한지 묻고 싶어서 왔어."

"간디리스에 사러 가시나요? 아버지, 그럼 저도 갈게요!"

어? 쿤도 간디리스에?

"그거 괜찮네. 철강의 품질이 어떤지 토야는 구별 못 하잖아? 만에 하나지만 품질이 떨어지는 물건을 슬쩍 떠넘길 수도 있으니, 같이 갔다 와."

윽! 그 말대로 난 금속의 품질이 어떤지 구별할 줄 모르지만……. 그래도 【애널라이즈】를 쓰면 불순물이 포함되어 있는지는 구별할 수 있거든?

"아버지. 불순물이 없다고 꼭 좋은 물건이라고는 할 수 없어요. 예를 들면 강철은 탄소가 얼마나 포함되어 있는가에 따라 성질이 완전히 달라지기도 하거든요. 순도가 높은 철은 매우 높은 가소성(可塑性)을 지니지만, 이건……."

"알았어, 잘 알았어. 데리고 갈게. 데리고 갈 테니 그만."

제발 그 주문 같은 말은 하지 말아 줘. '가소성'이 뭐야?

"아가씨. 좋은 물건이 숨겨져 있다면 잘 챙겨와 주게."

"가격이 좀 비싸도 괜찮아. 토야한테 졸라서 사와. 분명 '허락'할 테니까."

이보세요들, 고렘 바보 두 사람! 우리 애한테 쓸데없는 바람 불어넣지 마!

어쩜담. 싸게 사려고 간디리스에 가는 건데, 더 비싼 물건을 사게 돼선 목적과는 정반대의 결과가 된다.

그렇게 된다 해도 거절할 수 없을 테니 그게 더 한심한 얘기지만. 눈물을 글썽이면서 조르면 절대 버틸 자신이 없다.

이럴 때는 역시 지원군이 필요하겠어. 강력한 지원군이.

나는 떠들썩한 개발자들 몰래 몸을 돌려 스마트폰으로 메시지를 보냈다.

"왜 어머니가 같이 오신 거예요?! 부녀끼리 알콩달콩 쇼핑을 하려던 거 아니었어요?!"

"어머, 말이 좀 심한 거 아닐까? 나도 부모이니 알콩달콩 쇼핑해도 괜찮잖아."

린이 당황하는 딸에게 태연히 그런 대답을 하며, 못마땅한 듯 뾰로통한 표정을 짓는 딸을 미소 지으며 바라보았다. 즐거워 보이네…….

"으……. 아버지한테 고렘 두세 대 정도는 사 달라고 할 생각이었는데!!"

"달링. 달링을 아주 얕보는 모양이야."

린이 어이없다는 듯이 딸과 나를 바라보았다. 그거야……. 어렴풋하게나마 이미 알고 있었어.

딸의 바람은 이루어주고 싶은 게 아버지의 천성이거든요. 그래도 고렘 두세 대는 좀 많아 보이긴 하지만.

자, 쿤의 말대로 부모와 딸이 함께 알콩달콩하며 간디리스로 가 볼까요.

철강국 간디리스의 국왕 폐하에게 전화해서, 개인적으로 철강재를 판매해 줄 수 있는지 물어보니 흔쾌히 허락해 주셨다.

그 대신이라고 하기엔 뭐하지만, 조금 상의를 했으면 하는 일도 있다고 했지만. 철강국이 나한테 상의할 일이 있다고? 뭐지……?

"가 보면 알겠지."

"얘기는 잘 됐어?"

"응. 왕궁에서 기다린대."

린에게 대답한 뒤, 나는 곧장 【게이트】를 열었다.

기다렸다는 듯이 쿤이 제일 먼저 【게이트】 안으로 뛰어들었다. 그렇게 서두를 필요는 없는데.

"정말……. 침착하지 못하다니까. 누굴 닮아서 그런 걸까?"

"어? 날 닮았다고 말하고 싶은 거겠지만 바빌론의 '도서관'을 찾았을 때의 린도 만만치 않았거든?"

"지금의 쿤보다는 조금 더 침착했을 텐데?"

애가 애가. 발밑의 폴라가 '그랬던가?'라고 고개를 갸웃하고 있잖아.

"부모와 딸이니 닮은 건 당연한 건가?"

"그건 그래."

우리는 서로 얼굴을 마주 보며 웃었다. 그랬더니 【게이트】안에서 쿤이 슬쩍 째려보며 고개만 빼꼼 내밀었다.

"사이가 좋아 보기 좋지만, 어서 가지 않으실래요? 간디리스 국왕 폐하를 기다리게 해선 실례잖아요."

"응. 맞아. 그러네."

"마, 맞아. 어서 가자."

조금 쑥스러워진 우리는 서둘러 【게이트】를 통과했다.

"아버지, 저 하이미스릴도 사요."

"네네, 이거 말이지?"

나는 쿤의 말대로 백은으로 빛나는 하이미스릴 덩어리를 【스토리지】에 넣었다.

간디리스 국왕 폐하는 인사를 한 뒤, 곧장 철강재와 자원을 모아둔 성 아래의 큰 창고로 우리를 안내해 주었다.

다양한 강철과 합금이 사방에 산처럼 쌓여 있었고, 정련된 강철로 만든 상품도 놓여 있었다.

엄청나다. 역시 철강국이라고 할 만해.

철강국 간디리스는 다양한 광산에 둘러싸인 산악국이다.

풍부한 지하자원과 고도의 정련 기술 덕분에 서방 대륙의 대부분의 나라가 이 나라에서 철강재를 구매했다.

그래서 예전에는 몇 번인가 침략도 받았지만, 매우 험한 지형과 강건한 고렘들 덕분에 침략을 물리칠 수 있었다고 한다.

온갖 광물을 입수할 수 있어 드워프들이 정주했고, 무기와 방어구 종류도 일급품이 많았다. 프레이를 안 데려오길 잘했어. 집에 안 가겠다고 했을지도 모르니.

"우리 나라에도 광산이 있었으면 좋았을 텐데."

"없는 걸 원해도 생기진 않아."

린이 딱 잘라서 말했다. 그건 그렇지만.

당연하지만 나는 광석의 미묘한 차이는 봐도 모른다. 당연히 【서치】로는 딱 봐도 알기 쉬운 화석이나 마석이 아니면 검색해도 찾을 수 없다.

미스릴 골렘이나 오레이칼코스 골렘처럼 알기 쉬운 형태라면 검색이 되지만.

오레이칼코스 골렘은 스우의 오르트린데 오버로드를 만들 때 조금 많이 사냥했었지……. 멸종위기종이 되지 않을까 싶을 만큼.

그 이야기를 했다가 다른 임금님들한테 혼이 났다. 귀중한 자원을 다른 나라에서 빼앗은 셈이니 당연한가.

이미 사냥을 해서 피해를 준 나라에는 미스릴 골렘이나 다이아몬드 골렘이 서식하는 장소를 몇 군데 정도 알려줘 간신히 용서를 받을 수 있었다.

"정말 많이 사네. 오버 기어 한 기를 만드는 데 이렇게 많이 필요해?"

"필요해요! 자세히는 말할 수 없지만요."

"정말이지? 시치미를 떼며 네가 사고 싶은 물건까지 사는 건 아니니?"

"어머니. 딸을 의심하다니 너무해요. 아, 이것도 쓸 만하네요. 아버지, 이것도 하나 사죠."

린의 의심스러워하는 눈초리를 피하면서 쿤이 철강재를 가리켰다.

정말 많이 사긴 많이 사네……. 원래 '공방'에 있는 철강재랑 합치면 어마한 양이 될 거 같은데.

오버 기어는 프레임 기어보다 크니 어느 정도는 각오했지만……. 돈이 모자라진 않을까? 싸게 사려고 여기로 온 건데, 결과적으로 돈이 더 나가면 의미가 없다.

나는 일말의 불안을 품으며 모녀의 뒤를 따라 걸었다.

◇ ◇ ◇

"양이 엄청나군⋯⋯. 이렇게 많이 사서 뭐에 쓸 생각인지 궁금하지만 굳이 물어보진 않겠네."

철강왕은 내가 【스토리지】에 넣은 물건의 리스트를 보고 깜짝 놀랐다. 나도 놀랐다. 예상했던 양의 몇 배는 된다. 정말로 이렇게 많이 필요한가? 몇 기를 만들 셈이야?

오버 기어는 물론, 수중 전용 프레임 기어도 동시에 몇 기 정도 만들 생각인 걸까?

쿤은 생글거릴 뿐 알려주지 않으니. 박사도 그렇지만 이 분야의 사람은 비밀주의가 너무 심하다. 난 스폰서거든?

"그래서 내야 할 금액 말이네만⋯⋯."

"어, 얼마죠?"

철강왕의 말을 듣고 나는 마른침을 삼켰다. 철강왕은 손에 든 종이에 사삭사각 뭔가를 쓰더니, 금액이 적힌 종이를 나에게 건네주었다.

어? 생각보다 싸네? 정말 이 금액만 내도 돼요?

"상당히 싸게 쳐주신 듯한데요⋯⋯."

"그래. 실은 전화로 말했던 상의할 일과도 관련이 있는데⋯⋯. 그걸 해결해 준다면 이 금액에서 절반을 더 빼주지."

에구. 역시 세상에 공짜는 없는 법이구나. 뭘 시키시려고 하는 거지?

"이 지도를 보게."

응접실 테이블 위에 간디리스의 주변 지도가 펼쳐졌다. 이건 내가 스마트폰의 지도를 바탕으로 만들어 건네준 지도다. 지도의 중심은 간디리스의 왕도였다.

"이곳이 이 나라에서 제일 큰 광산이 있는 도시 메르크리움이네. 그리고 간드라 산맥을 사이에 두고 왕도가 있지. 왕도로 철강재를 수송하려면 비행정으로 간드라 산맥을 넘거나, 남쪽에 있는 이 마을을 우회해야만 하네."

역시 비행정으로 철강재를 옮기기에는 무리가 있지 않을까? 그 무거운 물건을 비행정으로는 많이 쌓을 수 없을 테니까. 많이 쌓으면 못 난다.

우회하는 남쪽 루트도 문제네. 굉장히 거리가 멀지 않나? 아하. 철강왕이 무슨 말을 하고 싶은지 알겠다.

"그러니까, 이곳에 터널을 뚫어 달라는 그런 말씀인가요?"

나는 왕도와 메르크리움 사이에 솟은 산맥을 손가락으로 툭툭 두드렸다. 철강왕도 그 말대로라는 듯이 씨익 웃었다.

"솔직하게 말하면 그렇지. 예전부터 이곳에 터널을 뚫어 보자는 계획은 있었지만, 지반이 약한 곳이 몇 군데인가 있어서 말이야. 억지로 뚫었다간 무너질 테니 위험해서 뚫지 못했네. 하지만 동방 대륙에서 마법이 전해져 흙 마법이라면 가능하지 않을까 하는 이야기가 나왔지."

그렇구나. 그 말대로 흙 마법이라면 무너질 법한 곳을 단단하게 만들면서 계속 파낼 수 있다. 실드 공법과 같은 요령이다.

"여긴 거리가 꽤 되네⋯⋯."

마도 열차 레일을 깔 때 벨파스트 왕국과 리프리스 황국 사이에 있는 산맥에 터널을 뚫었는데, 그것보다 두 배는 더 길었다. 즉, 100킬로미터에 가까웠다. 뚫지 못할 정도는 아니지만 시간을 너무 들이고 싶진 않으니⋯⋯. 단숨에 해 버릴까.

"알겠습니다. 뚫어 보겠습니다."

"오오! 받아들여 주는 건가!"

"그런데 어디서부터 어디까지 뚫으면 되나요?"

"가능하면 왕도와 메르크리움을 최단 거리로 연결해 줬으면 한다만."

나와 철강왕이 지도를 사이에 두고 대화를 나누고 있는데 그 옆에서 린은 우아하게 간디리스의 왕비님들과 함께 차를 마셨다. 린도 공국의 공비다. 나라의 누가 되지 않도록 열심히 공비답게 행동하고 있었다.

문제는⋯⋯.

"와. 구동계에까지 에테르 라인을 끌어왔네요. 아! 그렇구나. 비상시에는 이 보조 동력으로 변환되어서⋯⋯. 재미있는 걸요."

문제는 방의 구석에서 간디리스 왕궁에 배치된 근위 고렘에

다가가 관절 틈새로 안을 들여다보는 공국의 공주가 있다는 것이었다. 사실 철강국 사람들은 공주가 아니라 내 친척 아이라고 생각하고 있겠지만.

이 방의 경비를 맡은 근위 고렘은 바짝 붙어 있는 쿤이 들여다보는데도 미동도 하지 않은 채, 마치 장식품처럼 직립 부동을 유지했다.

"좀…… 죄송합니다."

"아닐세. 우리 나라의 고렘에 흥미를 느껴 준다니 오히려 영광이군."

내가 사과하자 철강왕이 쓴웃음을 지으며 대답했다. 말은 그래도 어이가 없지 않을지.

"역시 왕궁의 고렘. 윤활유도 최고급을 사용했네요. 어머? 이 배선은……."

쿤~. 이제 그 정도만 하는 게 어때? 저기서 생글거리며 차를 마시는 어머니의 관자놀이에 파랗게 핏대가 올라오기 시작했잖아. 앗, 이미 늦었나.

린은 '잠시 죄송합니다' 라고 왕비님들에게 양해를 구한 뒤, 자리에서 일어서더니 생글거리며 곧장 쿤이 있는 곳으로 성큼성큼 다가갔다. 우와, 이제 틀렸어.

그런 것도 모르고 쿤이 고렘에 열중하고 있는데 린의 양 주먹이 등 뒤에서 쿤의 좌우 관자놀이를 덮쳤다.

"음~. 이대로라면 마찰 계수가…… 아야야얏?! 어, 어머니?! 아파요!!"

"쿤~? 이제 그만 하면 어떨까? 나한테 창피를 줄 셈이니?"

빙글빙글빙글빙글. 린의 관자놀이 빙글빙글 공격이 작렬했다. 그걸 보고 폴라가 '무서워라……!' 라고 하듯이 덜덜 떨었다.

"뭔가 좀…… 죄송합니다."

"아니, 아닐세……."

철강왕은 이제 실룩거리는 표정을 숨기지도 못했다.

일단 터널을 팔 장소를 확인한 뒤, 나는 방향과 거리를 스마트폰으로 촬영해 두었다. 그리고 파야 할 터널의 크기도 확인해 두었다. 나중에 마도 열차가 이곳을 지나게 되면 수송이 더욱 편해질 테니까.

"달링. 터널을 파야 한다면 우리도 도울게."

"어? 어머니? 저도요?"

"너한테도 일부 책임이 있으니 도우렴."

"네~……."

빙글빙글 공격에서 해방된 쿤이 힘없이 대답했다. 거절하면 또 관자놀이 빙글빙글 공격이 엄습할지도 모른다.

쿤도 린처럼 어둠 속성 이외의 마법을 모두 사용할 수 있다. 두 사람 모두 흙 마법을 사용할 수 있으니, 두 사람이 도와준다면 훨씬 편하게 터널을 뚫을 수 있다.

그럼 부모와 딸의 공동 작업을 시작해 볼까.

$$\diamond \ \diamond \ \diamond$$

"【흙이여 뚫어라, 나선의 굴착, 디그스파이럴】."

""【흙이여 오너라, 토루(土壘)의 방벽, 어스월】.""

내가 뚫은 직경 10미터 정도의 가로로 낸 굴을 좌우에서 대기하던 린과 쿤이 【어스월】을 사용해 무너지지 않도록 고정했다. 파낸 흙은 【어스월】로 압축한 덕에 벽면과 평탄한 지면으로 변했다.

단숨에 10킬로미터나 뚫었기 때문에 고정을 끝내면 파낸 곳 끝으로 【텔레포트】로 이동해 다시 굴을 파냈다. 열 번 정도 이 작업을 반복하면 반대편에 도착하겠지.

"완성한 뒤에 결계를 펼쳐 두지 않으면 마수가 들어오겠어."

만약 그렇게 되면 여긴 그냥 직선 던전이나 마찬가지다. 거기다 도망칠 곳이 없다. 그렇게 되어선 간디리스도 곤란하겠지.

"도중에 쉴 수 있는 휴게소도 필요해 보여요."

"환기가 가능한 장치도."

고렘 마차의 속도가 대체로 시속 20~30킬로미터. 네다섯 시간이나 터널 안에서 보내야 하니, 쿤의 말대로 휴게소가 필요할 듯했다.

절반 정도 판 뒤에 넓은 공간을 만들고, 환기를 위해 작은 세로 굴도 파두자.

"계속 굴 안에 있으니 꼭 두더지가 된 기분이야."

"어머, 달링. 드워프는 대체로 이런 생활을 하고 있거든? 다만 그 사람들은 광석을 얻으려고 계속 파는 거지만."

"광맥을 발견하면 좋겠어요. 철강재 비용을 더 싸게 쳐주실지도 모르잖아요."

그런 대화를 나누는데, 단단하게 다지기 전의 지면이 불쑥 융기하더니 그곳에서 날카로운 발톱을 지닌 거대한 두더지가 고개를 쑥 내밀었다. 깜짝 놀란 폴라가 린의 다리에 달라붙었다.

"어머, 웬일일까. 자이언트몰이네. 여기에도 있었구나."

"아버지가 이상한 말을 해서 그래요."

"어? 내 탓이야?"

두더지는 굴을 파는 소리에 이끌려서 온 듯했다. 결코 우리 대화를 듣고 오진 않았을 것이다.

〈크아아아아······!〉

자이언트몰은 구멍에서 나와 양발의 발톱을 우리에게 내밀며 위협을 했다. 역시 우리의 목소리를 듣고 다가온 건지도 모르겠어. 먹이를 발견했다고 착각해서.

자, 어떻게 할까.

"【물이여 오너라, 맑고 차가운 칼날, 아쿠아 커터】."

"앗."

〈꾸웨엑?!〉

내가 생각을 정리하기도 전에 쿤의 마법이 자이언트몰에 작렬했다. 5~6미터는 되는 거대한 두더지가 무참하게도 세로로 두 동강이 나 버렸다. 우와아…….

"참……. 얘가. 사용하는 마법을 적절히 생각해야지?"

"네? 불 마법은 위험하니, 이럴 때는 물 마법이 제일 아닌가요?"

"그건 그렇지만 잡는 방법도 생각해야 했어. 달링의 【스토리지】로 회수해도 지면에 눌어붙은 피 냄새는 사라지지 않을걸?"

린의 말대로 터널 안에는 해치운 자이언트몰의 피 냄새가 진동을 했다. 꽤, 아니, 굉장히 피비린내가 심하다.

나는 곧장 죽은 자이언트몰을 【스토리지】 안에 회수하고 바람 마법을 사용해 더러워진 공기를 밖으로 밀어냈다.

"물 마법으로 질식시키거나, 또는 얼음 마법으로 온몸을 얼려서 막는 방법이 더 좋지 않았을까?"

"으……. 다음부터는 그렇게 하겠어요."

쿤이 조금 삐친 모습을 보이자, 린이 쿤의 머리를 쓰다듬어 줬다. 아무래도 반사적으로 공격했나 보네. 쿤은 머리가 좋으니 조금만 생각해 봤다면 금방 좋은 방법을 눈치챘을 텐데.

그 이후에도 몇 마리인가 조금 전처럼 거대 두더지나 거대 지렁이가 나타났지만, 그건 쿤이 모두 얼음으로 만들어 버렸다.

땅속에 생물이 꽤 많이 있구나. 완성한 뒤엔 결계와 보강 마법으로 터널 안으로 들어오지 못하게 막아야겠는걸?

그런 생각을 하면서 몇 번인가 【디그스파이럴】을 발동했을 때, 지금까지와는 다른 감촉이 느껴졌다. 마법이 헛돌았다고 해야 할지 관통해 밖으로 나가 버렸다고 해야 할지.

어? 관통해 밖으로 나가? 잠깐. 아직 반대편까지는 꽤 거리가 남았을 텐데?

"저편에 텅 빈 곳이 있는 건가……?"

"어머. 종유굴이라도 있었던 걸까?"

터널 안은 어두워서 린이 만든 【라이트】가 우리의 머리 위에 떠올라 있었다. 그 빛마저도 삐끔 뚫린 앞의 구멍에는 닿지 않아 그 안은 보이지 않았다.

쿤이 새로 【라이트】의 불빛을 만들고 뚫린 구멍 앞으로 달려갔다. 앗, 쿤! 뭐가 있을지 모르잖아! 위험해!

"이건……! 아버지, 어머니! 여길 보세요!"

"뭐, 뭔데? 뭐가 있는데?"

쿤이 우리를 큰 소리로 불러 나와 린은 서둘러 구멍이 있는 곳으로 달려갔다.

"이, 이건……!"

그곳에는 쿤이 띄워 둔 【라이트】의 빛과는 별개의 반짝이끼처럼 흐릿한 빛이 존재했다.

우리의 눈에 보인 것. 그건 눈 아래에 펼쳐진 거대한 도시였다.

어렴풋하게 길과 건물이 보였고, 멀리서는 탑과 피라미드 모양의 무언가가 보였다. 완벽한 지하 도시다.

정확하게는 도시라기보다는 도시 터라고 해야 할까. 아쉽게도 건물과 탑은 일부가 무너져 있어 폐허라고 하는 편이 더 어울렸다.

보아하니 고대 도시인 듯한데……. 설마 터널을 파다가 이런 도시와 만나게 될 줄이야.

"굉장해요! 미래 세계에서도 이런 곳은 아직 발견되지 않았거든요! 대발견이에요!"

"엄청난 걸 발굴했는걸? 어쩌면 철강재를 공짜로 받을 수 있을지도 몰라."

"그거 좋네. 저녁은 호화롭게 먹어 볼까?"

흥분한 쿤과는 달리 나와 린은 가볍게 농담을 주고받을 뿐이었다. 솔직히 말해 성가신 발굴물이란 생각밖에 안 들었다.

그런데 미래에서도 아직 발굴되지 않았다고? 그럼 미래가 변하게 된 건가? 또는 미래의 간디리스는 이 지하 도시를 숨겨둔다거나? 어떻게 된 걸까?

일단 철강왕에게 전화로 연락하자, 상대도 쿤처럼 매우 흥분해서는 바로 여기로 오겠다고 말하더니 전화를 바로 뚝 끊어 버렸다.

바로 비행정을 타고 와도 여기까지는 시간이 꽤 걸릴 텐데……. 내가 데리러 갈까도 생각해 봤지만, 기왕에 온다고 하니 그냥 기다릴까. 길어도 한두 시간 정도면 도착할 테니.

"아버지, 아버지! 조사! 조사해 봐요! 위험하지 않은지 조사요!"

어쩜담. 곤란하네. 철강왕이 도착할 때까지 흥분한 우리 딸을 어르고 있을 자신이 없다.

하지만 안정성을 확인해 둘 필요는 있다. 아까 자이언트몰이나 거대 지렁이 같은 땅속에서 활동하는 마수들의 근거지일지도 모르니까.

우리는 쿤의 의견에 따라 뚫어 놓은 구멍 아래로 내려가 보기로 했다. 외벽을 부순 듯, 아래는 깎아지른 듯한 벼랑이었지만 우리는 【플라이】로 훤히 트인 장소로 무사히 내려설 수 있었다.

중앙 광장 같은 그곳은 돌바닥이 갈라져 있었고, 건물은 일부가 무너져내려 있기도 했다. 역시 폐허가 된 도시인가.

"이 대륙은 보호 마법이 일반적이지 않아서 그런지 손상이 심한걸? 고렘은 장기간 보전이 가능하도록 만들어지는데."

"우리의 마법처럼 도시 전체를 보호하기는 어려웠던 게 아닐까?"

박사의 이야기에 따르면 고대 마법 문명은 건물을 만들 때, 대체로 흙 마법으로 강화하거나 보호 마법을 걸어 청결을 유지했다고 한다.

이곳에도 그런 기술이 있긴 했지만, 일반적으로 사용되진 않았던 거겠지. 가치가 있는 물건만 보호했던 모양이다.

반대로 말하면 보물처럼 보호해 둔 물건이 있을지도 모른다는 말이었다.

어?! 나도 쿤처럼 가슴이 좀 두근거리는데?

그런 내 마음에 찬물을 끼얹듯이 폐허가 된 도시 안에서 철컹, 하는 소리가 들렸다.

"……방금 그 소리는 뭐지? 뭐가 있나?"

어둠 속에 떠오른 폐허가 된 도시에서 더욱 크게 소리가 울렸다. 우리는 주변을 경계하면서 언제든 움직일 수 있도록 자세를 잡았다.

철컹, 철컹. 금속음 같은 소리가 점점 늘어나더니, 이윽고 어렴풋한 어둠 속에서 고렘 한 대가 나타났다.

키는 사람과 비슷한 정도. 놋쇠 같은 갑옷을 몸에 두른 기사처럼도 보였다. 하지만 얼굴에 해당하는 부분은 카메라 렌즈처럼 생긴 외눈이 좌우로 지잉지잉 움직이고 있었다. 안은 역시 기계인가 보다.

등에는 네 개의 통처럼 보이는 물건이 튀어나와 있었는데, 그곳에서는 증기처럼 반짝거리는 뭔가가 뿜어져 나왔다. 몸의 관절에서도 그 증기가 새어 나오고 있어 마치 부서지기 직전처럼 보였다.

그런 놋쇠 고렘이 한 대가 아니라 몇 대나 마을 여기저기에서 나타나 우리를 향해 다가왔다. 손에 무기를 들고 있지는 않았지만, 슬금슬금 다가오는 그 모습은 마치 좀비 영화에 나오는 좀비 같았다.

"설마 고렘이 사는 지하 도시였을 줄이야……."

"달링, 어떻게 할래? 광역 마법으로 전부 날려 버릴까?"

"네에?! 말도 안 되는 짓을!! 어머니, 저건 귀중한 고대 기체^{레거시}예요! 망가뜨리면 다시는 원래대로 되돌리지 못할지도 몰라요!"

"……얘는 정말, 내 딸이긴 하지만 정말 귀찮은걸?"

자신에게 바짝 다가와 매달린 쿤을 보고 린이 진심으로 어이없다는 듯이 중얼거렸다. 귀중한 고렘이라는 건 알겠지만 습격해 온다면 봐줄 생각은 없다.

하지만 쿤의 부탁이니 기능을 정지시키는 정도로만 해 둘까?

얼음으로 휘감아 두면 부수지 않아도 멈출 수 있겠지.

내가 봉빙(封氷) 마법【이터널코핀】을 발동하려고 했는데, 갑자기 여성의 목소리가 지하 도시에 울려 퍼졌다.

〈여러분, 물러서세요. 그 사람들에게 위해를 가해선 안 됩니다.〉

갑작스러운 목소리에 우리가 놀라는데, 놋쇠 고렘이 천천히 좌우로 물러서며 길을 만들었다.

그 길에서 나타난 사람은 고대 로마인이 입던 토가라 불린 옷, 다시 말해 하얀 천 하나로 이루어진 헐렁한 옷을 걸친 여성이었다. 은색으로 빛나는 머리카락은 길었고, 눈동자는 금색. 어둠 속에서 그 미모만이 수상하게 흔들리고 있었다.

"기계 인간 도시 아가르타에 오신 걸 환영합니다. 지상의 사람들이여."

지하 도시에서 만난 토가 차림의 은발 여성은 그렇게 말하며 우리에게 미소를 지었다.

"기계 인간 도시 아가르타?"

"네. 일찍이 이곳의 북쪽에서 번영했던 고대 왕국, 다나시아에서 도망친 사람들이 만든 지하 도시입니다."

새하얀 토가를 걸친 은발 여성은 미소를 지으며 내 질문에 정중히 대답했다.

"고대 왕국 다나시아라니요?"

"일찍이 이 대륙의 패권을 다툰 두 개의 고대 왕국 중 하나예요."

이번엔 쿤이 설명해 주었다. 미안한걸? 아무것도 몰라서.

분명 고대에 두 개의 왕국이 주도권을 놓고 싸우다가 고렘을 대량으로 투입하는 바람에 세계에 엄청난 피해를 줬다고 했지? '고대 고렘 대전'이었던가?

그 전쟁이 원인이 되어 세계는 한 번 멸망했고, 그 뒤에 지금의 문명이 새로 들어섰다고 한다.

서방 대륙의 역사는 분명 그랬었다.

"전쟁 중에 누구나 싸움을 원했던 것은 아닙니다. 싸우길 거부하고 왕국에서 도망친 자들은 우연히 발견한 이 지하 시설에 몸을 숨기고 전쟁이 끝나길 기다렸습니다. 그러나 몇십 년이 지나도 전쟁은 끝나지 않아, 이윽고 그들은 이 땅을 제2의 고향으로 삼고 살기 시작했습니다."

"고대 고렘 대전은 300년 이상 계속됐다고 하니, 그렇게 되어도 이상하진 않지만요……."

쿤이 토가 차림의 여성의 말을 뒷받침하는 설명을 덧붙였다. 300년 이상이나 계속됐다고?

지구에도 '335년 전쟁'이라 불리는 전쟁이 있었지?

하지만 그건 1년 만에 상대가 항복을 해서 이미 결판이 났는데도 종료 선언이나 평화 조약을 맺지 않았을 뿐이었다고 한다.

후세의 역사가가 '어? 이 전쟁은 벌써 끝난 거 아니었어?'라고 발표해서, 개전한 지 335년이 지나 겨우 평화 조약이 맺어졌다고 했던가? 참으로 기묘한 이야기다.

한 발의 총격전도 없이 끝난, 세계에서 제일 평화로운 전쟁이라고들 했다.

"그렇다면 당신은 이곳에 살았던 고대인의 후예라는 말이야?"

린의 말을 듣고 토가 차림의 여성은 고개를 가로저었다. 어? 아니야?

"이 땅에 정착한 사람들은 그 후에 점차 숫자가 줄어, 200년 후에는 모두 죽었습니다. 햇빛이 들지 않는 지하에서 인간들은 살기가 어려웠기 때문이지요."

햇빛…… 햇빛 부족인가. 햇볕도 받지 않고 집에 틀어박혀만 있으면 건강에는 좋지 않을 것 같기야 한데.

"'비타민D 결핍증'이라는 걸까? 감염증에 쉽게 걸리게 되고, 골다공증에도 걸린다고 하잖아."

"자세히 잘 아네……?"

"지구에서 가져온 책에서 봤어."

어느새 내 아내가 나보다 지구 지식을 더 많이 흡수한 상태였다. 린은 의학 관련 책까지 샀던 건가.

……잠깐만. 전쟁이 시작된 뒤로 200년 만에 이 도시 사람들이 멸망했다면, 눈앞에 있는 이 여성은 누구지? 고대 고렘 대전은 5000년 전의 일일 텐데? 그렇다면…….

내가 의문스럽게 생각하는데, 옆에 있던 쿤이 탁 하고 주먹으로 손바닥을 쳤다.

"아하. 당신은 유사 인간형 고렘이군요?"

"네. 형식 번호 PEL-42, '페를라조네' 시리즈, 의료 간호용 고렘, 펠르시카라고 합니다."

우아하게 펠르시카라 이름을 밝힌 유사 인간형 고렘이 우리에게 고개를 숙였다.

유사 인간형 고렘이구나. 언제나 그렇지만 '고대 기체^{레거시}' 수준이 되면 좀처럼 구별하기가 힘드네. 자세히 보니 두 눈의 홍채가 사람과는 조금 다른 듯했다.

셰스카를 비롯한 바빌론 시스터즈랑 비교해도 크게 손색이 없어 보일 정도다.

린이 펠르시카에게 말을 걸었다.

"의료 간호용인데 이곳 사람들의 건강 변화는 눈치채지 못했어?"

"눈치챘습니다. 하지만 사람들의 세대가 변함에 따라 그들의 지상에 대한 공포는 부풀어 올라, 대부분의 사람은 이 땅 밖으로 나가려고 하지 않았습니다. 지상은 죽음의 세계라고 생각했지요. 이 땅을 떠나서는 살 수 없다고요."

부모님 세대가 해 준 말을 그대로 받아들인 걸까? 살인 로봇이 우글거리는 곳으로 아이들을 보내고 싶진 않았던 거겠지.

"그래서 당신은 살던 사람이 사라진 이 지하 도시를 계속 지키고 있었던 거야?"

"네. 사람이 사라져 고렘밖에 없는 '기계 인간 도시'가 된 이후에도 휴면 상태를 반복하며 우리는 오랫동안 이곳에서 지내왔습니다. '기간테스'의 감시자로서요."

" '기간테스' ?"

펠르시카는 부드럽게 손을 들고 어둠 저편을 가리켰다. 도시가 발하는 어렴풋한 빛으로는 잘 보이진 않았지만, 피라미드 같은 건물 위에 있는 거대한 뭔가가 희미하게 보였다. ……뭐지?

"【빛이여 오너라, 커다란 반짝임, 메가브라이트】."

린이 상급 조명 마법을 피라미드 방향으로 날렸다.

그러자 피라미드 상공까지 전구가 켜진 것처럼 밝게 비추는 커다란 광구가 만들어졌다.

빛을 받아 떠오른 피라미드 같은 건물과 그 배후.

벽에 반쯤 묻힌 커다란 기체였다. 아주 거대한 인간형 기계 덩어리가 벽에 묻혀 있었다.

잠깐만. 저거랑 비슷한 뭔가를 난 본 적이 있어……!

" '헤카톤케이르' ……!"

그래! 아이젠가르드의 마공왕이 되살렸던 태고의 결전 병기. 그거랑 닮았다.

" '헤카톤케이르' ? '헤카톤케이르' 라면 아버지가 해치웠다는 아이젠가르드를 멸망시킨 결전 병기 말인가요?!"

"결전 병기를 알고 계시는군요. 맞습니다. 저건 그 결전 병기 중 하나. 이곳에 남겨진 부정적인 유산……."

다나시아 왕국에서 도망친 사람들이 발견한 이 지하 시설은 어떤 나라의 결전 병기를 만들기 위한 공장이었던 모양이었다.

발견한 당시, 지하 시설에 있던 사람들은 모두 죽어 있었다.

모두 고통스러운 표정으로 숨이 끊어져 있었다고 한다.

무슨 사고를 당한 건지…… 아니면 독가스 같은 물질이 퍼졌기 때문인지는 알 수 없다.

다나시아에서 도망쳐 온 사람들은 이 지하 시설에 숨어 있기로 결정했다. 지상에서는 어디에 있든 안전할 수 없었기 때문이다.

얼마 안 있어 얼마간 남겨져 있던 자료를 통해 결전 병기 '기간테스'를 조사하던 사람들은 무시무시한 사실을 알게 된다.

이 결전 병기는 이미 완성되어 있었다는 것을. 지금은 단지 휴면 상태일 뿐이라는 것을.

"'기간테스'는 강제적인 동면 상태에 들어가 있습니다. 만약 다시 기동된다면 입력된 명령을 수행하기 위해 행동을 시작하겠지요. '적을 파괴한다'라는 단 하나의 명령을."

"적?"

"자국에 속하지 않은 모든 고렘입니다."

그럼 뭐야? 저게 움직이기 시작하면 전 세계의 고렘을 파괴하기 시작한다는 건가? 엄청난 명령이 입력되어 있네.

"이 '기간테스'에 입력된 명령은 이 고렘의 본능, 또는 존재 이유라고 할 수 있습니다. 계약자가 없어도 이 고렘은 그 명령을 우직하게 실행하겠지요. 고렘뿐만 아니라 존재하는 마을도 인간도 모두 한꺼번에 파괴할 겁니다. 그래서 부정적인 유산이지요. 저것이 눈을 뜨면 세계는 멸망합니다."

마공왕 할아버지도 고대 고렘 대전 말기에 여러 나라가 경쟁하듯이 결전 병기를 만들었다고 했어. 이것도 그중의 하나인가. 어쩌면 헤카톤케이르를 만든 나라에 대항해 만들었을지도 모른다.

"세계가 멸망한다라. 달링, 어떻게 할 거야?"

"글쎄. 개인적으로는 성가시니 파괴해 버리고 싶은 심정이지만……."

"파괴요?! 말도 안 되는 소릴! ……아, 물론 세계 평화와 바꿀 수 있는 물건이 아니라는 점은 잘 알지만요……."

나와 린이 눈에 힘을 주자 쿤의 목소리가 잦아들었다.

다만, 일단은 남의 나라에 있는 물건이니, 간디리스 철강왕의 양해도 없이 파괴하긴 좀 그렇다.

이 결전 병기는 발견한 우리에게 소유권이 있는 걸까? 아니면 원래 이 땅에 존재했으니 이 나라에 소유권이 있다고 봐야 할까?

설사 간디리스가 소유권을 주장하더라도, 이게 기동하지 않도록 조치는 취할 거지만.

"일단은 저걸 한번 살펴봐도 될까?"

"……기간테스가 눈을 뜨게 만드는 공격 등의 충격을 가하지만 않는다면 괜찮습니다. 하지만, 세심한 주의를 기울여 주시길 부탁드립니다."

계약자가 없는 이 여성 같은 고렘은 자신을 위험에 처하게 하는 명령이 아닌 이상 최대한 인간을 따르게 되어 있다. 내 부탁은 이 고렘에게 있어 상당한 위험일 텐데도, 다행히 받아들여 준 모양이다.

저게 기동되면 가장 먼저 표적이 되는 대상은 이곳의 고렘들이니까. 자극하고 싶지 않은 그 마음도 이해가 된다.

우리는 펠르시카의 안내를 받아 벽에 묻혀 있는 기간테스에 가까이 다가갔다.

벽에 묻혀 있다기보다는 동굴 주변이 무너져 잔해에 묻혀 있다고 봐야 더 가깝겠어.

딱 발밑 부근까지 접근하자 펠르시카가 멈추라고 지시했다.

"이보다 더 접근해서는 안 됩니다. 이걸 보십시오."

펠르시카가 주변에 있던 돌멩이를 주워 앞으로 던지자, 기체의 각 부분에 장착되어 있던 작은 포대가 레이저 같은 빛을 발사해 돌멩이를 꿰뚫었다.

쿤이 레이저가 발사된 기간테스의 무릎 측면 부근을 올려다보더니 말했다.

"자동 요격 시스템은 살아 있나 봐요."

"네. 저건 기간테스와는 독립된 시스템이기 때문입니다. 공격 범위 내에서 움직이는 표적을 노리고 있지요."

그랬구나. 그렇게 위험한 물건이라면 부숴 버리면 됐을 텐데 왜 안 부쉈는지 궁금했는데, 이 시스템 탓에 아가르타 사람들은 기간테스에 손을 댈 수 없었던 거야.

"너희는 어떻게 하고 싶어?"

"저희는 고렘입니다. 사람의 의사에 따르게 되어 있습니다. 여러분과 같은 인간의 결정을 거스르지 않습니다. 다만 이곳에서 살던 아가르타 사람들의 바람을 이루어주셨으면 합니다. 기간테스를 제거해 이 도시의 진정한 안녕을 가져다주시길."

이 도시 사람들은 기간테스와 지상의 전쟁을 두려워하며 이곳에서 200년을 살았던 거겠지. 그 마음을 생각하면 펠르시카의 바람도 당연한 것인지도 모른다.

"아버지. 【프리즌】을 부탁드려요."

"네네."

딸이 날 부려 먹는 느낌도 들지만 새삼스럽게 생각할 것도 없다.

나는 【프리즌】을 펼치고 혹시 몰라 내가 먼저 한 발 앞으로 나가 보았다. 그러자 다시 레이저가 비처럼 내 머리 위로 쏟아졌다.

【프리즌】의 완벽한 방어벽을 보고 펠르시카가 눈을 휘둥그렇게 떴다. 유사 인간형이라고는 하지만 참 잘 만들어진 고렘인걸? 의료 간호용이라고 했으니, 환자와 접촉하기 위해서는 표정이 풍부해야만 했는지도 모른다.

끈질기게 퍼붓는 공격을 보고, 아예 저 포대 부분을 부숴 버리는 게 좋지 않을까도 생각했지만 혹시 기간테스가 다시 기동하기라도 하면 곤란하다. 정말 성가시다.

펠르시카를 포함해 우리는 기간테스의 발밑으로 이동했고, 쿤은 가까이에서 그 기체를 가만히 응시했다.

"역시 마도 각인이 되어 있어요. 에테르 라인이 장갑 표면에도 뻗어 있고요. 이게 충격에서 기체를 보호하는 방어벽 역할을 하면서, 마력탄마저도 확산시키도록……."

에구구, 어쩐담. 쿤이 중얼거리기 시작했다. 이 아이는 중얼거리기 시작하면 그게 꽤 오래 가는데.

"알기 쉽게 설명해 줘. '이건' 부술 수 있어? 아니면 부수기 힘들까?"

"간단히 설명하면, 이 장갑에 새겨진 마도 각인은 인간의 피부와 같은 역할을 해요. 즉, 자극을 하면 신경이 뇌에 그 자극을 전달하죠. 순식간에 기체를 산산조각 내지 않으면 틀림없이 기간테스는 다시 기동할 거예요."

다시 말해 '건들지 마시오, 위험!' 이라는 말이구나. 터널을 뚫었을 뿐인데 엄청난 폭탄을 발굴하고 말았네.

"흠. 어렵긴 해도 처리할 수 없을 정도는 아니지 않을까? 【게이트】를 기간테스 발밑에 열어 화산의 화구에 떨어뜨리면……."

"용암에 녹는다면 말이지. 방어벽을 펼칠 수 있는 모양이니, 화구 밖으로 기어 올라올지도 몰라."

내가 떠올린 방법은 린에게 반박당했다. 윽. 정말 그럴 가능성도 버릴 수 없다. 일이 일인 만큼 모 아니면 도 같은 도박은

하기 어려운가? 그게 원인이 되어 화산이 폭발하면 그건 그거 대로 문제기도 하니까.

"다만, 다른 장소로 전이하는 방법 자체는 나쁘지 않을지도 몰라. 주변에 피해를 주지 않는 곳으로 옮겨서 우리 모두의 프레임 기어로 총공격하는 방법도 괜찮아 보여."

호오. 그거라면 괜찮은가? 결전 병기라고는 하지만 사신보다 강하지는 않겠지. 모두의 힘을 빌리면 가능하지 않을까?

그렇다면 더욱 철강왕과 이야기를 해 봐야겠네. 하지만 이미 성을 출발했을 테니 새삼【게이트】로 데리러 갈 수는 없다.

한 시간 정도 기다려야 하니, 지하 도시 아가르타를 견학하며 기다릴까.

우리는 일단 기간테스에서 멀어져 펠르시카의 안내를 받으며 지하 도시를 돌아보았다.

원래 기간테스의 제조 공장이 있던 곳이라 그런지, 고대의 기술이 다양한 곳에 사용된 듯, 쿤은 계속 흥분 상태였다.

순식간에 시간이 지나 한 시간 후. 우리가 뚫었던 터널을 통해 철강왕 일행이 모습을 드러냈다.

"우리 나라에 이런 유적이 있었을 줄이야……."

간디리스 일행이 지하 도시 아가르타와 기간테스를 놀라운 눈으로 바라보았다.

펠르시카를 소개한 다음, 나는 이 도시가 안고 있는 문제에 관해 이야기했다. 한마디로 이 기간테스를 어떻게 할지인데⋯⋯.

"결전 병기라고? 설마 아이젠가르드처럼 우리 나라에도 존재하고 있었을 줄이야. 이건 참 어려운 문제군."

철강왕이 깊이 고민했다. 결전 병기는 고대 기술의 결정체. 기술자가 많은 간디리스에겐 보물 중의 보물이다. 하지만 잘못 다루면 자칫 나라가 멸망한다.

"폐하, 이건 다시는 없을 기회일지도 모릅니다. 이 결정 병기를 조사하면 잃어버린 고대 기술을 되살려낼 가능성도 있습니다."

"그러다 아이젠가르드와 같은 전철을 밟게 되면 어떻게 할 건가? 이 땅을 공터로 만들 셈인가? 위험이 너무 크네."

부하인 기사들의 제안을 들은 철강왕은 고개를 가로저으며 대답했다.

잠시 후, 철강왕은 크게 숨을 내쉬며 고개를 들었다.

"고대 기술은 아깝지만 우리 국민의 안녕과 바꿀 수는 없지. 브륀힐드 공왕의 제안을 따르겠네. 다만, 기능이 정지된 기간 테스는 우리도 조사했으면 하네."

"그거야 물론입니다. 저희도 에르카 기사와 그 조수를 몇 명인가 파견할 생각이지만요."

방금 말한 조수란 바빌론 박사와 바빌론 시스터즈를 가리켰지만 교수도 오려나? 확실친 않지만 같이 오지 않을까 싶긴 하다.

"그러면 이 기간테스를 사람들에게 피해가 없는 장소로 옮겨 부수는 걸로……."

아내들에게 연락해야겠네. 이거, 아이들도 오겠다고 할 것 같은데?

"해치우는 모습을 우리도 볼 수 있겠나?"

"저희도 그 결말을 직접 보고 싶습니다."

철강왕이 말을 하자, 펠르시카도 똑같은 부탁을 했다. 몇천 년이나 기간테스를 감시했던 펠르시카. 그 최후를 보고 싶은 그 마음은 당연할지도 모른다. 그래야 마음이 정리된다면 보는 거야 문제없지만…….

"네에, 괜찮지 않을까요?"

상급종 프레이즈의 하전입자포 같은 무기가 있다면 위험하니까, 중계 모니터 정도로 타협을 보자. 아이들한테도 모니터로 보여주면 되겠구나.

구경거리는 아닌데 말이야.

"크군요……. 아이젠가르드에서 싸웠던 상대보다 더 커 보입니다."

야에가 기간테스를 올려다보며 중얼거렸다.

그때는 나의 레긴레이브, 야에의 슈베르트라이테, 힐다의 지그루네, 이 세 기로 해치웠다.

이게 헤카톤케이르와 비슷한 힘을 지녔다면 다 같이 싸울 필요는 없겠지만 아직 얼마나 강한지 모르니 다 같이 싸우는 게 좋다. 제조한 나라도 다르고……. 과잉 전력일지도 모르지만, 안전은 몇 번을 강조해도 모자라지 않다.

"그런데 이걸 어디로 전이시킬 생각인가요?"

"아이젠가르드나 유론이 좋지 않을까 생각했는데, 만에 하나의 가능성도 있으니 아이젠가르드가 좋을 것 같아."

린제의 질문에 내가 대답했다.

유론은 조금씩이지만 마을이 생기기 시작했다. 어떤 공격을 할지 알 수 없다는 점을 고려하면, 사신이 빈터로 만든 아이젠가르드가 더 안전하지 않을까 한다.

"우리 모두가 다 같이 이걸 상대하는 건가요?"

"일단 그럴 생각인데……."

유미나의 질문에 그런 대답을 했는데, 반응한 사람은 유미나가 아니라 우리의 어린 딸과 그 친구였다.

"저요저요저요~! 아빠! 나도 싸울래!"

"폐하폐하! 나도! 나도 싸우고 싶어!"

린네와 아리스가 까치발까지 들며 손을 들었다. 그런데 왜 아리스까지 같이 왔어?

처음에 브륀힐드로 날아가 야쿠모를 이곳으로 데리고 온 다음, 둘이서 나눠 가족을 이곳으로 데리고 왔는데 어쩐 일인지 아리스도 같이 따라왔다.

그 뒤에는 아주 당연하다는 듯이 엔데도 있었다.

"안 돼. 위험할지도 모르니 너희는 모니터로 봐 줘."

"괜찮아! 우린 프레임 기어도 잘 다루거든!"

그 말대로 린네와 아리스라면 프레임 기어에 탈 줄 알기도 하고, 위험해지면 전이 탈출이 가능한 장치도 있으니 심하게 위험하지는 않겠지만…….

……어? 이 기척은?!

"괜찮단다. 위험해지면 내가 구할 테니까."

내가 망설이는데, 린네와 아리스 뒤에서 토키에 할머니가 나타났다.

오랜만이네. 바쁘셨는지 요즘엔 얼굴을 거의 못 봤는데. 신계에 가셨던 모양인데, 무슨 일이 있었던 걸까.

토키에 할머니는 시공의 신이다. 시간 정지나 순간 이동 같은 능력을 쉽게 사용한다. 어린이 한둘 정도를 탈출시키는 일이야 아주 간단하겠지.

토키에 할머니의 말을 들은 린네와 아리스가 잔뜩 기대에 찬 표정을 지으며 나를 바라보았다. 으으…….

"린제랑 엔데도 괜찮겠어?"

"저는 린네랑 토키에 할머니를 믿으니까요."

"나는 말릴 수 있다면 말리고 싶지만, 말해도 소용없을 테니까."

린제는 생긋 웃으면서, 엔데는 어깨를 축 늘어뜨리면서 대답했다.

"린네. 그럼 내 게르힐데를 빌려줄게. 린네가 싸우는 능력을 고려하면 린제의 게르힐데보다 더 사용하기 편할 테니까."

"야호! 에르제 엄마 고마워!"

린네가 이모이자 어머니 중 한 명인 에르제에게 안겨들었다. 에르제 말대로 때리고 발로 차는 능력이라면 게르힐데가 더 적합하긴 한데…… 이걸 때리게?

나는 몇십 미터나 되는 기간테스를 슬쩍 올려다보며 그런 생각을 했다.

"아리스는 어떻게 할래? 엔데의 용기사(드라군)면 돼?"

"글쎄. 아빠의 용기사(드라군)는 맷집이 약하니……."

"으윽?!"

어? 엔데가 격침됐다. 엔데의 용기사(드라군)는 기동성을 중시한 경량형이니까. 린네처럼 때리고 차는 타입인 아리스에겐 적합하지 않을지도 모른다. 엔데도 원래는 때리고 차는 타입이지만, 엔데는 솜씨가 워낙 좋아서 적절히 잘 활용하고 있다. 이제 용기사(드라군)도 업그레이드가 필요할 시점인가?

그렇지만 아리스는 【결정 무장】이라고 하는 프레이즈 특유의 장갑을 프레임 기어에 두를 수 있다. 그래서 싸우려고 한다면 간신히 싸울 수는 있을 것이다.

　그런 생각을 하는데, 아리스가 머뭇거리며 말했다.

　"난 있지, 오르트린데에 타 보고 싶은데…… 안 될까?"

　"음? 나의 오르트린데 말인가?"

　스우가 멍한 표정을 지었다.

　맞다. 정말로 때리고 차는 공격이라면 에르제의 게르힐데 다음으로 스우의 오르트린데 오버로드가 가장 적합하다. 방어력은 제일 강하고.

　"나의 오르트린데는 용기사^{드라군}와는 달리 움직임이 느린데 알고 있는 겐가? 그래도 상관없다면 나는 괜찮으이……."

　"와! 감사합니다!"

　스우가 허락하자 아리스가 손을 번쩍 들며 기뻐했다. 엔데는 아직도 풀이 죽어 있었지만.

　야쿠모, 프레이, 쿤, 요시노, 아시아, 에르나, 이 여섯 명은 순순히 모니터로 견학하기로 했다. 쿤은 여전히 기간테스를 파괴하지 말았으면 하는 눈치였지만.

　일단 유미나, 루, 사쿠라, 린은 후방 지원, 린네, 아리스, 야에, 힐다는 전방, 린제, 엔데, 그리고 나는 상황에 따른 공격을 맡기로 했다.

　관전용 모니터는 지하 도시 아가르타의 광장에 두었고, 중계는 코교쿠의 권속들에게 부탁하기로 했다.

　자, 이제 이 위험한 잡동사니의 해체 작업을 시작해 볼까.

◇ ◇ ◇

기간테스를 깨우기 전에, 일단은 아이젠가르드로 가서 현지의 상황을 확인했다. 혹시나 누군가가 살고 있기라도 하면 큰일이니까.

아이젠가르드의 수도, 공도 아이젠부르크가 있던 장소는 여전히 폐허였다. 【서치】로 조사해 봤지만 사람은 없었다. 일단 사람은 없는데…….

"【서치: 악마 고렘】. 반응이 없네."

야쿠모가 말한 악마 고렘과 철 가면을 쓴 여자는 아직 있을지도 모른다고 생각해 찾아봤지만, 이 근처에는 없는 듯했다.

야쿠모를 놓쳐서 조사단이 파견되지나 않을까 우려했기 때문일까.

하여간 아무도 없다면 다행이다. 여기서는 조금 날뛰어도 피해가 없을 듯했다.

일단 모두를 이곳으로 불러 전용기에 타게 한다. 그런 다음에 나만 지하 도시 아가르타로 돌아가 넓은 범위의 【게이트】를 열어 기간테스를 아이젠가르드로 전이시킨다.

그리고 나도 아이젠가르드로 이동해 레긴레이브로 참전. 대략적이긴 해도 이게 작전이었다.

바로 모두를 이곳으로 불러 각자의 프레임 기어에 타게 했다. 엔데도 참전한다는 모양이다. 목적은 아리스를 지원하는 거겠지만.

〈우와아, 시야가 높아! 어? 정말 평범한 프레임 기어보다 움직임이 무거운 것 같아!〉

아리스는 처음으로 타 보는 오르트린데 오버로드에 바로 적응을 하지는 못했다. 그래서 확인을 위해서인지 어슬렁어슬렁 걷기도 하고 팔을 들어 올려 보기도 했다.

그 아래에서는 엔데가 탄 용기사^{드 라 군}가 걱정이 되는지 어쩔 줄 모르며 그 모습을 지켜봤다. 진정해, 아버지.

〈얍!〉

한편 에르제한테 빌린 게르힐데에 올라탄 린네는 팔에서 필살 파일벙커를 꺼냈다. 린네는 별로 위화감이 없는 모양이었다. 움직임이 자연스럽다. 에르제의 조종과 비교하면 약간 거친 면이 없진 않지만.

린네도 어머니인 린제가 그 모습을 바라보고 있었지만, 엔데와는 달리 침착했다. 역시 내 아내는 달라.

원래 전용기는 본인밖에 못 타지만, 마력의 질이 비슷한 친형제 등은 큰 부담 없이 탈 수 있는 모양이었다. 어머니의 쌍둥이 자매이자, 린네의 이모인 에르제의 기체니까 린네가 타도 별문제는 없겠지.

아리스는 프레이즈, 아니지, 아버지인 엔데의 종족 특성이라 생각하지만, 아무튼 그 덕분에 마력의 질을 완벽히 변화시킬 수 있으니, 아리스 역시 문제는 없어 보였다.

자, 일단 나는 기간테스로 돌아가 볼까.

지하 도시 아가르타에 가 보니, 그곳에는 준비해 둔 모니터 앞에 사람들이 모여 있었다. 모니터를 보니 여전히 오르트린데 오버로드와 게르힐데가 움직임을 확인하는 중이었다.

그걸 뚫어져라 보는 사람은 이 나라의 국왕인 철강왕이었다.

"이게 브륀힐드 공국의 거대 고렘인가. 분명 프레임 기어라고 했지?"

"정확하게는 고렘이 아니지만요. 비슷하다고 할 수 있죠. 저것들로 기간테스와 싸울 겁니다."

"새삼스러운 질문이지만 괜찮겠나? 저건 결전 병기가 아닌가. 일찍이 이 대륙의 문명을 멸망시킨 존재 중 하나야."

"나름대로 강하기야 하겠지만…… 사신보다 강하지는 않을 테니 괜찮을 거예요. 전에도 한 번 싸운 적이 있고…… 위험해진다 해도 비장의 무기가 있거든요. 그럼 기간테스를 이동시키겠습니다?"

내가 말한 비장의 무기란 상급신이 된 나의 '신위해방(神威解放)'으로 신력을 총동원해 기간테스를 소멸시키는 것을 말했다.

그러면 기간테스가 먼지가 될 테니. 간디리스, 쿤, 박사는 야유를 날리겠지. 가능하면 그런 일만큼은 피하고 싶었다.

저편에서 다들 기다리고 있을 테니 얼른 이 거대한 물건을 저편으로 보내자.

"【게이트】."

기간테스 발밑에 【게이트】가 크게 열려, 묻혀 있던 대량의 토사나 암벽까지 통째로 아이젠가르드로 떨어졌다.

떨어지는 순간에 잠시 기간테스의 장갑 표면에 빛이 들어왔다. 방금 그걸 공격이라고 생각해 동면 모드에서 깨어나 기동한 모양이다.

기간테스가 떨어진 뒤 【게이트】를 닫고 새로 작은 【게이트】를 열어 나도 아이젠가르드로 이동했다.

기간테스는 같이 【게이트】를 통과한 토사와 바위에 묻혀 쓰러져 있었지만, 곧장 바위산을 와르르 무너뜨리며 거대한 몸을 일으켰다.

기간테스의 기체는 사신보다는 작았지만, 헤카톤케이르와 비슷할 정도로 거대했다. 즉, 프레이즈 상급종과 비슷한 크기였다.

형태는 거인. 하지만 프레임 기어처럼 세련된 디자인은 아니고, 어딘가 모르게 복고풍의 투박한 모습이었다.

여러 형태의 부품이 덕지덕지 붙어 있어, 빈말로도 멋지다고는 하기 힘들었다.

몇 개나 되는 파이프가 튀어나와 있는 등에서는 반짝거리는 마소 증기가 뿜어져 나왔다.

길고 굵은 팔에 굵은 다리. 그런데 머리는 작았다. 매우 불균형하다는 인상을 받았다.

머리에는 얼굴이 없어 마치 서양의 투구 같은 모습이었다. 그 투구의 가늘고 긴 가로 틈새에서 카메라로 우리를 포착하려는 빛이 엿보였다.

〈끼키키키키킥…….〉

삐걱거리는 듯 으르렁거리는 소리를 내며 기간테스가 양 주먹을 들어 올렸다.

〈?! 정면! 야에 씨, 힐다 씨, 피해 주세요!〉

〈?! 알겠습니다!〉

〈네, 알겠습니다!〉

기간테스의 정면에 있던 야에의 슈베르트라이테와 힐다의 지그루네가 돌발적인 유미나의 명령에 따라 정면에서 옆으로 피했다.

다음 순간, 긴 팔이 휘어지더니 기간테스의 주먹 두 개가 지면을 강타했다.

그러자 대지가 크게 흔들리더니, 해일이 일어나듯이 기간테스 정면의 지면이 뒤집혔다.

마치 양탄자의 가장자리를 흔들어 물결치게 한 것처럼, 바위와 토사의 해일이 기간테스의 앞을 휩쓸었다.

방금 유미나의 말을 듣고 움직이지 않았으면 야에와 힐다는 지금쯤 바위 해일에 휩쓸렸을지도 모른다.

　이건 유미나의 권속 특성인 '미래시'가 발동된 덕분인 듯했다.

　〈흙 마법【어스 웨이브】이랑 비슷한 기술을 쓰는구나. 이게 이 기체의 고렘 스킬일까? 아니면 다른 마도구의 기능?〉

　그림게르데에 탄 린의 그런 목소리가 들렸다. 분석은 나중에 하자. 분명히 부탁하지 않아도 쿤이 알아서 분석해 줄 거야.

　앗, 나도 이러고 있으면 안 되지.

　"【레긴레이브】!"

　【스토리지】에서 레긴레이브를 불러낸 나는【플라이】로 날아올라 곧장 콕핏에 올라탔다. 이걸 타고 싸우기도 오랜만인걸?

　내가 레긴레이브를 타고 공중에 날아오르자, 마찬가지로 비행 형태로 날고 있던 린제의 헬름비게가 나에게 통신을 연결했다.

　〈토야 씨. 일단은 저희끼리 상대할 수 있게 허락해 주시면 안 될까요?〉

　"응? 나야 상관없지만…… 괜찮겠어?"

　방금 그 '괜찮겠어?'라는 말은 린제를 비롯한 나의 아내들에게 한 말이라기보다는, 주로 아리스와 린네에게 한 말이었다. 익숙지 않은 기체를 타고 미지의 적과 싸우기는 어렵다.

나도 지원해 줄 생각이었는데.

〈아빠는 안 도와줘도 돼! 맡겨둬!〉

〈린네의 말대로야! 폐하는 거기서 보고 있어! 아빠도!〉

〈어?! 잠깐만, 아리스?!〉

엔데의 당황한 목소리가 들렸다. 굳이 내가 참가 안 해도 괜찮으려나? 린제랑 다른 아내들도 지금은 신의 권속. 그런 사람이 이 자리에 일곱 명이나 있는 데다, 상급신인 토키에 할머니도 지원해 주고 있다. 이것만 해도 과보호나 마찬가지야.

"알았어. 대신 위험해지면 끼어들 거다?"

〈〈응!〉〉

스피커에서 린네와 아리스의 힘찬 대답이 들려왔다. 〈어?! 토야, 잠깐만!!〉 당황하는 엔데의 목소리도 들렸지만 무시했다.

〈좋아! 그럼 간다⋯⋯!〉

〈기다리세요. 잘 알지 못하는 상대에게 아무런 대책도 없이 돌진하다니 어리석은 짓입니다. 일단 상대가 어떻게 나오는지 살피면서 공격 방법을 생각해야 해요.〉

〈에구구, 네~!〉

린네가 곧장 게르힐데로 돌진하려고 했지만 힐다가 말렸다. 린네는 '일단 공격!'이라는 생각을 고치면 참 좋을 텐데⋯⋯.

그런 생각을 하는데, 기간테스의 어깨 장갑이 걸윙처럼 열렸다. 그 안에는 미사일 포드가 쭉 늘어서 있었다.

〈끼끽.〉

투두둥! 일제히 몇백 발이나 되는 미사일이 우리를 향해 날아왔다. 반짝거리는 마소 연기를 길게 늘어뜨리며 우리를 향해 날아오는 무수한 미사일.

〈맡겨둬!【스타더스트 셸】!〉

아리스가 탄 오르트린데 오버로드가 전면에 나서더니 왼손을 정면으로 내밀었다.

순식간에 작은 별 모양의 빛이 모여들더니 커다란 방어 장벽을 형성했다.

별 방어벽에 막힌 미사일은 잇달아 폭발했다. 빗나간 미사일은 지면을 파괴했고, 폭발로 인한 폭풍은 잔해를 사방으로 날렸다.

상당한 파괴력인걸? 저게 지하 도시 아가르타에서 발사됐으면 틀림없이 낙반이 일어났을 거야.

다 쏘았는지 미사일이 그치자, 오버로드가 오른팔을 휘둘렀다.

〈반격이다!【캐넌 너클】!〉

오버로드의 오른팔이 팔꿈치에서 분리되어 기간테스를 향해 날아갔다. 필살 로켓 펀치,【캐넌 너클】이다.

〈그다음은!【결정 무장】!〉

날아간 오른팔이 곧장 수정으로 뒤덮이더니 무시무시한 화살촉 모양으로 변했다.

기간테스는 몸집이 워낙 거대해 30미터를 넘는 오버로드조차 작게 보였다.

기간테스가 인간의 성인 크기라면, 오버로드는 아기 정도 크기에 불과했다.

하지만 아기의 주먹 크기 돌이라도 빠르게 날아간다면 어떻게 될까. 꽤 아프지 않을까?

기간테스는 정면에서 날아온 로켓 펀치를 피하지 않고 가슴으로 받아냈다.

기세 좋게 적중한 수정 화살촉은 그대로 기간테스에 꽂힌 듯 보였지만 그 장갑을 뚫지는 못했다.

〈어?!〉

아리스가 깜짝 놀랐다. 기세를 잃은 오버로드의 오른팔은 곧장 떨어졌고, 지면에 닿을락 말락 한 순간에 다시 부메랑처럼 아리스에게로 돌아와 오른팔의 팔꿈치와 도킹했다.

〈전혀 통하질 않아……?!〉

〈오버로드의 주먹으로도 말입니까?〉

힐다와 야에가 멀쩡한 기간테스를 올려다보았다. 단순한 기체의 파괴력으로 따지면 오버로드의 일격은 모든 프레임 기어 중에서도 최강이었다. 대신 움직임이 느리고, 초기 동작도 알기 쉬워 상대가 쉽게 피할 수 있다는 약점이 있지만.

그걸 정면으로 맞았는데도 멀쩡하다고? 그것도 아리스의 【결정 무장】으로 코팅까지 했는데? 대체 얼마나 단단하기에? 설마 정재를 사용했나?

〈주먹이 맞았을 때 이상한 소리가 났어. 마치 단단한 고무 같았으니, 저 가슴 장갑은 금속이 아닐지도 몰라.〉

로스바이세에 탄 사쿠라한테 그런 통신이 들어왔다. 그랬어? 난 못 알아챘는데…….

그건 그렇고 단단한 고무라고? 금속이 아니야? 타격과 충격에 강한 장갑이란 말인가.

〈그럼 참격이 좋겠군요. 사쿠라 님, 지원 마법을 부탁합니다!〉

〈알았어.〉

야에의 말을 듣고 로스바이세의 등에 있던 두 개의 확성 병기^{심포닉 혼}가 어깨로 이동하더니, 앞부분이 대포처럼 열렸다.

아이젠가르드의 황야에 작은 멜로디가 서서히 울려 퍼지기 시작했다. 이 곡은…….

사쿠라가 노래를 시작했다. 주인공이 하얀 용에 타는 영화의 주제곡인 이 곡은 페이드인에서 시작해 페이드아웃으로 끝나, 시작도 끝도 없는 구성이다. 제목 그대로 '시작도 끝도 없다'라는 것을 나타낸다는 모양이었다.

사쿠라의 지원 마법을 받은 모두의 기체가 점차 강화되었다.

〈코코노에 진명류 오의, 봉익비참(鳳翼飛斬)!〉

〈레스티아류 검술, 일식(一式) 풍진(風刃)!〉

야에의 슈베르트라이테와 힐다의 지그루네가 외날검과 양날검을 휘두르자, 대기를 가르는 참격이 기간테스를 향해 날아갔다.

기간테스는 너무 거대한 몸집으로 인해 피하지 못하고 허벅지 부분과 옆구리 부분에 공격을 그대로 받고 말았다.

이번에는 멀쩡하지 못했던 모양으로, 장갑의 일부가 완벽히 잘려나갔다. 하지만 몸집이 워낙 커서, 인간으로 따지면 작은 생채기에 불과해 보였다.

〈아쉽게도 큰 타격은 주지 못한 듯합니다.〉

〈크기가 큰 만큼 성가시네요.〉

몸이 베인 기간테스는 화가 난 듯이 야에와 힐다를 향해 주먹을 휘둘렀다.

두 사람 모두 그 공격을 어렵지 않게 피했지만, 그 공격으로 지면은 파였고, 그로 인해 튄 잔해가 비처럼 쏟아졌다.

하지만 야에도 힐다도, 그걸 전부 검으로 쳐내 떨어뜨렸다. 언제 봐도 엄청난 실력이야…….

기간테스 기체의 온갖 장소에 설치된 자동 요격 포대에서 레이저 같은 빛이 주변으로 발사되었다.

〈앗, 아앗?!〉

린네가 탄 게르힐데가 사정 범위 안에 있었던 듯 집중 공격을 받았다. 린네는 게르힐데의 기동력을 살려 솜씨 좋게 비처럼 쏟아지는 레이저를 피해 빠져나갔다.

〈린네! 붙잡아!〉

〈엄마~!〉

레이저를 피하는 게르힐데를 향해 린제가 탄 비행 형태의 헬름비게가 돌진했다. 헬름비게의 하부에서 튀어나온 갈고리를 게르힐데가 붙잡자, 헬름비게가 게르힐데와 함께 하늘로 날아올랐다.

기간테스가 하늘로 도망친 두 기를 향해, 머리 측면에 있는 2문의 캐넌포를 조준했다.

〈그렇게 놔두지 않겠어!〉

그 기간테스의 얼굴을 향해 몇백 발이나 되는 정탄이 쏟아졌다. 린의 그림게르데였다.

얼굴을 파괴하지는 못했지만, 주의를 끄는 데는 성공한 듯, 기간테스의 커다란 기체가 그림게르데 쪽을 향했다.

크게 휘두른 스트레이트 펀치가 지상의 그림게르데를 향해 날아왔지만, 그 공격을 예측한 린은 호버 이동으로 펀치를 피했다.

그림게르데는 오버로드 다음으로 무거워 기동력이 낮다. 그래서 조금 간담이 서늘했다.

기간테스의 자동 요격 포대에서는 또 레이저가 발사되었고, 엔데의 용기사와 B 유닛을 장비한 루의 발트라우테가 상대를 교란하듯이 전장을 달려서 빠져나갔다.

그 사이를 수놓듯이 유미나의 브륀힐데가 자동 요격 포대를 하나씩 확실히 저격해 파괴했다.

몇 번을 봐도 저렇게 먼 곳에서 정확히 맞히다니 정말 굉장해…….

〈응? 조금 전에 낸 상처가 아물고 있습니다.〉

야에의 말을 듣고 주의 깊게 보니, 조금 전에 슈베르트라이테와 지그루네가 파손한 부분이 재생되는 모습이 보였다. 쳇. 역시 헤카톤케이르처럼 자가 회복 기능이 있는 건가?

귀찮지만 회복 기능이 활성화되기보다도 빠르게 한 점을 집중 공격해서 파괴하는 수밖에 없을 듯했다. 장갑이 회복될 뿐 안까지 회복되지는 않으니까.

〈아빠! 무기 줘! 발로 차고 주먹으로 때릴 수 있는 무기!〉

"뭐?"

어느새 린제의 헬름비게 위에 올라타 서핑을 하듯 공중을 날고 있던 게르힐데한테서 통신이 들어왔다.

조금 전에 '아빠 힘은 안 빌려도 된다' 같은 말을 하지 않았던가? 그걸 굳이 따질 생각은 없지만.

"어…….【형상 변화 너클, 그리브】."

레긴레이브 등에 장비되어 있던 12개의 프라가라흐가 좌우 두 개로 나뉘어 형상을 바꾸면서 린네의 게르힐데한테로 날아갔다.

린제는 도와주지 않아도 된다고 했지만 이 정도는 괜찮겠지?

게르힐데의 주먹에도 정재가 사용되었지만, 상대가 상대인

만큼 더 때리기 쉬울 필요가 있을 듯했다.

전투용 건틀릿으로 변형한 프라가라흐는 게르힐데의 양손에 장비되어 세 개의 돌기를 지닌 무시무시한 무기로 변형했다.

마찬가지로 다리에도 무릎부터 아래를 감싸는 아머가 장비되었다.

〈좋아! 간다~!〉

기간테스의 머리 위 상공으로 린네의 게르힐데를 태운 헬름비게가 상승했다.

기간테스는 지상을 달리는 엔데의 용기사^{드 라 군}와 루의 발트라우테에게 정신이 팔려 공격하지 않는 두 사람은 눈에 들어오지 않는 듯했다.

이게 고렘과 로봇의 차이다. '정신이 팔린다' 같은 행동을 보면 묘한 인간성이 느껴진다. 감정이라 할 수 있는 무언가가 언뜻 엿보인다.

고렘은 단순한 로봇이 아니다. 인간처럼 실패하기도 하고, 기뻐하기도 하는 기체도 있다. 특히 고대 기체^{레거시}는 그런 경향이 강하다.

헤카톤케이르는 알맹이가 그 사이보그 할아버지였으니 좀 다를지 모르지만, 기간테스도 프로그램된 명령에 따르는 행동 이외에, 자신의 감정을 인식할 수 있는 능력이 있는 듯했다. 물론 그렇다고 해도 설득은 통하지 않으니 주저할 이유는 없지만.

기간테스의 머리 위를 선회하던 헬름비게에서 게르힐데가 호쾌하게 뛰어내렸다.

〈유성킥~~~~~!〉

가중 마법 【그라비티】에 의해 엄청나게 무거워진 게르힐데의 직하형 킥이 기간테스의 머리 위에 작렬했다.

콰직! 둔탁한 소리를 내면서 기간테스의 머리가 몸통 안으로 박혀 들어갔다.

게르힐데의 무게는 분명 7톤 정도였지? 그게 수십 배나 무거워져 떨어졌으니 당연히 이렇게 될 수밖에 없다. 쇠대야가 떨어진 것과는 차원이 다르다. 인간의 머리 위로 납으로 만든 골프공이 초고도에서 떨어져 내려온 것과 비슷한 충격이다.

기간테스는 움직임을 멈추더니 지면에 무릎을 꿇고는 곧장 앞으로 고꾸라졌다.

"해치운 건가?"

지하 도시 아가르타의 모니터로 이 싸움을 지켜보던 누군가가 중얼거렸다.

너무 허무한 결말에 다들 기뻐해야 할지, 놀라야 할지 모르겠다는 표정이었다.

"역시 내 기체고, 우리의 딸이야. 결정을 지어 버렸어. 그렇지만……."

"그렇구먼. 이대로 끝은 아닐게야."

모니터를 냉정하게 바라보던 에르제와 스우가 그런 대화를 나누자, 다른 사람들의 시선이 다시 화면에 비친 기간테스를 향했다.

쓰러진 기간테스의 온몸에서 쉬이이이이이이익~~~~ 하는 증기 비슷한 물질이 일제히 뿜어져 나왔다.

"아아아……! 가능하면 최대한 부수지 말라고 했는데……!"

뭉게뭉게 연기를 내뿜는 기간테스를 보고, 쿤만이 조마조마한 마음으로 모니터를 응시했다. 야쿠모와 프레이, 언니 두 사람이 어이없다는 듯이 쿤을 바라보았다.

모니터 안에서는 쓰러진 기간테스가 더욱 강하게 증기를 내뿜고 있었다.

다음 순간, 덜커덩하는 둔탁한 소리와 함께 쓰러진 기간테스의 오른팔이 어깨에서 빠졌다.

마찬가지로 팔꿈치 아래도 덜커덕하고 빠져버렸다. 잇달아 덜커덕, 덜커덩하는 소리가 피어오르는 흰 연기 안에서 반복해서 들려왔고, 연기가 걷히고 보니 기간테스의 거대한 몸은 몇 개의 부위로 나뉘어 뿔뿔이 흩어져 있었다.

좌우의 위팔과 아래팔. 역시 좌우의 대퇴부와 하퇴부. 그리고 머리, 몸통 위, 몸통 아래.

11개의 부위로 나뉜 기간테스였지만, 이건 조금 전의 게르힐데의 공격을 받아 부서진 것은 아니었다.

"저, 저걸 봐! 저거!"

모니터를 보던 한 사람이 그렇게 소리쳤다.

분리된 부위의 하나가 철커덕철커덕 변형하기 시작하더니, 새로운 인간형 고렘이 되었다.

크기는 딱 프레임 기어랑 비슷한 정도인가. 계속해서 11개로 나뉜 부위는 각각 독립된 새로운 거대 고렘으로 변했다. 아니, 머리 부위만큼은 찌부러진 채 움직이지 않으니 총 10기다.

"아니?! 저 기간테스인가 하는 저것은 오버로드와 같은 구조였던 겐가?!"

"합체 분리 구조! 흥분되는걸?!"

스우의 불쾌한 얼굴과는 달리, 눈을 반짝이며 모니터를 바라보는 쿤. 야쿠모, 프레이, 언니 두 사람은 또 어이없다는 듯이 쿤을 바라보았다.

어마어마하게 거대했던 고렘에서 분리되어 여러 기의 거대 고렘이 된 기간테스.

머리는 전투를 할 수 없어진 모양이라, 몸통 위, 몸통 아래, 위팔×2, 아래팔×2, 대퇴부×2, 하퇴부×2의 총 10기의 고렘이 되었다.

설마 오버로드와 같은 합체 고렘이었을 줄이야.

분리되어 작아졌으니 싸우기 쉬워진 게 아닐까 생각도 해 봤지만 꼭 그렇지도 않았다. 분리된 10기의 기체는 프레임 기어보다도 크기가 꽤 큰 편이었다. 한 기, 한 기가 오버로드와 비슷할 정도다.

그중에서도 몸통 위와 몸통 아래가 특히 컸다. 높이는 그다지 높다고 할 수 없었지만, 옆으로 퍼져 있다고 하면 될까.

이 모든 기체에 각각 동력원이 있고, 두뇌인 Q크리스탈이 있다는 건가. 그걸 통솔하던 게 저 머리 부위였지만, 그게 파괴되어 어쩔 수 없이 분리됐다든가?

〈상대도 10기, 우리도 10기. 딱 좋을지도 모르겠습니다.〉

야에의 즐거워 보이는 목소리가 스피커에서 들려왔다. 어? 일대일로 싸우게?

〈그럼 저 제일 큰 녀석을 내가 상대할게! 괜찮지?〉

오버로드에 탄 아리스가 양 주먹을 쾅쾅 맞부딪쳤다. 제일 크다면 몸통 위, 가슴 부분의 고렘을 말하는 거겠지. 괜찮을까? 아까 필살 【캐넌 너클】이 막혔던 참이잖아.

하지만 우리 편 중에서는 오버로드가 제일 크니, 저건 역시 오버로드가 상대하는 게 가장 좋을지도 모른다. 타격은 잘 통하지 않을지도 모르지만, 오버로드의 무기는 【캐넌 너클】만 있는 건 아니니, 괜찮지 않을까? 그렇게 생각하고 싶었다.

〈일단 약해 보이는 한 기를 여럿이 쓰러뜨려요. 그다음 몇 명으로 나뉘어 1기씩 확실히 제압해야 더 편하지 않을까요?〉

유미나가 무슨 말을 하고 싶은지는 안다. 1기씩 확실히 줄여서, 숫자상의 우위를 이용해 유리하게 싸우자는 거지?

소년 만화를 보면 5대5로 싸울 때, 일대일로 따로따로 싸우는 전개도 나오지만, 난전이라면 5대1로 싸워 하나를 확실히 제압하고 5대4로 싸워야 더 이길 확률이 높다. 물론 상대도 그걸 노릴 테니, 더 먼저 제일 약한 상대를 발견할 필요가 있다.

그리고 노려야 할 상대의 기체는 좌우 대퇴부에 해당하는 두 기. 저 둘만큼은 다른 기체에 비하면 매우 왜소해 보였다.

기간테스가 원래 다리가 짧은 편이었으니 지금 모습도 이해가 된다. 거대한 몸을 지탱하는 부분의 하나라 의외로 튼튼할지도 모르지만.

〈일단 선제공격을 하는 게 유리해요.〉

유미나의 브륀힐데가 스나이퍼 라이플로 대퇴부 고렘 한 기를 겨눴다.

〈상대의 사정거리 범위 밖에서 우리가 공격을 일방적으로 퍼붓는다는 말이지?〉

린이 탄 그림게르데의 어깨, 다리, 가슴의 장갑이 열리더니, 다연장 미사일 포드와 2연 벌컨포가 나타났다. 린은 오른팔의 암 개틀링포와 왼손의 다섯 손가락 벌컨포로 유미나와 같은 대퇴부 고렘을 겨누고 일제 사격 자세를 잡았다.

〈그럼 단숨에 결정지어 버리죠.〉

루의 발트라우테가 대형 캐넌포를 장비한 C유닛으로 변환한 뒤, 앞의 두 사람과 마찬가지로 대퇴부 고렘을 향해 대포를 겨냥했다.

〈〈〈발사.〉〉〉
^{파이어}

일제히 몇백 발이나 되는 총탄이 발사되자 대퇴부 고렘의 몸한쪽이 벌집이 되었다. 흉부만큼 장갑이 튼튼하지 못했던 듯한 대퇴부는 장갑이 산산조각이 난 채 뒤로 쓰러졌다.

그 모습에 반응해 나머지 아홉 기가 즉각 움직였다. 크게 나눠 방어 자세를 취한 기체와, 이동한 뒤 계속해서 움직이는 기체, 그리고 반격하는 기체였다.

위팔 부분의 두 기는 장거리 공격 능력이 있는 듯, 기간테스였을 때 어깨에 있던 부분의 미사일 포드를 우리를 향해 열고 발사하기 시작했다.

유미나를 비롯한 우리 편도 그러한 움직임에 반응해 흩어지면서 비처럼 쏟아지는 미사일을 피했다.

그사이에 집중포화를 맞은 대퇴부 고렘이 일어섰지만, 장갑이 뜯겨나간 데다, 몸의 각 부분에서도 연기인지 증기인지 모를 물질이 풀풀 피어올랐다. 그 많은 총탄을 맞고도 아직 기능이 정지되지 않은 건가? 엄청 끈질기네.

〈【캐넌 너클】!〉

그렇게 생각한 순간, 아리스가 탄 오버로드에서 날아온 로켓 펀치가 작렬, 대퇴부 고렘은 무참하게도 산산이 부서져 흩어졌다.

저 정도로 파괴되었으면 재생할 수 없겠지.

이것으로 아홉 기가 남은 건가.

〈하나 더 물리치죠.〉

유미나의 말을 듣고 다시 장거리 공격 3인조가 다른 한 기의 대퇴부 고렘을 향해 집중포화를 날렸다. 이번에는 상공에서 린제의 헬름비게가 날아와 스쳐 지나가면서 날개에 장착된 정재 블레이드로 가느다란 대퇴부 고렘을 세로로 두 동강을 내며 마무리를 지었다.

이것으로 나머지 8기.

위팔 부분의 두 기가 상공을 선회하는 헬름비게를 향해 미사일을 발사했다.

비처럼 쏟아지는 탄막을 린제의 헬름비게는 하늘하늘 날면서 모두 종이 한 장 차이로 피했다. 어느새 저런 조종 기술을……. 어딘가의 에이스 파일럿 같아.

그러고 보니 신혼여행으로 지구에 갔을 때, 오락실에서 슈팅 체감 게임을 쉽게 클리어했었지?

〈저 미사일을 쏘는 적은 힐다 님과 소인이 상대하겠습니다.〉

〈그러네요. 적재적소가 아닐까 해요.〉

야에의 슈베르트라이테와 힐다의 지그루네가 위팔 부분 두 기를 향해 달려갔다.

위팔 부분의 두 기는 미사일 포드를 등에 메고 있었고, 허리에는 개틀링포, 가슴의 양 사이드에는 커다란 방패를 장비하고 있었다. 외관만 봐도 장거리 지원형이란 사실을 알 수 있었다. 일단 창으로 보이는 무기도 가지고 있긴 했지만.

품으로 뛰어들 수만 있다면 백병전에 강한 야에와 힐다가 유리할 듯했다. 보통이라면 탄막을 막거나 피하기 힘들겠지만 두 사람이라면 가능하다. 날아오는 총탄을 쳐서 떨어뜨릴 정도니…….

〈아래팔 두 기는 어떻게 할까요?〉

〈움직임은 둔해 보여. 그런데 단단해 보여.〉

유미나에게 사쿠라가 대답한 대로, 아래팔 부분의 두 기는 양 주먹의 부위였던 만큼 상당히 튼튼해 보이는 인상이었다. 땅딸막하고 장갑이 두꺼워 보인다.

〈내가 할래! 두 기 다 에르제 엄마의 파일 벙커로 부수겠어! 괜찮지? 엄마?〉

〈그건 괜찮지만……. 사쿠라, 보조해 줄 수 있을까?〉

〈응. 알았어. 린네를 지킬게. 보증해!〉

아무래도 아래팔 부분의 두 기는 린네의 게르힐데와 사쿠라의 로스바이세가 상대할 셈인 듯했다.

사쿠라의 로스바이세라면 심포닉 혼에서 내뿜는 공진 공격으로 저 두꺼운 장갑을 약하게 만들 수 있을지 모른다.

그런 린네를 보고 자극을 받았는지 아리스가 흉부 고렘을 처억 가리켰다.

〈난 저 큰 걸 해치우겠어!〉

"그럼 엔데는 두 번째로 큰 적을 상대해야겠네."

〈잠깐만?! 왜 함부로 결정하고 그래?!〉

내 말을 듣자 스피커에서 엔데의 반론이 터져 나왔다. 시끄러. 너도 로스바이세처럼 공진 공격이 가능하잖아? 당연히 귀찮은 적은 너한테 맡겨야지.

"아리스도 아빠가 멋지게 적을 해치우는 모습을 보고 싶지?"

〈응! 보고 싶어!〉

〈그, 그러니? 좋아, 아빠도 힘 좀 내 볼까~?〉

쉽다 쉬워. 헤벌쭉한 엔데의 목소리를 들으며 진심으로 바보는 써먹기 편하다는 생각을 했다. 어? 남의 말을 할 상황이 아니라고? 하하하. 저런 애랑 똑같이 취급하면 안 되지.

자, 그렇다면 나머지 유미나, 린제, 루, 린이 하퇴부 두 기를 상대하게 되는 건가.

하퇴부 두 기는 딱 봐도 백병전에 유리한 형태로, 양팔에 뒤로 휜 대검을 장비하고 있었다. 검을 들고 있는 게 아니었다.

양팔이 검이다.

기체의 크기는 오버로드 정도는 아니지만 프레임 기어의 기체보다는 컸다.

2대4라고는 하지만 우리 프레임 기어의 대부분이 장거리 지원형이다. 상대가 접근하지 못하도록 하며 거리를 충분히 확보하는 게 싸움의 열쇠가 될 듯했다.

〈간다~!〉

즉시 린네의 게르힐데가 아래팔 부분 고렘의 하나를 향해 달렸다.

그 뒤를 잇듯이 사쿠라의 로스바이세가 가창 마법을 발동했다.

………어? 왜 이 곡이야?

유명한 미국 록밴드의 곡으로, 가사 내용은 분명 고등학교 시절에 동경했던 여자아이가 남성 잡지의 야한 사진이 실리는 페이지에 등장해 충격을 받는다는 내용이었다.

사쿠라도 세계신님한테 받은 결혼반지를 끼우고 있어 가사의 영어를 모르진 않을 텐데…….

로스바이세에서 발동한 공진 공격의 충격은 엄청나 아래팔 고렘의 장갑에 가느다란 균열이 나기 시작했다.

〈필살~! 파일, 벙커~!〉

아래팔 고렘의 품으로 뛰어든 린네의 게르힐데가 정재 장갑으로 둘러싸인 오른 주먹을 날렸다. 그와 거의 동시에 팔에 장착된 파일벙커가 튀어나와 갈라진 적의 장갑을 꿰뚫었다.

그 일격으로 기체 앞면의 장갑이 벗겨져 와르르 떨어졌고, 얇은 내부 장갑이 밖으로 드러났다.

〈한 방 더!〉

이번엔 게르힐데의 왼 주먹이 소리를 냈다. 쿵! 콰앙! 그리고 잇달아 파일벙커가 박히며 얇은 내부 장갑을 뚫어 버렸다. 아래팔 부분의 고렘이 마치 경련을 일으키듯이 덜덜 움직이더니 앞으로 고꾸라졌다.

휙 뒤로 피한 게르힐데의 앞으로 쓰러진 아래팔 부분의 고렘은 그대로 움직임을 멈췄다. 한 방에 물리쳤어? 아니, 두 방인가?

〈한 기 더!〉

게르힐데가 한 기 더 남은 아래팔 부분 고렘으로 가려는데, 그 고렘은 등에 장비(?)하고 있던 기간테스의 왼손을 로켓처럼 사출했다.

〈우왓?!〉

린네가 다급히 피하려고 했지만, 조금 늦어 거대한 왼손에 붙잡히고 말았다.

윽. 위험한 상황인가?! 도와주러 가야겠어……! 그런 생각에 내가 몸을 앞으로 내민 순간, 사쿠라의 로스바이세가 대거형 프라가라흐 네 개를 발사했다. 그리고 프라가라흐 네 개는 린네를 붙잡고 있던 왼손의 엄지손가락 뿌리 부근에 집중적으로 꽂혔다.

　왼손의 엄지손가락이 흐느적거리며 풀린 순간, 게르힐데가 그 손안에서 탈출했다.

〈위험했어……!〉

〈첫 번째가 간단했다고 방심해서 그래. 아까는 기습 공격에 가까워서 성공했던 거니 더 주의해서 움직여.〉

〈네에…….〉

　사쿠라에게 충고를 듣고 조금 풀이 죽은 린네의 목소리가 들렸다. 첫 번째를 워낙 깔끔하게 해치웠으니. 상대가 별것 아니라고 생각하더라도 어쩔 수 없는 일이라는 생각도 든다.

　문득 옆을 보니 아리스의 오버로드와 기간테스의 흉부가 변형한 대형 고렘이 양손을 서로 맞잡고 마치 힘겨루기를 하듯 서로를 밀치고 있었다.

〈하아아아아압!〉

　오버로드의 기본적인 출력은 이 레긴레이브보다 위. 모든 프레임 기어 중에 최대를 자랑한다.

　등의 부스터가 웅웅 울리면서 오버로드를 앞으로 계속 나아가도록 등을 떠밀었다.

　이윽고 더는 버티지 못하게 됐는지 흉부 고렘은 머리 옆에 장비했던 벌컨포를 오버로드의 얼굴을 향해 겨눴다.

〈그렇게 둘 순 없지!〉

　다음 순간, 아리스가 그런 외침과 함께 힘껏 흉부 고렘의 얼굴에 박치기를 날렸다. 갑작스러운 타격에 흉부 고렘의 몸이 뒤로 크게 기울더니 쓰러지며 땅을 크게 울렸다.

뭐라고 하면 좋을까. 마치 프로레슬링 같아.

쓰러졌던 흉부 고렘은 곧장 일어서, 오버로드를 향해 커다란 주먹을 날렸다. 아리스는 그 공격을 왼팔로 막고, 반격이라는 듯이 반대로 오른 주먹을 날렸다.

몸통에 완벽히 들어갔다고 봤는데 흉부 고렘은 꿈쩍도 하지 않았다. 역시 저 자식이 두른 장갑은 대미지를 흡수하는 기능이 있나?

아까 그 박치기 공격에는 단순히 균형을 잃었을 뿐이었던 건가? 역삼각형에 가까운 기체라 그런 건지도 모른다.

방어에는 자신이 있는지 흉부 고렘은 방어를 굳히지 않고 연속 난타 공격을 계속했다. 오버로드는 계속 방어 일변도.

〈이 자식!〉

오버로드의 다리에 달린 거대 드릴이 분리되어 오른팔에 장착되었다. 난타를 계속하는 흉부 고렘의 틈을 노려 드릴을 장비한 오버로드의 오른팔이 적의 몸통을 찔렀다.

하지만 드릴의 끝만 살짝 들어갔을 뿐, 이번에도 고무 같은 장갑에 막히고 말았다.

〈이제부터야!〉

아리스의 외침과 함께 드릴이 고속으로 회전하기 시작했다. 끼릭끼릭끼릭끼릭, 회전한 드릴이 조금씩이지만 고무 장갑의 안으로 파고들어 갔다.

〈【프리즈마 로즈】!〉

빠직! 고무 장갑에 균열이 갔다. 흉부 고렘의 장갑 내부에서
수정 가시덩굴이 튀어나와 고렘을 휘감았다. 이윽고 몇 개나
되는 가시덩굴은 흉부 고렘을 지면에 고정시켰고, 고렘은 결
국 움직임을 멈췄다.

드릴로 열어젖힌 장갑의 안쪽에서 【프리즈마 로즈】를 발동
시킨 건가.

넘쳐 났던 수정 덩굴장미가 안쪽에서 흉부 고렘을 파괴한 것
이다.

그런데 이래선 안이 너덜너덜해졌겠어. 쿤이 모니터를 보며
절규하고 있겠는걸?

〈아빠, 해냈어!〉

아리스가 부른 엔데는 어떻게 되었는가 하면, 복부 고렘과
전투를 펼치는 중이었다.

복부 고렘은 굵고 짧은 다리에 가늘고 긴 손을 지닌 고렘으
로, 움직임은 느리지만 양팔에는 개틀링포가 장비되어 있었
다.

상대가 마구 쏘아 비처럼 쏟아지는 탄막을 특유의 기동력으
로 좌로 우로 계속해서 피하는 엔데의 용기사.

속도를 중시한 그 기체를 복부 고렘은 한 방도 맞힐 수 없었
다.

〈아리스는 해치운 모양이니, 나도 이제 끝내 볼까.〉

용기사[드 라 군]가 허리에서 단검 두 자루를 빼내 양손에 잡고 자세를 잡았다.

용기사[드 라 군]는 양다리의 고속 롤러를 가속해 상대와 스쳐 지나갈 때 가느다란 팔을 잘라냈다. 그리고 갑자기 방향을 바꿔 한 번 더 스쳐 지나가며 남은 팔도 잘라냈다.

종횡무진 대지를 달리며 용기사[드 라 군]가 복부 고렘을 마구 베었다. 그 빠른 속도에 상대는 대처할 방법이 없었다.

〈이것으로 끝이다.〉

용기사[드 라 군]의 단검이 복부 고렘의 흉부(헷갈리네)를 꿰뚫자, 복부 고렘이 쉬익! 하고 반짝거리는 마소 연기를 내뿜으며 움직임을 멈췄다.

일방적인 싸움이었네. 궁합이 안 좋은 상대였어. 아니지. 엔데한테는 딱 좋은 상대였겠지만.

〈아리스, 어때?! 아빠도 꽤…… 어라?!〉

엔데가 아리스를 돌아보았지만, 이미 그곳에 사랑하는 딸의 모습은 없었다.

자신의 싸움을 끝낸 아리스는 아버지를 놔두고 곧장 다른 사람을 도와주러 떠났다.

"가여워……!"

큭, 눈시울이 뜨거워지네. 아빠, 열심히 했는데. 지금이라면 나도 그 마음을 이해할 수 있어.

유미나가 있는 곳으로 간 아리스의 오버로드의 뒤를 따라 엔데도 용기사를 몰았다.

문득 보니 린네도 두 번째 아래팔 고렘을 막 해치운 참이었다.

미사일 포드가 있는 위팔 고렘과 싸우던 야에와 힐다도 마무리 지은 모양이었다. 물론 아무런 타격도 없었다.

이젠 유미나, 린제, 루, 린이 상대하고 있는 하퇴부 두 기뿐인가. 이미 2 대 10. 이건 이겼네. 그다지 강하지는 않았다고 해야 하나?

아니지. 합체한 기간테스 상태가 진짜 모습이었다. 분리되어 실력을 제대로 발휘하지 못한 채 패배했다고 보면 될까?

그런 점을 생각해 보면, 분리의 원인이 된 머리를 향한 일격은 기간테스에게 있어선 그야말로 통한의 일격이었던 건지도 모른다.

그렇다면 이번엔 린네가 MVP인걸? 역시 나의 딸. 굉장해.

"어머어머. 왜 이렇게 시끄럽나 했더니 재미있는 일이 벌어지고 있었네?"

"저건 결전 병기군요. 대체 어디에 잠들어 있었는지⋯⋯."

토야가 싸우고 있는 아이젠부르크에서 상당히 멀리 떨어진 장소에서 그 싸움을 지켜보는 그림자 두 개가 있었다.

하나는 철제 도미노 마스크를 쓴 머리가 붉은 여자.

또 한 사람은 잠수 헬멧 같은 투구를 쓴 남자.

여자는 오렌지 메이스를, 남자는 짙푸른 손도끼를 들고 있었다.

'사신의 사도'라 불리는 탄제린과 인디고는 이 근처를 감시하고 있던 고렘의 보고를 듣고, 인디고의 손도끼 '딥블루'가 지닌 전이 마법을 이용해 이곳에 와 있었다.

토야가 사전에 【서치】를 발동해 주변을 확인했지만 감시했던 고렘은 '악마 고렘'이 아니라 평범한 고렘이어서 미처 거기까지는 파악을 하지 못했다.

"저건 브륀힐드의 거대 고렘이네요. 처음 보지만 성능이 상당히 뛰어나 보입니다. 스칼릿의 말대로 우리가 만들고 있는 물건으로는 아직 대항할 수 없겠습니다."

"흥. 그런 물건으로 정말 우리의 비원을 이룰 수 있어?"

탄제린은 무시하는 말투로 그렇게 말했다. 탄제린은 패배 선언이라 받아들일 수도 있는 인디고의 말을 들으니 조금 화가 났다.

"아직이라고 말했잖아요. 스칼릿이 언젠가 저걸 능가하는 기체를 만들어 줄 겁니다. 그래서 세계를 돌며 '방주'를 손에 넣은 거니까요. 크롬 란셰스가 남긴 유산이 있으면 불가능하진 않습니다. 그것이 새로운 신을 강림하게 만드는 기반이 되겠지요."

"흥. 자신이 넘치네? 전에는 신부(神父)였기 때문에 이런 경건함이 배어 나오는 걸까? 나는 이 세계가 멸망하면 만족하니, 그렇게 되기를 일단 신에게 빌겠어."

시시하다는 듯이 탄제린은 오렌지색 메이스 '핼러윈'을 어깨에 고쳐 멨다. 두 사람은 자신들을 '사신의 사도'라 지칭하고 있지만, 모두가 똑같이 경건한 사도는 아니었다.

"하지만 이대로 그냥 돌아가려니 마음이 편치 않네요. 조금이나마 스칼릿에게 줄 선물을 준비해 갈까요?"

인디고는 그런 말과 함께 잠수 헬멧 안에 대담한 미소를 띠었다.

〈【캐넌 너클】!〉
아리스의 오버로드가 마지막 한 기, 하퇴부 고렘의 상반신을 산산조각내며 날려 버렸다. 아~아. 이것도 보면 쿤이나 박사가 불평하겠어.

〈야호! 전부 해치웠어!〉

게르힐데에 탄 린네가 기쁘게 소리쳤다. 이제 다 해치운 건가. 생각보다는 쉽게 끝났네.

결국 난 아무것도 안 했어…….

잘 생각해 보니, 모니터로 이 장면을 본 사람들은 나의 이런 모습을 보고 나쁜 인상을 받지 않았을까?

아내들만 싸우게 하고 자신은 먼 곳에서 구경만 하는 최악의 남편이잖아.

어쩜담. 마지막 정도는 일해야지. 일단 망가진 기간테스의 부위라도 전부 회수해서──. 내가 【스토리지】를 열려고 하는데, 부글부글하면서 기간테스의 머리 부분 고렘과 흉부 고렘의 주변에 푸른 거품이 일더니, 고렘이 마치 물속으로 떨어지듯이 풍덩하고 사라져 버렸다.

"아니……?!"

〈토야 오빠! 3시 방향 벼랑 위에 누군가가 있어요!〉

유미나의 목소리를 듣고 레긴레이브의 카메라를 돌려보니, 벼랑 위에 있던 그림자 두 개가 조금 전에 고렘들과 마찬가지로 풍덩하고 가라앉아 사라졌다.

순식간이라 정확하게 보지는 못했지만, 머리가 붉은 여성과 잠수복을 입은 듯한 사람이 있었다. 설마…… 사신의 사도인가?!

"검색! '사신의 사도'!"

〈검색합니다. ·········검색 완료. 해당자 없음.〉

윽! 역시 결계로 막고 있나?! 기간테스의 부위로 검색해 봤지만 그것도 찾을 수 없었다. 단순한 전이 마법이 아닌가? 설마 '이공간 전이'는 아니겠지?

"쳇. 혼잡한 틈에 허를 찔린 건가······."

'방주'^{아크} 때랑 똑같다. 저편에도 전이 마법을 사용할 줄 아는 자가 있다. 역시 성가시네······.

나는 또 도둑맞기 전에 얼른 나머지 기간테스의 부위를 【스토리지】로 회수했다. 머리 부분과 흉부 부위만 빼앗겼구나. 두 개밖에 훔쳐 가지 않았는데, 전이시키는 데 한계가 있어서 그런 걸까. 아니면 그 두 개 이외에는 필요가 없었기 때문일까.

한 방 먹었어. 이건 사실상 선전포고 아닐까?

내가 레긴레이브의 콕핏에서 생각에 잠겨 있는데, 눈앞에 세팅해 둔 스마트폰이 울렸다.

윽! 쿤이다. 틀림없이 모니터로 조금 전의 모습을 다 봤겠지?

그런데 이건 불가항력이야. 미래를 아는 게 아니면 대처할 방법이 없다고 해야 하나······? 내 탓이야?

변명하지 말고 얼른 받아! 마치 그렇게 말하듯 스마트폰이 무섭게 계속 울렸지만 나는 좀처럼 통화 버튼을 누르지 못했다. 하아······.

◇　◇　◇

"그토록! 그렇게나, 가능하면 부수지 말아 달라고 말했는데도 불구하고, 거의 다 부서뜨리면 어떻게 하나요?! 대체 이게 어떻게 된 거예요?! 아버지는 대체 뭘 하신 건가요?!"

"나는 아무것도 안 했어. 하지만 이건⋯⋯!"

"변명 금지!"

쿤이 엄청나게 화났다.

그 마음을 모르진 않는다. 희귀한 결전 병기로, 고대 문명의 진수를 모아 만든 고렘이 대부분 망가져 버렸으니까.

대퇴부는 너덜너덜해지거나 두 동강이 나 버렸고, 아래팔 부분은 사쿠라의 공진 병기로 온몸이 균열투성이. 엔데가 처리한 복부와 야에, 힐다가 처리한 위팔은 그나마 낫지만, 다 같이 공격한 하퇴부는 오버로드의 캐넌 너클을 맞아 산산이 부서졌다.

그것도 모자라 제일 중요한 기간테스의 종합 두뇌인 Q크리스탈이 들어 있었을 머리 부분의 고렘과 막대한 동력원이라 추정되는 본체의 G큐브가 있었던 흉부 고렘을 사신의 사도에게 빼앗기기까지.

마지막은 쿤이 아니라도 화를 낼 수밖에 없는 실수다. 방심

하지 않았다고 말한다면 거짓말이다.

하지만 초반에 기간테스를 너덜너덜하게 만든 그 일이 내 탓인가……?

"알고 계시긴 한 거예요?! 그 기간테스는 고대 고렘 문명이 남긴 귀중한, 아~주 귀중한 고렘이었어요!! 물론 바빌론의 힘을 사용한다면 만들 수도 있기야 하겠죠. 하지만 문제는 그게 아니에요! 태고의 기술자가 땀을 흘리며 시행착오를 거쳐 만든 단 하나뿐인 물건이기에 가치가 있는 거라고요! 그걸…… 듣고 계세요? 아버지?!"

"응? 그, 그럼. 듣고 있지. 듣고 있고말고. 미안해. 그래서, 뭐라고?"

"안 듣고 계셨잖아요!"

더욱 화를 내는 쿤.

화내는 모습이 엄마를 닮아서……. 무심코 그리운 마음에……. 자주 이렇게 혼이 났었지.

종족은 다르지만, 이 아이도 엄마의 피를 이었구나 싶어, 좀 기뻤다.

"왜 웃고 그러세요?! 진심으로 화낼 거예요?!"

"응. 미안……."

히죽거리는 나에게 쿤의 날벼락이 떨어졌다. 아차, 더 화나게 만든 모양이다.

"이제 그쯤 해둬. 너도 멀쩡하게 입수할 수 있으리라고는 생각하지 않았잖아?"

"그건 그렇지만요……."

전투에 참가하지 않았던 에르제가 쿤을 말렸다. 살았다. 무릎을 꿇은 채 이래저래 30분은 혼나고 있었으니까. 조금 더 빨리 도와줬으면 좋았을걸.

"음, 뭐냐. 산산조각이 난 부위로도 많은 기술을 얻을 수 있을 테지. 나라가 파괴되는 일에 비하면 훨씬 나은 일이야."

"그렇게 말씀해 주시니 다행입니다."

불쌍하다는 듯한 표정을 지으며 철강왕이 나를 위로했다. 혹시 쿤은 철강왕이 나를 탓하는 일이 없도록 공개적으로 설교한 건지도 모른다.

"참! 정말! 아아, 아까워. 너무 아까워……!"

……아닐지도 모른다.

"일단 기간테스는 이 지하 도시 아가르타에서 해체, 분석해도 될까? 물론 우리도 참가할 생각이야."

"그렇군. 그렇게 해 주면 고맙겠네."

내가 【스토리지】에서 꺼낸 복부 부분을 찰싹찰싹 두드리면서 박사가 철강왕에게 말을 걸었다. 무슨 소릴. 넌 이미 【애널라이즈】를 걸어서 분석했잖아. 방금.

"그리고 하나 더. 이 지하 도시 아가르타를 어떻게 할지 말인데요……."

"이곳은 우리 나라의 영토임에는 틀림없으나, 정확히 말하면 우리 나라가 건국되기 전부터 이 도시는 존재했지 않나. 그러니 원래는 선주민으로 인정해 자치권을 부여해야만 하지만, 주민이 모두 고렘이니 어쩌면 좋을지 참 어려운 문제군……."

펠르시카와 다른 고렘에게는 계약자(마스터)가 없었다. 정확하게 말하면 계약자가 죽었다. 이 도시의 주민들이 계약자(마스터)였다면, 자손들이 이어받게 하려고 마련한 서브 마스터 시스템도 의미가 없어졌다고 할 수 있었다. 주민들이 한 명도 남지 않고 모두 죽었으니까.

그렇다면 일단 모두 리셋한 뒤, 새로운 마스터 계약을 하는 게 보통인데…….

"안 돼! 고대 고렘 대전에서 살아남은 고대 기체 고렘(레거시)이잖아?! 그 기억을 소거하다니 말도 안 되는 일이야! 휴면 장치를 사용했다고는 하지만, 이렇게 보존 상태가 좋고 동시에 기억도 남은 유사 인간형은 엄청난 유물이거든?!"

에르카 기사가 단호하게 반대했다. 기억이 남은 상태로 발견된 고렘은 이곳 외에도 어느 정도 있었다는 모양이다. 우리의 하얀색 왕관인 아르부스도 그렇고, 로베르네의 파란색 왕관인 블라우도 어느 정도는 기억이 남아 있다.

하지만 사람과 밀접한 관련이 있던 유사 인간형이 기억을 그대로 유지한 채 발견된 사례는 거의 없다고 한다.

유사 인간형은 원래 섬세해서 쉽게 망가지고, 그에 더해 다른 사람에게 쉽게 양도되기도 한다.

혈족이 아닌 사람에게 양도될 때마다 새로운 계약을 위해 리셋되니, 고대 문명의 기억은 거의 남지 않는다.

유사 인간형은 사람과 함께 생활해도 문제가 없도록 제작된다. 다시 말해 고대 문명 시대의 대중문화나 관습, 사람들의 삶을 기억하고 있다는 말이다.

적어도 펠르시카는 그 기억을 간직하고 있다. 그걸 지워버린다는 것은 역사적인 가치를 하수도에 버리는 일과 다름없다.

즉, 펠르시카가 새로운 계약자^{마스터}를 얻을 수는 없다는 말이었다. 아니, 찾게 놔둬선 안 된다고 해야 하나?

펠르시카는 고렘이지만 독립된 인격이 있으니, 이대로 이 지하 도시를 다스리며 이곳을 유지하는 역할을 해야 한다고 생각한다.

철강왕도 그런 제안에 찬성해 주었다. 지하 도시 아가르타는 터널의 중계 지점으로서 발전할 수 있다. 원래 유사 인간형인 펠르시카는 사람에게 도움이 되길 바라고 있었기 때문인지, 이 제안을 거절할 생각이 없는 듯했다.

아, 맞아. 난 터널을 뚫는 도중이었어. 이제부터 또 뚫으려니 귀찮네.

"무슨 소리야? 넌 아무것도 안 했으면서."

"그건 에르제도 마찬가지잖아."

"난 흙 마법을 못 쓰거든. 자, 얼른 뚫고 또 뚫어. 엔데도 붙여 줄 테니까."

"어?! 난 상관없잖아!!"

동문 후배의 예상치 못한 제안에 동문 선배가 당황해 어쩔 줄 몰라 했다.

쿤은 기간테스에 푹 빠져서 도와줄 것 같지도 않고, 린도 지쳐 있으니까. 이번엔 어쩔 수 없으니 엔데의 도움을 받도록 할까.

"이번엔 어쩔 수 없다니 무슨 소리야?! 너희 요즘 날 너무 함부로 대하는 거 아냐?!"

엔데가 조금 눈물을 글썽이며 반론했지만, 하하하, 새삼스럽게 무슨 소린지. 넌 그런 역할로 자리 잡은 지 오래야.

"자, 가자. 내가 단단하게 굳힐 테니 넌 뚫고 또 뚫어."

나는 【파워라이즈】를 사용해 멱살을 잡고 억지로 엔데를 끌고 갔다. 얼른 끝내고 돌아가자.

"앗! 토야, 잠깐만!! 아리스! 앨 좀 말려 줘!"

"아빠, 힘내~!"

"아아아, 뭐야!! 알았어, 아빠 열심히 하고 갈게에에에에!"

정말로. 넌 아리스 덕분에 부려먹기 쉬워졌어.

철강국에서 한바탕 소동이 일어나고 있을 무렵, 레굴루스
제국의 제도 갈라리아에서는──.

"돈이 부족하네요…….."

번화한 제도의 중앙 거리, 그 앞에 있는 중앙공원 분수 근처
의 벤치에 앉아 쿠온이 지갑 안을 확인하더니 한숨을 쉬며 중
얼거렸다.

〈돈 말인갑쇼? 인간은 여전히 이상한 물건에 휘둘리며 사는
군요.〉

벤치에 기대어 세워 놓은 검 한 자루가 조용하게 말했다. 근
처에는 아무도 없어 쿠온 이외의 사람이 그 목소리를 들을 가
능성은 없었다.

〈잘 몰라서 그러는데, 도련님의 고향으로 가는 합승 마차의
요금이 그렇게 비쌉니까?〉

"아니요. 마차 요금 자체는 비싸지 않으니 지금 가진 돈으로

도 탈 수는 있어요."

〈그럼 뭐가 문젭니까?〉

"선물을 살 돈이 없어요."

하아. 한숨과 함께 약관 여섯 살짜리 소년은 작게 중얼거렸다. 그 얼굴에서는 약간의 고뇌와 체념이 느껴졌다. 여섯 살 소년이 지을 표정이 아니었다.

〈서, 선물요? 굳이 사지 않아도 별일은 없으리라 생각합니다만…….〉

"안 돼요. 아버지와 어머니는 신경 쓰지 않으시겠지만, 누나들은 틀림없이 불평할 거예요. 아주 끈질기게."

쿠온은 누나가 일곱 명이다. 그중에서 제일 다정한 에르나는 아무 말도 하지 않을지 모르지만, 다른 누나들 여섯 명은 불평을 안 할 리가 없다. 누나뿐만 아니라 유일한 여동생인 스테프도 선물이 없으면 불평을 하겠지.

따라서 선물을 사 가지 않는다는 선택은 처음부터 할 수가 없었다. 하지만 합승 마차 요금을 제외하면 몇 명 정도의 선물을 살 돈이 부족해진다. 적당히 싼 물건을 고르면 끈질기게 원망을 할지도 모른다. 그런 원망을 듣기는 싫다.

"돈이 될 만한 물건도 없는데요……."

〈왜 절 힐끔 보십니까?! 전 매각이 불가능한 물건입니다요!!〉

쿠온도 실버를 팔 생각은 없었다. 고대 기체인 실버라면 동방 대륙에서도 상당한 값에 팔 수 있겠지만, 그런 짓을 했다간 틀림없이 쿤한테서 날벼락이 떨어진다.

레굴루스 제국을 다스리는 황제 폐하는 쿠온의 누나인 아시아의 할아버지다. 황제 폐하에게 쿠온은 사실상 손자라 해도 과언이 아니었지만, 갑자기 성으로 찾아가 '당신의 손자에 해당하는 사람이니 돈을 빌려주세요'라고 말할 수는 없다.

"말해 봐야 믿어주지 않으시겠죠……."

사실 황제 폐하에게는 토야가 이미 말을 해 두었기 때문에, 순순히 성으로 가면 문제는 해결됐겠지만 쿠온이 그걸 알 수 있을 리 없었다.

"최악의 경우엔 여비를 선물 사는 데 쓰고, 브륀힐드까지 뛰어가면 어떻게든……. 아니면 마수를 사냥해 그 소재를 팔면 될지도 모르겠네요. 이럴 줄 알았으면 엘프 마을에서 조금 돈을 벌어 올 걸 그랬어요."

쿠온이 팔짱을 끼고는, 으~음, 하는 소리를 내며 고민하는데, 벤치에 세워져 있던 실버가 주변에 들리지 않을 만큼 작은 목소리로 속삭였다.

〈도련님. 도련님. 저걸 보십쇼. 저건 뭘까요?〉

"응?"

쿠온이 고개를 들어보니, 분수 주변에 사람들이 가득 모여 있었다. 남자 두 사람이 모인 사람들에게 무언가 큰 소리로 말하고 있는 듯했다.

"자자, 여러분! 여기에 있는 기계인형, 이것이야말로 서방 대륙에서 사용되는 '고렘'! 인간 노예를 대신하는 새로운 노예입니다!"

"거기다 이건 고대 유적에서 발굴된 '고대 기체'라는 것으로, 엄청난 힘을 자랑합니다! 원래는 이렇게 값싸게 팔 수 있는 물건이 아니에요! 산다면 지금이 기회입니다!"

사람들의 발밑을 빠져나가 쿠온은 큰 소리로 홍보하는 남자 두 사람 앞에 도착했다.

험악해 보이는 스킨헤드의 거한과 눈초리가 날카롭고 삐쩍 마른 매부리코 남자가 모인 사람들을 상대로 열변을 토했다. 그 뒤에는 3미터에 가까운 커다란 흑철색 고렘이 가격표를 붙인 채 가만히 서 있었다.

높이는 4미터에 가까웠다. 몸통이 크고, 머리는 작았다. 팔다리는 굵었다. 얼핏 보기에 파워 타입의 고렘 같았다.

"정말로 움직이긴 해? 한번 움직이는 모습을 보여줘 봐."

"물론입죠. 이봐, 손님들께 인사해라!"

매부리코 남자가 고렘에게 명령하자, 검은 고렘은 커다란 양팔을 머리 위로 들어 올렸다. 오오~! 손님들이 놀라는 목소리가 들려왔다.

그중에서 조금 살이 쪘지만 옷차림이 단정한 상인 같은 남자가 매부리코 남자에게 말했다.

"흠. 이건 얼마나 힘을 낼 수 있지?"

"마차 한 대는 가볍게 들어 올릴 수 있습니다. 짐을 옮기는

데도 사용할 수 있고, 여행의 호위로도 쓸 수 있습죠. 그런 물건이 이 가격이니 무조건 이득입니다."

조금 살이 찐 상인 같은 남자는 잠시 고민을 하더니, 품에서 지갑을 꺼냈다.

"좋아. 그럼 그걸 사……."

"가능하면 사지 마세요."

갑자기 발밑에서 목소리가 들리자 깜짝 놀란 상인 남자는 아래를 바라보았다.

그곳에는 찰랑거리는 금발을 뒤로 묶은 대여섯 살 정도의 소년이 서 있었다. 그리고 소년은 칼집에 들어간 작은 쇼트 소드를 들고 있었다.

직감일 뿐이었지만, 상인 남자는 이 소년이 평범한 소년과는 다르다고 생각했다. 그런 소년이 '가능하면 사지 말라'라고 말했다.

'자신의 직감을 따라라'. 존경하는 형의 그런 말을 떠올린 상인 남자는 소년에게 말을 걸었다.

"이유가 뭐지? 이 가격이라면 크게 나쁜 물건은 아니라고 생각한다만?"

"이게 진짜 고대 기체 고렘^{레거시}이라면 그렇겠죠. 그런데 이건 가짜예요."

"이 꼬마가! 괜한 트집 잡아 우리 장사를 방해하지 마라! 애들은 저리 가!"

스킨헤드의 거한이 쿠온을 내쫓으려고 앞으로 나섰다. 목덜미를 잡으려는 남자의 손을 피한 쿠온은 고렘의 팔을 차며 그 어깨에 뛰어 올라갔다.

그리고 그 머리를 향해 칼집에 들어가 있는 쇼트 소드를 가볍게 휘둘렀다. 그러자 터엉, 하는 메마른 소리가 주변에 울려 퍼졌다.

"이 소리를 들어보세요. 안에 아무것도 안 들어갔죠? 고렘의 제어 중추에 있는 Q크리스탈은 어디에 있나요?"

머리를 두드릴 때 사용한 실버가 〈도련님. 절 거칠게 다루지 말아 주십쇼…….〉 하며 비난 섞인 말을 했지만 쿠온은 일부러 무시했다.

"Q크리스……? 알아들을 수 없는 소린 그만하고 내려와라! 야! 해치워!"

삐쩍 마른 매부리코 남자가 고렘에게 명령하자, 흑철색 고렘이 움직이며 어깨에 올라탄 쿠온을 붙잡으려고 했다.

그걸 훌쩍 피하고 지면에 내려선 쿠온은 손에 들고 있던 실버를 빼내 순식간에 고렘의 전면을 몇 군데 정도 베어 버렸다.

그러자 고렘의 가슴 부분의 장갑이 덜커덕하고 떨어져 고렘의 몸 안이 밖으로 드러났다. 그곳에는 깜짝 놀란 표정을 지은 몸집 작은 남자가, 답답하게 앉아 조종간을 쥐고 있었다.

"역시 고렘이 아니라 드베르그였군요."

드베르그란 스트랜드 상회가 판매하는 토목 작업 기계였다.

고렘과는 달리 사람이 조종하지 않으면 움직이지 않는 기체다.

일반적으로는 아직 세상에 유통되고 있지 않은 기체로, 현재는 대부분이 국가 인프라 설비에 투입되어 있었다.

드베르그도 꽤 비싼 물건이지만 고대 기체 고렘^{레거시}과는 비교할 수 없을 만큼 싸다.

즉, 이 두 사람, 정확히는 드베르그에 탄 남자를 포함한 세 사람은 사기를 치려 했다는 말이다.

그런데 이걸 판매한 다음 안에 들어가 있던 작은 남자는 어떻게 도망칠 생각이었을까. 빈틈투성이인 사기 행각이라 쿠온은 의아하게 생각했지만, 한밤중에라도 몰래 드베르그를 몰아 도망치려 했을지도 모른다.

"쳇……! 이 건방진 꼬마가! 장사를 방해하다니!"

스킨헤드인 거한이 가차 없이 발차기를 날렸지만, 쿠온은 그 발차기를 피하고 가볍게 거한의 허리를 때렸다.

"【패럴라이즈】."

"꾸웩?!"

개구리를 짓누른 듯한 소리와 함께 거한이 그 자리에서 털썩 주저앉았다.

그대로 물 흐르듯이 쿠온은 실버로 흑철색 고렘, 정확히는 드베르그의 양손과 양다리를 절단했다.

"욱?!"

앞으로 고꾸라진 드베르그에 갇혀 안에 있던 작은 남자는 밖으로 나올 수 없게 되었다.

"큭……!"

"놓칠까 보냐?!"

"으악?!"

도망치려고 했던 매부리코 남자가 구경꾼 중 한 명에게 제압당해 땅에 내동댕이쳐졌다. 놓치지 않으려고 '고정'의 마안을 사용하려고 했던 쿠온은 아슬아슬하게 마안 발동을 멈췄다.

"누가 기사단 좀 불러와!"

"묶을 만한 물건 없어?! 그 고철 안에 있는 놈도 붙잡아!"

어째서인지는 몰라도 구경꾼들이 웅성거리면서 남자 세 사람을 붙잡았다. 어린이가 범인들을 포박하긴 힘들다고 생각해 움직였겠지만, 쿠온은 상관하지 않고 옷의 먼지를 털었다. 사기꾼이 어떻게 되든 쿠온이 신경 쓸 일은 아니다.

"애야! 네 덕분에 살았다. 고맙구나. 하마터면 속아 넘어갈 뻔했어."

상인 남자가 쿠온에게 인사를 했다. 쿠온이 끼어들지 않았다면 그 드베르그를 몇 배나 되는 돈을 주고 살 뻔했기 때문이다.

희귀한 물건이라고 해서 덜컥 사려고 했던 상인 남자는 자신의 행동을 반성했다. 형에게 '넌 아직 너무 물러터졌어'라는 말을 들어도 어쩔 수 없다며, 마음속으로 자신을 부끄럽게 생각했다.

"이 시대의 동방 대륙에서는 아직 드베르그나 고렘이 일반적으로 유통되고 있지 않으니까요. 속아 넘어간다고 해도 어쩔 수 없는 일이에요."

"이 시대?"

"아, 아닙니다. 그냥 흘려들어 주세요."

사실 동방 대륙에서도 고렘이나 드베르그가 그런대로 유통되기 시작하고 있었지만, 아직은 국가 간의 거래가 우선이었기 때문에, 일반인들은 소문으로 들어 그런 물건이 있다고 알고 있는 정도에 불과했다.

이미 눈치 빠른 상인은 독자적으로 서방 대륙에 건너가 직접 매입을 하기도 했으니, 얼마 안 있으면 일반인에게도 차차 보급되겠지.

그래도 서민이 쉽게 살 수 있는 가격은 아니었지만.

"도와준 답례를 하고 싶은데…… 혹시 부모님은 어디 계시니."

"사실 전 혼자서 여행을 하는 중이라…… 지금은 부모님이 안 계세요."

"그럴 수가! 많이 힘들겠구나."

상인 남자는 눈앞의 소년을 한 번 더 유심히 바라보았다. 외모를 봐선 아직 대여섯 살 정도겠지. 일단 검을 들고는 있지만, 어린이가 혼자서 여행하는 중이니 그것만으로는 미덥지 못했다. 조금 전의 싸움을 보니 나름대로 실력은 출중한 듯했지만, 아무리 그래도 너무 무방비한 모습이란 생각이 들었다.

"어디 갈 곳은 있고? 난 이제부터 로드메어 연방에 가려고 하는데, 괜찮다면 같이 타고 가면 어떠냐?"

"아…… 감사한 말씀이지만 행선지가 정반대라서요. 전 브륀힐드로 갈 생각이에요."

아까워라. 행선지가 같았다면 태워 달라고 하고 싶었다. 그러면 가까스로 선물을 살 수도 있고, 돈을 벌 필요도 없어질 텐데. 쿠온은 내심 실망하고 말았다.

"호오, 브륀힐드라고? 마침 잘 됐구나. 우리 형이 브륀힐드에서 가게를 하고 있거든. 지금 제도에 와 있는데, 며칠 후에 돌아갈 예정이야. 오랜만에 여기서 만나려고 기다리던 참이었는데, 형에게 널 태워 달라고 부탁해 주마. 어떠냐?"

"정말인가요?! 감사합니다!"

쿠온은 감사히 그 제안을 받아들이기로 했다. 이제 선물을 살 수 있다. 누나들에게 불평과 원망을 듣지 않아도 된다. 정말 다행이다.

쿠온이 기뻐하는데, 상인 남자가 자신의 등 뒤에 있는 누군가를 눈치채고 크게 손을 흔들었다.

"형! 여기야!"

"오랜만이구나, 바락. 응? 이 아이는……?"

"앗. 저는……. 와?!"

뒤를 돌아본 쿠온은 낯익은 얼굴을 보고 깜짝 놀랐다. 뒤에

있는 사람은 쿠온이 아는 모습보다는 조금 젊지만, 틀림없이
브륀힐드 왕실에 옷을 납품하는 상인, 자낙 젠필드였다.

◇　◇　◇

철강국 간디리스에게 부탁받은 터널 공사도 무사히 마치고,
우리는 브륀힐드로 돌아갔다.
그렇지만 쿤, 박사, 에르카 기사, 교수 등은 기간테스를 분석

하기 위해 지하 도시 아가르타에 남았다.
간디리스의 고렘 기사들도 몇 명인가 지하 도시에 모여 있었
는데, 고렘 기사의 최고봉인 5대 마이스터 두 사람이 있었으
니 깜짝 놀라지 않았을까?
"후우. 완전 날벼락이었어……."
"수고하셨습니다."
거실 소파에 힘없이 걸터앉아 있자, 유미나가 차를 타서 가
져와 주었다.
아이들은 기간테스와 싸우는 모습을 보고 자극을 받았는지,
프레임 유닛으로 대전하고 논다며 유희실로 갔다.
에르제, 힐다, 야에가 따라갔으니 별문제는 없겠지. 엔데도
아리스랑 같이 갔고.

"한동안 오지 않았는데, 아이들도 많이 모였구나."

유미나가 내준 차를 천천히 마시면서 토키에 할머니가 소파에 앉아 미소를 지었다.

토키에 할머니는 한동안 신계에 가 계셨다고 한다. 원래는 이 세계의 결계를 복구해야 하는데, 신계에 가다니 무슨 일이 있었던 건가 하고 생각은 하고 있었는데.

"아직 안 온 아이는 두 명이에요. 유미나의 아들이랑 스우의 딸이요. 모두 모이면 아이들은 미래로 돌아가게 되는 거죠?"

"그 일 말인데. 조금 일이 복잡하게 됐어."

토키에 할머니는 씁쓸하다는 듯 미소를 짓고는 찻잔을 테이블 위에 내려놓았다.

복잡해졌다고? 설마…… 미래로 돌아가지 못한다든가?!

"아니, 그런 건 아니란다. 미래로 돌려보내는 것뿐이라면 문제가 없어. 그 아이들이 원래 있던 시간축으로 무사히 돌려보내는 일이라면 가능해. 다만, 우리에게 사정이 생겨 조금 더 이곳에 머물러 주면 안 될까 하는데……."

"사정요?"

"미안하구나. 지금은 아직 말하기가 힘들단다. 조금 더 조사한 다음 확실히 밝혀지면 다시 말해 줄게."

난처한 표정을 지으면서 토키에 할머니는 다시 차를 한 모금 마셨다. 으으으, 또 성가신 일이 생길 듯한 예감……. '사신의 사도'만 해도 귀찮은데, 이 이상은 무슨 일이 일어나지 말앗으면.

내가 불길한 예감을 팍팍 느끼는데, 품 안의 스마트폰이 울렸다.

"어? 자낙 씨네. 웬일이지?"

옷 가게 '패션 킹 자낙'의 오너인 자낙 씨는 우리 결혼식 때 웨딩드레스를 만들어 전 세계에서 일약 유명인이 되었다. 자낙 씨는 곧장 웨딩 부문을 만들어 각국의 왕후와 귀족에게 판매를 시작했고, 웨딩드레스는 날개 돋친 듯 팔려나갔다고 한다.

너무 바빠서 결혼식 이후에는 거의 연락을 한 적이 없는데 무슨 일이라도 있었나?

"네, 여보세요."

〈여보세요. 공왕 폐하십니까? 사실은 말입니다, 어? 바꿔달라고? 하지만……. 그래, 알겠다. 실례가 없도록 잘 부탁한다. 죄송합니다. 잠깐 바꾸겠습니다.〉

아무래도 전화 너머에서 다른 사람이랑 이야기한 모양이다. 바꾼다니 누구한테?

〈여보세요. 전화 바꿨습니다. 전 모치즈키 쿠온이에요. 아시겠나요?〉

"아니?!"

자낙 씨가 바꿔 준 사람의 목소리는 변성기가 오지 않은 남자아이의 목소리였다. 쿠온? 모치즈키 쿠온이라고 했지?!

〈저어~. 들리시나요?〉

"어?! 네!! 들립니다!! 혹시 정말로 쿠온이야……?!"

〈네. 틀림없이 쿠온이에요. 운 좋게 레굴루스에서 자낙 씨와 만나서 전화했습니다. 저는 그게…… 잃어버려서요.〉

이 아이가 쿠온……. 내 아들? 굉장히 어른스러운 말투인데…….

내가 총명한 아들이라고 기뻐해야 할까, 아이답지 않다고 아쉬워해야 하나 판단을 내리지 못하고 있는데, 옆에 있던 유미나가 내 스마트폰을 억지로 빼앗아갔다.

"여, 여보세요! 쿠온, 쿠온인가요?! 엄마예요! 알겠나요?!"

우우……. 유미나, 이건 너무하지 않아? 내가 이야기하는 중인데.

내가 유미나가 빼앗아 간 스마트폰을 다시 되찾으려고 했지만, 유미나는 솜씨 좋게 방어하며 돌려주려 하지 않았다.

"네. 네. 알겠습니다. 거기서 기다리세요?! 움직이면 안 돼요?!"

유미나는 그렇게 말하더니 무정하게도 스마트폰의 통화 끊기 버튼을 눌러 버렸다. 악! 왜 끊었어?!

"토야 오빠! 레굴루스 제도예요! 중앙구의 합승 마차 역 앞! 당장 데리러 가죠!"

"응? 아, 맞아. 그게 더 빠르겠어."

전화가 아니라도 직접 만나 얘기하면 된다. 장소가 어디인지만 알면 전이 마법으로 바로 갈 수 있으니까.

토키에 할머니를 보니 작게 고개를 끄덕여 주었다. 자, 외동 아들을 데리러 가 볼까.

"【게이트】."

【게이트】의 문이 열리자마자 나보다도 먼저 유미나가 그곳으로 뛰어들었다. 어? 유미나? 너무 서두르는 거 아니야?

방에 남아 있는 다른 사람들에게 뒷일을 부탁하고 나도【게이트】를 지나니, 몇 번인가 방문했던 적이 있는 승합 마차 역 앞 근처의 뒷골목이 나타났다.

【게이트】를 몰래 사용하려고 이런 인기척이 없는 장소는 평소부터 확인을 해 둔다.

유미나의 모습이 보이지 않는 걸 보면, 벌써 역 앞으로 간 모양이었다.

나도 잔달음질로 뒷골목을 빠져나가, 많은 마차가 늘어서 있는 근처의 역 앞으로 서둘러 갔다. 그곳으로 가 보니, 여섯 살 정도의 남자아이를 껴안고 있는 유미나가 있었다.

그 옆에는 무슨 일인지 모르겠다는 듯한 자낙 씨와 자낙 씨와 많이 닮은 상인 같은 남성이 가만히 서 있었다.

"아, 공왕 폐하. 오셨군요. 그렇다면 정말 이 아이는 폐하의 친척 아이였던 건가요?"

"네……. 그렇죠, 뭐."

자낙 씨에게 어물쩍 대답한 뒤, 다시 유미나를 돌아보니 안겨 있던 남자아이가 숨이 막힌다는 듯이 당황하며 유미나의 어깨를 두드리고 있었다.

"앗, 유미나! 쿠온이 숨 막혀 하잖아! 일단 놔줘!"

"네?! 그, 그런가요? 죄송합니다. 무심코……!"

유미나가 놔주자 쿠온은 크게 숨을 내쉬며 호흡을 정돈했다. 얼마나 세게 안았으면 그래?

여섯 살 남자아이치고는 키가 조금 작은 편인가? 가냘픈 인상을 받았다. 유미나와 같은 금색 머리카락을 뒤로 묶고 있어 얼핏 보면 여자아이 같기도 했다.

그런 쿠온이 나를 돌아보았다. 눈동자는 나랑 똑같은 검은색이었다.

"일단 브륀힐드에 돌아가 이야기를 해도 될까요? 여기서는 차분히 이야기하기 힘드니까요."

"응? 아, 맞아. 그러네. 알았어."

자낙 씨에게 감사를 표했는데, 이야기 도중에 자낙 씨가 옆에 있던 남동생을 소개해 주었다. 바락 씨라고 한다는 듯하다. 어쩐지 닮았더라니.

레굴루스에 있는 '패션 킹 자낙'의 지점장이라고 한다. 남동생이 있었구나. 자낙 씨의 남동생에게도 고맙다고 인사를 하자, 자낙 씨의 남동생은 오히려 자신이 고마워해야 한다며 나에게 인사를 했다. 사기꾼에게 속아 넘어갈 뻔한 순간에 쿠온이 도와줬다면서. 진짜요? 야무진 아이네.

"브륀힐드에 가신다면 바래다 드릴게요."

"아닙니다. 괜찮습니다. 도중에 들러야 할 마을이 몇 개인가 있으니까요."

자낙 씨도 브륀힐드까지 바래다주려고 했는데 거절했다. 일이 있다면 어쩔 수 없나.

동방 대륙에서는 아직 주된 교통수단이 마차였다. 브륀힐드, 레굴루스 사이에 마도 열차가 개통되면 더 편해지겠지.

"토야 오빠! 어서요!"

유미나가 쿠온의 손을 잡고 나를 불렀다. 문득 보니 쿠온은 유미나와 손을 잡지 않은 손에는 검을 들고 있었다. 쿠온은 검을 사용하는 건가.

자낙 씨와 그 남동생에게 한 번 더 인사한 뒤, 우리는 다시 뒷골목으로 들어가 브륀힐드로 돌아갔다.

"다시 자기소개하겠습니다. 모치즈키 쿠온입니다. 이 시대에선 처음 만나 뵙지만 아버지, 어머니, 잘 부탁드립니다."

"으, 으응. 그래……."

"좀 더 스스럼없이 말해도 괜찮아요. 부모님이니까……."

딱딱한 인사라 유미나도 당황했다. 진중한 아이인가?

"아니요. 신경 쓰지 마시길. 저는 평소에도 이런 모습이니까요. 지금도 힘껏 스스럼없이 말하는 거예요."

쿠온은 그렇게 말했지만 도저히 스스럼없이 말하는 모습으로는 보이지 않았다. 좀 심하게 말하면 사업가 같다. 남자아이는 더 떠들썩하고 침착하지 못할 거란 이미지가 있었는데……

거실 소파에 앉은 쿠온은 등에 메고 있던 백팩에서 종이로 싼 상자를 꺼냈다.

그리고 그걸 테이블에 올리더니, 우리 앞에 삭삭 내밀었다. 응? 이게 뭐지?

"이건 선물입니다. 바락 씨가 추천해 주신 쿠키로, 유명한 가게에서 만든 거예요. 입에 맞았으면 좋겠는데요."

"잠깐! 너 정말 여섯 살 맞아?!"

부모님에게 선물까지 준비하다니?! 그 배려심은 대체 뭐지?! 이렇게 인품이 훌륭한 아들이라니!

"와……. 아주 예의가 바른 아이네요."

"정말 우리 린네보다 더 어린아이 맞나요……?"

우리의 모습을 살펴보던 루와 린제가 그렇게 말했다.

그 말을 들어서 그런지, 옆에 있던 유미나가 매우 기쁜 표정을 지었다. 그 마음을 모르진 않겠지만, 너무 히죽히죽 웃지 않는 게 좋지 않을까?

그리고 우리는 쿠온이 어디에 나타나, 어떤 과정을 거쳐 여기까지 왔는지에 관한 이야기를 들었다. 역시 쿠온도 스마트폰을 잃어버린 모양이었다.

엘프라우의 눈 속이라. 그래서야 당연히 찾을 수가 없지.

"그럼 부여된【어포트】와【텔레포트】마법을 써서 쿠온의 스마트폰을 소환……."

나는 자신의 스마트폰에서 소유자가 등록되어 있는 리스트를 열었지만 문득 깨달았다.

…………어? 쿠온이 가지고 있던 스마트폰의 시리얼넘버는 뭐지? 넘버고 뭐고 등록되었을 리가 없잖아! 아직 안 만들었으니까!

그렇다면 직접 찾으러 가는 수밖에 없는 건가. 근처에 가서【서치】를 사용하면 단번에 발견할 수야 있겠지만.

"토야 오빠?"

"응? 아무것도 아니야. 잠깐 쿠온의 스마트폰을 주우러 갔다 올게."

"죄송합니다, 아버지."

아드님이 사과하셨다. 후우. 정말 내 아들인가 의심이 될 만큼 너무 예의가 바르다. 반대로 말하면 조금 서먹서먹하게도 느껴진다. 유미나의 말대로 더 스스럼없이 대해 줘도 좋을 텐데.

어린이답지 않을지도 모르지만 이것도 이 아이의 개성인 거겠지. 그건 부정해선 안 된다고 본다.

일단 스마트폰을 떨어뜨린 대략적인 위치를 쿠온에게 물은 뒤, 나는 엘프라우로 전이했다.

"악! 추워!"

사방에 펼쳐진 눈경치와 낮은 기온에 나는 몸을 움츠렸다. 얼른 찾아서 돌아가자.

나는 【서치】를 발동했다. 어~. 꽤 먼 곳에 있네.

눈 위를 【플라이】로 날아가 【서치】가 반응한 장소의 눈을 녹이자, 곧장 쿠온의 스마트폰을 찾을 수 있었다.

녹인 눈으로 흠뻑 젖었지만 【프로텍션】이 걸려 있어 스마트폰은 고작 젖은 정도로 쉽게 망가지지 않는다.

"좋았어. 찾았다. 얼른 돌아갈까."

전이해 성의 거실로 돌아가 보니, 쿠온 주변에는 유희실에서 돌아온 아이들이 와글와글 모여 있었다.

"쿠온, 왜 이렇게 늦었어? 뭐 했길래?!"

"여러 가지 일이 있었거든요. 아. 린네 누나. 이건 선물인 레굴루스의 과자입니다."

"와~! 고마워! 맛있겠다!"

"쿠온. 또 무슨 문제에 말려들었어? 항상 조심해야 돼."

"아니요. 말려들었다고 할 정도는 아니에요. 아, 프레이 누나한테는 이 나이프를 드릴게요. 조금 보기 드문 디자인이어서요."

"……와. 레굴루스에서 만든 것치곤 뒤로 많이 휜 나이프네. 이런 물건은 처음 봤어. 후후, 고마워."

쿠온이 계속해서 누나들에게 선물을 나눠주었다. 익숙하다고 해야 할지, 누나들 마음을 조종할 줄 안다고 해야 할지…….

"쿠온, 쿠온! 내 건?! 내 선물은?!"

아리스가 소파에 앉은 쿠온 옆에 딱 달라붙었다. 그러고 보니 아리스는 쿠온을 좋아한다고 했지?

그런 생각을 하는데, 누가 툭하고 내 어깨를 두드렸다. 돌아보니 미소를 짓고는 있지만 눈은 웃고 있지 않은 엔데가 있었다.

"토야. 네 아들, 너~~~~~~~~무, 우리 딸과의 거리가 가깝다는 생각 안 들어……?"

무슨 소리야?! 누가 봐도 달라붙어 있는 사람은 아리스잖아. 그런 소릴 해 봐야 나보고 어쩌라고?!

"스테프랑 쿤 누나의 모습이 안 보이는데요. 아직 안 왔나요?"

"스테프는 아직 안 왔지만, 쿤 언니는 볼일이 있어 간디리스에 갔어요. 저녁 전에는 돌아올 거라 생각하지만요."

쿠온의 질문에 아시아가 대답했다. 나중에 야쿠모가 데리러 간다고 했으니, 그때까지는 끝까지 남아 분석을 계속하겠지.

아시아의 말을 듣고 쿠온은 옆에 놓아두었던 쇼트 소드를 집어 들었다.

"아쉽네요. 쿤 누나에겐 마침 딱 좋은 선물이 있었는데요."

〈헉, 도련님?! 선물이라니! 설마 절 말씀하시는 겁니까?!〉

응?! 방금 목소리가 들리지 않았나? 검인가? 저 검이 말한 거야?

모두 어리둥절한 표정을 지으며 말을 한 검을 응시하는데, 검이 칼집에 들어간 채 둥실 떠올랐다.

〈어이구. 인사가 늦었습니다. 전 실버라고 하는 별 볼 일 없는 검입니다. 이런 모습이지만, 아무쪼록 잘 부탁드립니다. 누님들.〉

공중에서 솜씨 좋게 칼잡이의 끝을 숙이며 인사하는 검. 그런데 왜 그렇게 겸손한 말투를 쓰는 건지. 마치 쿠온의 동생 같아…….

"말하는 검이라니, 또 희귀한 물건을……. 이건 마도구야? ^{아 티 팩 트}"

"아니요. 이런 모습이지만 고렘이래요. 정확한 이름은 【인피니트 실버】. 본인의 말로는 크롬 란세스의 작품이라나 봐요."

야쿠모의 질문에 쿠온이 그렇게 대답해 우리는 모두 놀랐다. 크롬 란세스?! 아르부스 같은 '왕관^{크 라 운}' 시리즈를 만들었던 고대 고렘 기사인가!

그 작품이라면 설마…….

"은색 '왕관'……?"

〈오? 그리운 이름이군요. 그렇게 불리던 시절도 있었습니다. 다만 저에겐 【왕관 능력^{크라운 스킬}】이 없으니, '왕관'이라고 해도

좋을지는 알 수 없습니다만.〉

　내가 중얼거린 소리를 듣고 실버라는 이름의 검이 좌우로 고개를 흔들 듯이 칼자루의 끝을 움직였다.

　"【왕관 능력】이 없어?"

　〈크롬 자식은 '대가' 없이【왕관 능력】을 발동할 수 없을지 연구를 했지요. 그 과정에서 만들어진 물건이 접니다.〉

　듣고 보니, 아르부스가 그런 말을 했던 것 같아.

　5000년 전, '검은색'과 '하얀색' 왕관의 힘을 이용해 세계의 결계를 뛰어넘어 앞쪽 세계에 왔던 크롬 란셰스는 프레이즈의 위협에서 도망치려고 뒤쪽 세계로 돌아가려 했다.

　하지만 '검은색' 왕관에 '대가'를 치르면 뒤쪽 세계에 돌아가도 크롬은 너무 젊어진 나머지 죽고 만다.

　그래서 '대가'가 필요 없는 왕관을 만들려고 했다고 한다.

　다만, 그게 완성되기 전에 프레이즈의 침공이 시작되었고, 크롬은 '하얀색' 왕관을 폭주시키는 바람에 모든 기억을 잃었다는 모양이지만.

　"응? 잠깐만. '왕관'인지 아닌지야 제쳐 두고, 실버는 고렘이지? 혹시 쿠온이랑 마스터 계약을 맺었어?"

　〈그럼요.〉

　"어?! 맺은 기억 없는데요?!"

　실버의 말을 듣고 쿠온이 눈을 휘둥그렇게 뜨며 놀랐다. 어? 아니야?

〈저는 고렘이자 마법 생물입니다. 적성이 있는 소유주라면 그자와 자유 계약을 맺지요.〉

실버가 말하길, 실버를 입수한 자가 조종할 만한 적성을 가지고 있다면, 자동적으로 계약이 맺어진다고 한다.

실버뿐만이 아니라 인텔리전스 웨폰이라 불리는 마법 생물은 대부분 그런 타입이라는 듯했다. 한마디로 선택받은 자 이외엔 다룰 수 없는 그런 물건인가?

거기다 적성자가 누구인지에 따라 실버의 인격도 변한다고 한다.

〈이전 적성자는 사람을 밥 먹듯이 베어 버릴 만큼 정신이 나간 자였지요. 계약을 맺게 된 저도 그 영향을 받아 조금 폭주하려는 경향이 생겼습니다.〉

"아, 그래서 처음 만났을 때 그렇게나 '죽이겠다, 죽이겠다'라고 말하는 성격이었군요. 어? 그럼 지금 성격은 저의 영향을 받은 건가요……?"

쿠온이 잔뜩 찡그린 표정을 지었다.

〈절 그렇게 겁주셨으니 이런 성격이 될 수밖에 없잖습니까. 도련님의 파트너에 가장 잘 어울리는 성격 아닐까요?〉

또 쿠온이 씁쓸한 표정을 지었다. 우리 아들, 이 검에 대체 무슨 짓을 한 거야?

……그런데 이게 '은색' 왕관이라면, 사신의 사도가 입수한 '방주'의 열쇠인 기체는 '금색' 왕관이란 말인가?

"실버. '금색' 왕관에 관해선 뭐 아는 거 없어?"

〈'금색' 말입니까? 전 연구실에 고정되어 있어 잘 모릅니다. 단, 저와 마찬가지로 금색도 마법 생물을 바탕으로 만든 고렘이라고 크롬 그 자식이 중얼거렸었습죠.〉

마법 생물. 마법이 발전하지 않았던 세상인 뒤쪽 세계에서 온 크롬 란셰스에게 있어 그건 매력적인 소재가 아니었을까. 그러니 뒤섞어 보자고 생각해도 이상하지 않다.

마법 생물이라면 골렘과 가고일, 미믹 같은 게 있다. 원래 고렘 자체가 골렘과 비슷한 점이 많았으니 융화성 자체는 좋았을지도 모른다.

"무기의 성능은 어때?! 난 그게 더 궁금해!"

무기 마니아인 프레이가 둥실둥실 떠 있는 실버에게 바짝 다가서며 물었다. 여전하구나…….

〈저는 소유주에 맞춰 커질 수도 작아질 수도 있습니다. 누구에게나 이상적인 검이 될 수 있다는 말입죠.〉

"응? 그 정도는 아버지의 검인 브륀힐드도 가능한데?"

흥미진진하다는 듯이 물었던 프레이가 실버의 대답을 듣고 실망했다는 표정을 지었다. 브륀힐드에는 【모델링】 기능이 부여되어 있으니까.

〈머, 멀리 있는 상대에게 참격을 날릴 수 있습니다.〉

"장거리 공격? 아버지 검도 가능한데?"

〈아. 상대를 마비시켜 움직이지 못하게도 할 수 있습니다!〉

"그것도 가능해. 부여된 총탄을 바꾸면 잠이 들게도 할 수 있고, 불태울 수도 있어."

그 외엔? 프레이가 그렇게 묻자, 둥실둥실 떠 있던 실버가 조금씩 아래로 가라앉았다. 꼭 내가 나쁜 짓을 한 것 같잖아…….

〈마, 말할 수 있습니다…….〉

응. 그건 내 브륀힐드도 못 하는 일이다. 고대 기체 고렘^{레거시}이라면 흔한 기능이긴 하지만.

"잘 모르겠지만, 한마디로 말할 줄 아는 열화판 브륀힐드란 말이야?"

〈으으윽?!〉

고개를 갸웃하던 요시노가 핵심을 찌르는 의견을 말하자, 실버가 흐늘거리며 아래로 추락했다. 그쯤 해 둬. 좀 가엾잖아.

"이제 그만해 주세요. 실버는 실버 나름대로 도움이 되는 걸이니까요. 조금 짜증 날 때도 있지만 의외로 쓸 만해요."

〈도련님! 칭찬하는 건지 험담하는 건지 알 수 없는 말씀은 그만해 주십쇼!〉

웃으면서 은근히 호된 소릴 하는 쿠온에게 실버가 대들었다.

꽤 신랄한걸? 내 아들은 의외로 내면에 검은 부분도 존재하고 있을지 모른다.

"토야 님이랑 똑같아요."

등 뒤에서 날아온 루의 말을 나는 못 들은 척하기로 했다.

◇　◇　◇

"【일곱 빛깔의 마안】?"

"네. 제 두 눈에는 일곱 종의 마안이 깃들어 있는데, 제 의사대로 발동할 수 있습니다."

쿠온의 그 말을 듣고 좀 놀랐다. 마안을 여러 개 가지고 있다는 말은 처음 들었으니까. 그것도 일곱 개나.

보통 마안은 두 눈 중 하나에 깃들어 있고, 마안이 깃든 눈은 원래의 눈과는 색이 다르다. 여자 닌자 3인조 중 '원견(遠見)'의 마안을 가진 호무라처럼 눈이 하나만 연한 갈색이라 얼핏 보면 두 눈 모두 같은 색처럼 보이는 사람도 있지만, 쿠온은 아무리 봐도 두 눈 모두 검은색이었다.

"한번 사용해 봐 줄 수 있을까?"

"알겠습니다. 그럼 작게 【라이트】를 사용해 주실 수 있을까요?"

【라이트】? 왜 그런 말을 했는지는 알 수 없었지만, 나는 해 달라는 대로 작은 마법 불빛을 공중에 띄웠다.

쿠온이 그 빛의 구슬을 가만히 바라보았다. 그러자 쿠온의 눈이 흐릿하게 파란색을 포함한 금색으로 변화하더니, 곧 【라이트】가 소실되어 버렸다. 이건⋯⋯.

"'무소'의 마안이에요. 마법을 무효화할 수 있는 마안이죠. 기본적으로 눈으로 확인하지 않으면 효과가 없지만요."

마법 무효화인가. 대단한걸? 내가 사용하는 흡수 마법【어브소브】같은 건가?

"굉장해요, 쿠온! 그 외엔 어떤 마안을 가지고 있나요?!"

유미나의 흥분도가 마구 올라갔다. 아들이 자신의 마안이란 특성을 물려받아 기쁜 모양이었다. 기분은 잘 알겠지만 좀 진정하세요, 어머니.

쿠온이 설명해 준【일곱 빛깔의 마안】은 아래와 같았다.

■ 녹색: 신종(臣從)의 마안: 동물, 마수를 따르게 하는 마안.

■ 노란색: 고정(固定)의 마안: 물체의 움직임을 멈추는 마안.

■ 파란색: 무소(霧消)의 마안: 마법을 무효화하는 마안.

■ 하얀색: 간파(看破)의 마안: 사람의 선악을 알 수 있는 마안.

■ 빨간색: 압괴(壓壞)의 마안: 물질을 파괴하는 마안.

■ 주황색: 선견(先見)의 마안: 미래시의 마안.

■ 보라색: 환혹(幻惑)의 마안: 환상을 보여주는 마안.

마안을 사용하면 홍채가 금색에 그 일곱 빛깔 중 하나가 조금씩 섞인 색으로 변화한다는 듯했다.

'간파'의 마안과 '선견'의 마안은 틀림없이 유미나에게 물려받은 거겠지.

모두 편리해 보이는 마안이지만, 여러 제한도 있다는 모양이었다.

예를 들면, '고정'의 마안은 눈을 깜빡거리면 풀려 버리고, '신종'의 마안은 인간에게는 통하지 않고, 한 마리에 24시간이 한계라고 한다. 그래도 매우 도움이 되는 능력이라는 점만큼은 확실하지만.

"마법은 사용할 줄 알아?"

"무속성 마법뿐이지만요. 【슬립】이랑 【패럴라이즈】네요."

어? 이건 내가 자주 쓰는 마법을 이어받았나 보네. 둘 다 편리하지?

"역시 저와 토야 오빠의 아들이에요! 우후후. 쓰담쓰담, 머리를 쓰다듬어 줄게요!"

"어, 어머니. 그건 좀 부끄러우니⋯⋯."

쿠온 옆에 앉은 유미나가 아들을 안으며 머리를 쓰다듬어 주었다. 쿠온은 거북한 듯했지만, 피하지는 않고 유미나가 하는 대로 가만히 있었다.

"너무 좋아 어쩔 줄을 모르시는군요."

"이런 유미나 씨는 처음 봐요."

야에와 루의 그런 목소리가 들렸는데, 나도 같은 기분이었다. 옆에서 보면 '남동생을 귀여워하는 누나' 정도로밖에 안 보였지만.

"그런데 어딘가 좀 딱딱해 보여. 예의 바른 건 좋지만, 남자

아이니까 더 활기차게 행동하면 좋지 않을까? 유미나는 어떻게 교육을 했을까?"

"참. 뭐 어떤가요. 한 나라의 왕자인걸요. 예의도 발라야 하고, 행동도 우아하면서도 의연해야 해요! 역시 저예요! 멋지게 교육했어요!"

에르제의 말을 듣고 유미나가 반론했다. 하지만 이번엔 아시아가 그 말에 이의를 제기했다.

"아니요. 유미나 어머니는 항상 국가 운영을 하느라 바쁘셔서, 쿠온의 교육은 거의 대부분 다른 사람이 했는데요."

""어?! 누가?!""

나와 유미나가 그렇게 되묻자 아이들의 시선이 한 곳으로 쏠렸다. 그곳에는 소파 위에서 벌렁 누워 있는 흰 아기호랑이가 한 마리.

〈왜 그러시는지요?〉

""코하쿠?!""

"태어난 뒤로 계속 코하쿠가 쿠온 옆에 있었어요. 말도 코하쿠한테 배웠고요."

아, 아아! 듣고 보니 비슷하네! 코하쿠의 말투랑 쿠온의 말투! 아하. 코하쿠의 말투를 흉내 낸 거구나!

아시아가 말하길, 그것 외에도 매너, 학습 교육, 싸우는 법, 더 나아가서는 댄스에 이르기까지, 왕자로서 어떻게 행동해야 하는지를 모두 코하쿠가 철저히 지도해 주었다고 한다.

"코하쿠가 쿠온의 호위를 한다고 그랬었지? 호위 외에도 교육 담당까지 맡았던 거구나."

〈그랬군요. 그렇다면 자랑스러운 일입니다. 열심히 잘했다고 미래의 자신을 칭찬해 주어야 할까요.〉

"으으……. 미래의 저는 뭘 했던 걸까요……."

자랑스러워하는 코하쿠와는 달리, 유미나는 어깨를 축 늘어뜨렸다.

"아니요. 어머니는 아버지를 도우며 이 나라를 더 좋은 나라로 만들기 위해 노력하고 계십니다. 어머니의 그 진지한 모습을 저는 매우 존경하고 있어요."

"토야 오빠! 아들이 너무 귀여워요!"

유미나는 또 쿠온을 꼭 안고 머리를 열심히 쓰다듬기 시작했다. 혹시 머리가 빠지게 될지도 모르니 그만해.

내가 아들의 머리를 걱정하는데, 거실문이 벌컥! 열리더니, 쿤과 쿤을 지하 도시 아가르타로 데리러 갔던 야쿠모가 들어왔다.

"은색 '왕관'은 어디 있어?!"

쿤의 첫마디에 모두가 안타깝다는 표정을 지었다. 일단은 겨우 도착한 남동생을 봐야지.

쿤은 쿠온이 있는 곳으로 성큼성큼 다가가더니, 쿠온 옆에 놓여 있던 실버를 집어 들었다.

"이거구나?! 설마 은색 '왕관'이 무장형 고렘일 줄은 몰랐어. 크롬 란셰스의 무장 고렘……. 후후후, 기간테스는 박사님들에게 빼앗겼지만, 아주 좋은 물건이 들어왔는걸?!"

〈도련님! 이 누님, 너무 무섭습니다만?! 특히 눈이! 눈이 무서워!〉

쿤에게 붙잡혀 벌벌 떠는 실버. 당장 연구실로 뛰어갈 듯한 쿤을 어머니인 린이 말렸다.

"얘가. 먼저 남동생에게 '어서 와' 라고 한마디 해 줘야지. 그리고 그 검은 쿠온 거야. 함부로 다뤄선 안 되지. 넌 남동생 물건을 빼앗다니 누나로서 부끄럽지도 않니?"

"아얏?!"

린이 쿤의 머리에 춉을 날렸다. 그럼. 방금 그런 태도를 보이면 혼날 수밖에.

"아야, 죄송합니다. 어서 오렴, 쿠온. 무사해서 다행이야. 그런데 이…… 이 검 말인데, 잠깐 살펴봐도 될까?"

린에게 혼나서 잠시 풀이 죽었던 린이 그래도 역시 실버가 신경 쓰이는지 쿠온한테 조심스럽게 물었다.

"너 정말……."

"린 어머니, 괜찮습니다. 쿤 누나는 항상 이러니까요. 그리고 이 검은 원래 쿤 누나에게 줄 선물……."

〈우어어?! 도련님, 도련님, 도련님~?! 저는 일심동체 맞지요?! 절 버리겠다니, 그렇게 지독한 짓을 도련님이 하실 리는 없다고 믿습니다!! 저는 믿고 있어요!!〉

"아……. 원래 쿤 누나한테 조사해 달라고 할 생각이었으니까요."

방금 선물이라고 말하려 하지 않았어?

필사적인 애원이 통했는지, 쿤은 실버를 양도하지는 않기로 한 듯했다. 조사하도록 허락은 해 줄 모양이지만.

"부수지 말아 주세요, 쿤 누나."

"부수긴 누가 부수겠니. 이게 얼마나 귀중한 물건인지는 나도 잘 알아. 그리고 세부점은 역시 박사의【애널라이즈】로 조사해 달라고 해야 해."

분석 마법【애널라이즈】인가. 나도 사용할 수 있지만, 나는 지식이 없으니 들여다봐도 뭐가 뭔지 모른다.

실버 입장에선 CT 스캔을 받는 거나 마찬가지일까?

〈너무 불안합니다만…….〉

몸을 떠는 건지 쿤의 손안에서 실버가 칼집과 부딪치며 소리를 내고 있었다. 재주도 좋아.

"그보다도! 쿠온의 옷을 이대로 둬선 안 돼요! 바로 같이 자낙 씨의 가게로 가죠!"

"네? 이 옷을 입고 있으면 안 되나요?"

유미나의 갑작스러운 말을 듣고 쿠온은 자신의 옷을 내려다보았다. 원래는 나름 좋은 옷이었을지 몰라도, 오랜 여행 탓인지 조금 구깃구깃해진 데도 있었다. 아들이 그런 옷을 입고 있는 모습을 유미나로서는 용서할 수 없었던 거겠지.

"그럼 나도 갈래! 쿠온한테 어울리는 옷을 골라 줄게!"

아리스가 손을 들더니, 두 사람과 같이 가겠다고 나섰다. 아리스~. 뒤~. 뒤를 봐~. 네 아버지가 얼굴을 잔뜩 찡그리고 있어.

쿠온도 쓴웃음을 짓고 있고. 엔데는 미래에서도 항상 이런 반응을 보인다는 모양이다.

"그럼 나도 같이 갈래. 에르나도 같이 가자. 귀여운 옷을 사 줄게."

"어? 얼마 전에 막 사 준 참이잖아……."

에르제의 말을 듣고 에르나가 가도 되나? 하는 표정을 지었다. 아이들 중에서 가장 많은 옷을 선물 받은 사람은 에르나가 아닐까? 에르제가 이것도 어울리고 저것도 어울리고 귀엽다면서 마구 옷을 사 주니까.

물론 어떤 옷이든 잘 어울리기도 하고, 귀엽기도 하니까 나로서는 말릴 생각이 없다.

유미나도 같은 상태겠지? 아들에게 여러 옷을 입히고 싶은 거다. 그렇다면 내가 할 수 있는 일은 하나.

나는 자낙 씨의 가게 근처의 뒷골목으로 【게이트】를 열었다.

"잘 다녀와. 코하쿠랑 야쿠모도 따라가 줘. 돌아올 때 잘 부탁할게."

"알겠습니다."

"자, 쿠온. 어서 가요! 엄마랑 외출이에요!"

유미나가 쿠온의 손을 잡아끌면서 【게이트】 안으로 사라졌다. 아리스, 코하쿠, 에르제, 에르나, 야쿠모가 그 뒤를 이었고, 엔데가 지나가려고 하는 중에 【게이트】가 닫혔다.

　"앗?!"

　"네가 따라가면 쿠온이 침착하게 옷을 고를 수가 없잖아. 조금은 배려를 할 줄도 알아야지."

　"윽! 난 아리스의 옷을 사러 가려고 했을 뿐이야! 네 아들이랑 딱 달라붙어서 지내는지 감시하기 위해서가 아니고!"

　사장님, 본심이 새어 나왔습니다만.

　엔데는 거실 밖의 베란다 아래로 뛰어내리더니 곧장 밖으로 나가 버렸다.

　성 아래에 있는 자낙 씨 가게에 갈 셈이구나. 엔데의 속도라면 몇 분이면 도착하겠지. 쿠온, 미안. 여자친구의 딸 바보가 그리로 가겠지만 참아 줘.

　"그런데 엔데도 저렇게까지 딸 바보가 되다니. 딸의 남자친구 한두 명이야 받아들일 도량이 있어야지."

　내가 그런 소릴 중얼거리자, 프레이, 쿤, 아시아가 어이없다는 듯이 날 쳐다보았다. 왜들 그래?!

　"완벽한 자기소개야……."

　"우리한테 접근하는 남자아이가 있으면 전부 무섭게 쏘아보던 사람이 할 말이 아니지?"

　"녹음해 둘까요?"

아이들이 무슨 말을 하고 있지만, 못 들은 척 못 들은 척.

"그런데 쿤. 간디리스한테 받아온 철강재는 '격납고'에 두면 될까?"

내가 실버를 붕붕 휘두르는 쿤에게 물었다. 얘가, 위험하니까 실내에선 휘두르지 마. 그것 봐, 린한테 또 촙을 맞았잖아.

간디리스한테 값싸게 사려던 철강재는 아가르타의 발견과 기간테스를 양도(공동으로 분석하긴 하지만, 물건 자체는 양보했다. 망가진 물건을 받아 봐야 곤란할 뿐이기도 하고)하는 조건으로 무료로 받게 되었다. 양이 양인 만큼 사양할까도 생각했지만, 아가르타와 기간테스에는 그만큼의 가치가 있다고 하니, 고맙게 받아 두었다.

"으으……. 전부 격납고에 넣어주세요. 설계는 이미 끝났다고 하니, 바로 제작에 들어갈 거예요."

또 린한테 촙을 맞은 쿤이 머리를 매만지면서 대답했다.

받은 철강재의 양이 엄청난데 대체 어디에 쓸 생각이지? 아르부스의 오버 기어잖아? 여러 대를 만들어 기간테스처럼 합체를 시킬 생각일까?

"그건 완성했을 때를 기대해 주세요. 그럼 전 은색 '왕관'을 분석해야 하니 이만 물러나겠습니다!"

휘융! 하고 쏜살같이 쿤이 떠나갔다. 저 모습을 보니 아르부스의 오버 기어는 곧장 제작하기 힘들겠어…….

"왜 저렇게 침착하지 못한지……. 남동생을 본받았으면 좋겠어. 나도 쿤이 태어나면 코하쿠한테 교육을 부탁할까?"

아니, 그러지 마. 쿠온은 특수한 사례 아닐까? 그리고 토키에 할머니의 얘기로는, 시간의 정령에 의한 강제력으로 미래는 변하지 않는다니 소용없는 짓일 거야. 단, 이 강제력도 신의 힘 앞에서는 소용이 없다고 한다.

즉, 사신과 얽히는 등의 문제가 생기면 미래도 바뀔 가능성이 있다는 말이었다. 물론 그런 일이 벌어지게 놔두진 않을 거지만.

토키에 할머니가 아이들을 곧장 미래로 돌려보내지 않는 이유도, 사신 문제를 해결해 걱정거리를 없앤 다음에 돌려보내기 위해서인지도 모른다.

"자! 쿠온도 왔겠다, 오늘 밤 저녁은 진수성찬을 차려요! 어머니, 누가 더 쿠온이 좋아하는 음식을 만들지 승부를 겨뤄보면 어떨까요?"

"끈질기군요, 아시아……. 한 번 졌다는 사실을 잊어버린 것 같아요."

"후후. 어머니는 쿠온이 뭘 좋아하시는지 모르시죠? 저는 저 아이가 태어났을 적부터 뭘 좋아했는지 잘 알고 있답니다. 이번엔 제가 이기겠어요!"

"윽……."

서로 노려보면 안 되지. 노려보지 마. 아시아와 루가 마주 본 채, 대담한 웃음을 지으며 눈에서 불꽃을 튀겼다.

"아시아는 여전히 약았어……."

한숨을 내쉬면서 프레이가 어이없다는 듯이 중얼거렸다.

◇ ◇ ◇

"오오……. 어울려, 잘 어울려. 마치 왕자님 같아."

"후후. 쿠온은 뭘 입혀도 잘 어울리니까요! 역시 나의 아들이에요!"

"하하……."

우쭐대며 가슴을 펴는 유미나를 보고 어색한 미소를 짓는 쿠온. 어머니, 아들이 오싹해 합니다만.

자낙 씨의 가게에서 돌아온 쿠온은 흰 셔츠에 남색 베스트, 남색 리본타이에 검은 바지를 입은 세련된 모습이었지만, 뿜어져 나오는 분위기는 왕자님 그 자체였다. 와우, 내 아들이지만 참 늠름해. 앗?! 이래선 유미나한테 뭐라고 할 수가 없잖아.

물론 이 옷 말고도 종이봉투가 산처럼 쌓일 만큼 많이 사 왔다.

그 이후, 아시아와 루가 저녁을 만들어 식탁을 가득 채웠다. 아시아는 쿠온이 뭘 좋아하는지 알고 있었던 듯하지만, 매수

(과자로 낚았다)에 굴복한 요시노와 린네에게 정보를 얻은 루도 그에 뒤지지 않는 요리를 만들었다.

"크으윽……. 치사해요!"

아시아가 불평을 터뜨렸다. 이 아이는 참……. 네가 그런 말을 할 자격은 없지.

아시아와 루가 누구의 음식이 더 맛있는지 평가해 달라고 재촉하자, 쿠온은 생글거리며 '모두 가족의 맛이라 우열을 가릴 수 없습니다' 라고 말해 위기를 극복했다. 그 테크닉. 아빠한테도 전수해 줘…….

맛있는 음식을 다 먹은 뒤, 유미나가 쿠온을 욕실에 데려가려고 했는데, 이젠 어머니와 같이 욕실에 들어가기 부끄러운 나이가 되었는지 쿠온은 온 힘을 다해 거부했다.

그 대신 '같이 자요!' 라고 하는 유미나에게 침실로 끌려 들어갔지만. 유미나는 계속 쿠온과 만나길 고대하고 있었으니까. 아들이여, 그 정도는 어머니의 말씀을 들어주거라.

"좋겠구먼……. 나도 스테프와 어서 만나고 싶구려."

스우가 침실로 들어가는 유미나와 쿠온을 부러운 듯이 바라보았다. 아직 오지 않은 아이는 스우의 딸인 스테파니아뿐이다. 스우가 부러워한다 해도 어쩔 수 없는 일이다.

나는 작은 나의 아내를 껴안으며 위로해 주었다.

"괜찮아. 쿠온도 왔으니 스테프도 곧 올 거야."

"……그래. 오면 힘껏 귀여워해 줄 셈일세. 같이 목욕도 하고, 같이 놀기도 하고, 같이 잠을 자고 싶으이."

"응. 셋이서 같이 나란히 누워서 자자."

"그럼세."

아직 힘이 없어 보였지만, 그래도 조금이나마 마음이 안정된 듯했다.

그 모습을 보고 있던 린네와 에르나가 스우의 양옆으로 와서 각자 손을 잡았다.

"스우 엄마. 오늘은 내가 같이 자 줄게."

"나, 나도. 스우 엄마랑 같이 자고 싶어……."

"왜, 왜들 이러는가?! 나는 쓸쓸해서 그러는 게 아니네. ……어흠. 하지만 너희가 그렇게까지 말한다면 같이 자도록 할까?"

그 모습을 본 에르제와 린제가 쓸쓸하게 웃으며 어깨를 으쓱 들어 올렸다. 스우는 생글생글 웃으며 에르나와 린네를 꼭 껴안았다.

다정한 딸들을 둔 나는 행복한 놈이야.

다음 날 아침.

야에와 힐다는 바로 쿠온을 훈련장으로 데리고 가 같이 아침 훈련을 했다.

마안을 사용하지 않는 검술 시합이었지만 꽤 강해 보였다. 야쿠모, 프레이 수준까지는 아니지만, 웬만한 모험자보다는 훨씬 강했다.

같이 견학하던 야쿠모와 아이들의 말에 따르면, 어릴 적부터 야에, 힐다, 모로하 누나에게 단련을 받았다고 한다. 어쩐지.

그리고 마안을 사용하면 야쿠모와 프레이도 고전한다는 모양이다. '고정'의 마안으로 잠시 동작을 멈추게 할 수 있기 때문이라고 한다.

'고정'의 마안이지만 완벽히 움직임을 멈추게 할 수는 없는 듯, 온 힘을 다해 힘을 주면 간신히 움직일 수는 있다고 한다 (평범한 사람은 거의 불가능하다고 하지만). 눈을 깜빡이면 효과도 사라지니 그럴 때는 눈을 노린다고 하는데, 너희는 대체 어떤 훈련을 하는 거야……?

"쿠온! 나도 왔어~!"

큰소리로 쿠온을 부르면서 훈련장 너머에서 아리스가 다가왔다. 아침부터 힘이 넘치네……. 어? 그 뒤에는 아리스의 어머니 세 사람도 왔다. 메르, 네이, 리세. 프레이즈 지배종 3인조다.

쿠온을 향해 똑바로 다가간 아리스와는 달리, 세 사람은 나한테로 다가왔다.

"셋이서 같이 무슨 일이야? 엔데는?"

"엔데뮤온은 오늘 길드에 일하러 갔답니다. 우리는 아리스가 푹 빠진 남자분을 보러 왔어요."

"네 아들이라고는 해도, 이상한 놈에게 아리스를 시집 보낼 수는 없으니까."

"확인하겠어. 이건 중요해."

아하, 어떤 아이인가 살피러 왔구나? 엔데도 그렇지만 엄마들도 과보호가 심해…….

내 생각이 얼굴에 드러났는지, 그걸 본 메르가 키득키득 웃었다.

"저는 아리스의 선택이라면 반대하지 않을 거예요. 단, 장래의 사위가 될지도 모르는 아이이니 한번 봐두고 싶잖아요?"

"그 마음을 모르진 않아."

메르, 네이, 리세, 세 사람의 시선이 훈련장에서 야에와 싸우는 쿠온을 향했다.

쿠온과 아리스가 결혼이라. 미래, 그것도 먼 미래의 일이구나. 대체 몇 년 후의 일이야?

그런데 만약 결혼한다면 아리스가 브륀힐드의 왕비가 되는 건가? ……그거야말로 정말 괜찮을까?

우리 딸들이랑 같이 숙녀 교육을 받으라고 해야 하지 않을까? 그렇듯 나는 장래의 일을 생각해 보았다.

◇　◇　◇

"기, 기다리게. 토야. 무슨 말인지 모르겠군. 유미나의 아들? 우리의 손자?"

당연히 이렇게 되겠지. 벨파스트 성에서 눈을 휘둥그렇게 뜨며 놀라는 벨파스트 국왕 폐하와 유에루 왕비. 유에루 왕비의 품에서는 유미나의 남동생인 야마토 왕자가 새근새근 잠들어 있었다.

"시공 마법의 사고라고 하면 될까요? 미래에서 우리 시대로 흘러왔어요. 아, 몇 개월 후에는 문제없이 미래로 돌아가니 걱정하지 않으셔도 됩니다."

"아니, 내 말은 그런 뜻이 아니라……."

그 마음은 잘 안다. 갑자기 미래에서 손자가 왔다고 말하는데 그걸 쉽게 믿긴 어렵지.

"토야의 이상야릇한 행동에는 얼마간 익숙해졌다고 생각했는데, 이번엔 더욱 황당하군……."

국왕 폐하가 어이없다는 듯이 중얼거렸다. 에구, 은근히 디스를 하시네. 그리고 이번엔 제 탓이 아니거든요?!

"여기에선 처음 뵙게 되는군요. 모치즈키 쿠온이라고 합니다. 할아버지, 할머니께서는 이 시대에도 건강하신 듯해 정말 기쁩니다."

"오, 오오……. 아주 예의 바르게……."

꾸벅 고개를 숙여 인사를 하는 쿠온을 보고 무심코 따라서 고개를 숙인 국왕 폐하. 이건 내가 쿠온을 만났을 때랑 반응이 비슷한걸? 이 아이를 만나면 꼭 이렇게 되더라.

"나이에 비해 아주 예의가 바른 아이군요……."

"후후후, 그렇죠? 그렇게 생각하시죠? 제 아들 쿠온은 아주 착한 아이예요! 왕자님 중의 왕자님이죠!"

왕비님의 말을 듣고 쿠온 옆에 있던 유미나가 가슴을 펴며 우쭐댔다. 유미나도 아들 바보가 되어 버렸구나……. 그 마음을 모르는 바는 아니지만.

쿠온은 똑똑하고, 예의 바르고, 얼굴도 유미나를 닮아 잘생겼고, 성격도 좋았다. 네가 왕자님이냐?! 그런 딴지를 걸고 싶지만, 실제로 왕자님이니 뭐라 할 말이 없다. ……역시나 나도 아들 바보인지도 모른다.

국왕 폐하와 왕비님에게 다른 아내들의 아이도 왔다고 말하니 또 깜짝 놀랐다. 그에 더해 레굴루스 황제 폐하와 선대 레스티아 국왕 폐하 등에게는 이미 인사를 마쳤다는 점도 이야기해 두었다.

"토야의 다른 아이들은 모두 딸인가?"

"네. 아들은 쿠온뿐입니다."

내 말을 들은 국왕 폐하는 소파 앞으로 몸을 내밀더니, 눈을 반짝이며 물었다.

"그렇다면 이 아이가 차기 브륀힐드 공왕이란 거군! 그래, 그렇단 말이지. 유미나, 해냈구나!"

"네! 해냈어요!"

왜 그런진 모르겠지만 두 사람이 생글거리며 대화를 나눴다. 역시 왕족에게 후계자를 낳는 역할은 중요한가 보다.

유에루 왕비가 품에서 자는 야마토 왕자를 작게 흔들면서 쿠온에게 물었다.

"그러면 쿠온 왕자는 야마토의 조카가 되는 거군요."

"할머니, 그냥 쿠온이라 불러주세요. 그리고, 그러네요. 야마토 전하는 삼촌입니다. 어릴 적엔 자주 놀아주셨어요."

어릴 적이라니. 넌 아직도 어리잖아. 눈앞에 있는 야마토 왕자보다는 크지만.

쿠온이 말하길, 야마토 왕자와 오르트린데 공작의 에드워드는 우리 아이들과 자주 같이 놀았다고 한다.

그럴 수밖에. 야쿠모가【게이트】를 사용할 줄 알고, 요시노도【텔레포트】를 사용할 줄 아니까.

남매가 함부로 벨파스트의 성에 자주 무단침입을 했다는 모양이다. 정말 죄송합니다…….

내가 미래의 벨파스트 국왕과 왕비님에게 사과하는데, 유에루 왕비가 불쑥 쿠온에게 다가섰다.

"야, 야마토는 어떤 아이로 자랐나요? 벨파스트의 차기 왕위 계승자답게 훌륭히 잘 지내고 있을까요?! 자세히 말씀 부탁드립니다!"

"그, 그건…… 물론입니다. 야마토 삼촌은 문무 모두 출중하고, 정의감도 강하며, 백성들의 마음을 첫 번째로 생각하는 올곧은 인품입니다. 틀림없이 훌륭한 국왕이 되실 거라고 아버지도 말씀하셨습니다."

"어머나! 와아. 와아. 아주 반가운 이야기예요!"

"오오, 그런가. 그렇단 말이지! 역시 내 아들이다."

"음냐……."

쿠온의 말을 듣고 환하게 웃으며 두 폐하가 잠을 자는 야마토 왕자를 들여다보았다. 미래의 내가 보증했다라. 나로서는 미묘한 기분이지만.

아들에게 예의상 말을 했을 리는 없을 테니, 그렇다면 정말 그런 거겠지. 다음 세대의 벨파스트는 걱정이 없다는 말인가?

그 뒤에도 두 폐하가 손자인 쿠온에게 여러 질문을 했지만, 대답할 수 없는 질문도 있었던 듯 자주 말을 흐리기도 했다.

쿠온은 총명해서 토키에 할머니가 말하지 말라고 말릴 법한 이야기는 하지 않은 거겠지. 아리스처럼 무심코 말을 하는 일도 없을 듯했다. 아쉽기는 하지만.

할아버지, 할머니와 인사를 마치고 브륀힐드로 돌아가자마자 아리스가 쿠온을 빼앗아 가 버렸다. 둘이서 성 아래로 놀러 가고 싶다는 모양이다.

유미나가 따라가려고 했지만 린이 '남자친구의 엄마가 따라 오는 데이트라니, 지옥 아닐까?' 하고 말리자, 유미나는 어색한 미소를 지으며 두 사람을 배웅해 주었다.

"뭐라고 하면 될까요. 엄마가 된 지 하루 만에 아이를 독립시킨 기분이에요……."

"무슨 소릴. 실제론 아직 낳지도 않았으니, 그런 기분이 될 필요는 없지 않을까?"

나는 조금 풀이 죽은 유미나를 위로했다. 언젠가 그런 날이 오기야 하겠지만, 아직 한참 더 미래의 일이다.

"폐하."

"어? 츠바키 씨인가요?"

내가 미래에 관해 생각하고 있던 그때, 어느새 브륀힐드 첩보 기관의 대장인 츠바키 씨가 거실에 서 있었다. 무슨 일이 있었던 걸까?

"그 키메라로 보이는 생물이 또 나타났다고 합니다. 이번엔 레아 왕국 해변에 있는 어촌입니다."

또?!

'사신의 사도' 인가가 만들어 낸, 수수께끼의 정팔면체 핵이 박힌 저주를 뿌리는 키메라.

그 반어인(半魚人) 타입의 생물이 전 세계의 해변 곳곳에서 목격되었다.

강한가 하면 크게 강하진 않았다. 하지만 그 생물의 공격에 상처를 입으면 '저주'가 감염된다.

상처를 입으면 인간은 고열을 내며 쓰러지고, 몸이 변이되기 시작한다. 그리고 이윽고 사람은 반어인이 되어 버린다.

반어인이 된 사람은 인간이었던 시절의 기억과 감정을 잃은 채, 곧장 바다로 떠난다.

마치 '사신의 사도'가 자신들의 병사를 모으고 있는 듯해 섬뜩했다.

그 키메라는 사신의 가호라 할 수 있는 물건을 지니고 있지만, 【서치】를 사용해도 반응을 하지 않았다. 불길하게도. 신기를 확산시킨 【서치】라면 찾을 수 있을지도 모르지만 범위가 좁다 보니…….

그걸 아는지 모르는지 브륀힐드 주변에는 나타난 적이 없다. 던전섬을 제외하면 브륀힐드에는 바다가 없기도 하지만.

"레아 왕국의 피해 상황은요?"

"습격당한 마을 사람들은 마을을 버리고 도망쳤다고 하지만, 몇 명인가가 희생된 모양입니다. 레아 왕국의 고렘 기사단이 구하러 갔을 땐 이미 마을에 한 명도 남아 있지 않았다고 합니다."

희생된 사람들은 틀림없이 반어인으로 변해 바다로 끌려갔겠지.

역시 놈들은 바닷속, 바다 밑에 거점을 두었을 가능성이 크다.

산코와 코쿠요에게 부탁해 바다에서 사는 부하 동물로 찾아보고 있지만 아직 유력한 정보는 얻지 못했다.

그럴 수밖에 없는 것이, 돌고래, 바다표범, 거북 같은 동물은 머리가 좋아서 우리의 말을 이해하고 움직여 주는 듯하지만, 제일 숫자가 많은 어류는 조리 있게 말을 하지 못해 이해하고 있는지 어떤지도 수상하다고 한다. 대화를 주고받기가 힘들다고 하면 될까? 물고기이니…….

동물들이 뭔가 발견해 주길 느긋하게 기다릴 수밖에 없는 건가.

새들에게 부탁해 하늘에서도 감시해 달라고 코교쿠에게도 말해 두었다. 바다가 거점이라는 거야 내 추론에 지나지 않으니까.

아, 그렇지! 겸사겸사 평범해 보이지 않는 어린이가 있으면 발견 즉시 알려 달라고 부탁해 두자! 우리 아이들의 말에 따르면 스테프는 엄청난 말괄량이라고 하니 금방 발견할 수 있을지도 모른다.

나는 생각난 일들을 코교쿠에게 전하기 위해 텔레파시를 보냈다.

◇ ◇ ◇

"쿠온, 이거 봐! 이 가게는 이때부터 있었어! 빵 맛도 조금 달라! 재미있지?"

쿠온은 아리스의 손에 이끌려 브륀힐드 일각에 있는 빵집 앞에 도착해 그곳을 올려다보았다. 그리곤 미래 세계에서는 아리스와 자주 이 빵집에서 빵을 사 먹었었죠, 하고 생각했다.

맛이 다르다고 했는데 제빵사의 실력이 아직 숙련되지 않았다는 말일까?

가게 안에서는 빵집 주인이 빵을 진열하고 있었다. 아리스도 쿠온도 이곳의 주인과는 낯이 익은 사이로, 주인은 자주 빵값을 깎아줬었다. 창문 너머로 보이는 주인은 쿠온이 알고 있는 빵집 주인보다 무척 젊었다.

"이곳에는 우리를 아는 사람이 없는데, 우리는 마을 사람들을 잘 알고 있다니 기분이 이상해요."

"그치? 나도 똑같은 생각했어."

태어난 뒤로 계속 살아온 마을이다. 아직 세워지지 않은 건물도 있었지만 큰 변화는 없었다. 두 사람은 이 마을에 금방 적응했다.

이윽고 두 사람은 평소에 좋아했던 장소에 도착했다. 고지대에 만들어진 공원이었다. 놀이기구가 있는 그런 곳은 아니고, 벤치가 몇 개 정도 놓여 있을 뿐인 장소이지만 이곳은 브륀힐드의 마을 전체를 내려다볼 수 있는 곳이라 아는 사람은 다 아는 관광지였다.

"와~. 익숙한 경치를 보니 왠지 마음이 차분해져."

"아니요. 꽤 많이 다른데요. 저기에 있는 지붕이 빨간 집은 우리 시대에는 없었고, 저 작은 집은 더 크게……."

"참~. 쿠온. 굳이 일일이 다 따질 필요는 없잖아."

아리스가 뾰로통해졌다. 쿠온이 보기에 아리스는 너무 섬세하지 못하다는 생각도 들었지만, 굳이 그런 말을 하지는 않았다. 여성에게 잘못 거역했다간 이야기가 복잡해진다는 사실은 태어났을 때부터 경험을 통해 잘 알고 있었으니까.

"어서 스테프도 오면 좋을 텐데."

"저도요. 그 아이가 지금 뭘 하고 있을지 생각만 해도 위가 아플 정도니까요. 말릴 사람이 없다는 말은, 아주 터무니없는 짓을 하고 있을지도 모른다는 말이니……."

한 살 아래의 여동생을 생각하니, 쿠온의 마음속에 불안이 밀려들었다.

스우의 딸인 스테프는 아주 자유분방했다. 무슨 일에든 흥미를 보이고, 생각한 일은 바로 실행한다. 반성은 하지만 후회는 하지 않는다. 남매들 중에서도 제일 자유로운 아이다.

스테프의 못 말리는 행동에 말려들어 따끔한 맛을 본 일이 한두 번이 아니었다. 쓸데없는 짓은 하지 말고 무조건 이곳으

로 바로 와줬으면 하는 바람이었지만, 그건 허무한 희망일 뿐이라는 것을 쿠온은 잘 알았다.

차원진에 말려들었을 때, 쿠온과 스테프는 거의 똑같은 장소에 있었다. 즉, 스테프는 이미 이 시대에 도착했다는 말이었다. 아직 브륀힐드에는 오지 않았는데, 단순히 먼 곳에 내려서서 그런 건지, 아니면⋯⋯.

제발 부탁이니 국교와 관련된 문제만 일으키지 않게 해 달라고 쿠온은 신께 빌었다.

쿠온이 작게 한숨을 내쉬는데, 상공에서 바람을 가르는 소리와 함께 날아온 칼집에 든 칼 하나가 지면에 콱! 하고 꽂혔다.

쿤이 데리고 갔던 은색 '왕관', 인피니트 실버였다.

〈도련님! 그 누님 좀 어떻게 해 주십시오! 너무 무섭고 무서워서⋯⋯! 하마터면 줄에 갈려 나갈 뻔했어요!〉

"아⋯⋯. 바빌론에서 도망쳐 왔군요. 그런데 여길 어떻게 알았나요?"

쿠온이 상공을 올려다보았다. 물론 스텔스 상태인 바빌론은 지상에서 올려다봐도 보이지 않는다.

〈도련님은 저의 마스터 아니십니까. 그 정도는 알죠. 도련님이 부르면 어디에 있든 날아올 수 있고, 가까운 거리라면 전이도 가능합니다.〉

"은근히 기능이 많네요⋯⋯."

이상한 대화 기능만 없었어도 나름 쓸 만한 검이었을 텐데
요. 쿠온은 그렇게 생각하며 아쉬워했다.

그렇게 아쉬워하는데, 쿠온의 품에서 스마트폰이 울렸다.
전화를 한 사람은 쿤. 틀림없이 실버 때문이겠지.

"네. 여보세요?"

〈쿠온이니? 실버, 거기로 갔어?〉

"네, 왔는데요. 그런데 쿤 누나, 대체 뭘 했길래 이러나요?"

〈이상한 짓은 안 했어. 소재를 조사하려고 조금 전류를 흘리
거나, 황산을 떨어뜨려 보긴 했지만. 너무 호들갑스럽게 날뛰
기에 작업대에 묶어 놨는데 벨트를 자르고 도망쳤어.〉

아니요, 그건 사실상 고문 아닌가요?! 쿠온은 그렇게 딴지를
걸고 싶었다. 인간이랑 똑같이 봐선 안 되겠지만, 의사를 가
진 실버로선 굉장히 무서웠을 게 분명했다. 지금도 덜덜 떨고
있고.

"그래서요? 뭔가 알아낸 사실은 있나요?"

〈몇 가지 정도는. 정말로 실버는 고렘이고 마법 생물인가
봐. 특수한 G큐브랑 Q크리스탈을 사용해서, 지금까지 봤던
'왕관'과는 구별되는 존재야. 도신 자체는 아버지가 만든 정
검과 비슷한 정도의 강도와 날카로움을 자랑하는 것으로 보
여. 원래 5000년 전에 나타난 프레이즈에 대항하기 위해 만
들어졌다는 점을 생각하면, 그 정도 성능이라도 이상할 건 없
지만.〉

쿤에게는 일단 실버는 자신이 맡고 있겠다고 전한 뒤 통화를 끊었다. 그러자 실버가 겨우 마음을 놓은 듯했다. 검인데도 그런 감정 표현이 가능하다니 참 대단하다.

실버는 생각보다 성능이 뛰어난 듯했다. 얘길 나눠 보면 별로 대단하지 않은 한심한 검인데.

그런데 이 한심한 성격은 쿠온 탓에 형성됐다는 모양이니, 참 복잡한 기분이다.

"교정하면 나을까요……?"

〈헉?! 도련님한테서 요정족 누님과 비슷한 검은 기운이?!〉

실버가 사사사삭! 하고 후퇴했다. 실버는 고렘이긴 하지만 마법 생물이기도 하다. 생물이라면 훈련도 가능하지 않을까? 개보다 똑똑할 테니까.

쿠온은 그렇게 생각했지만, 이미 실버가 교화되어 있다는 사실을 깨닫지 못했다.

"우우~. 쿠온, 아까부터 그 검이랑만 얘기하고 너무해!"

"이게 너무한 일인가요……?"

왜 이러는지 모르겠지만 아리스가 부루퉁해졌다. 오랜만에 둘이서 데이트를 하는데 뭐냐며 아리스는 조금 삐쳤지만, 쿠온은 아직 그 미묘한 감정을 잘 알지 못했다.

〈도련님. 이 쪼그만 아이는 뭡니까?〉

"쪼그맣긴 누가 쪼그매! 난 아리스! 아리스테라! 쿠온의 색시야!"

"아니요. 전 아직 약혼자는⋯⋯."

실버를 향해 작은 가슴을 펴는 아리스를 보고, 쿠온이 딴지를 넣으려는데 실버가 쓸데없는 한마디를 덧붙였다.

〈흥! 신부인지 뭔지는 모르겠지만, 난 도련님의 파트너다! 언제든 어디든 같이 있고, 죽음도 삶도 같이할 운명공동체야! 땅꼬마 색시랑 비교하지 말았으면 한다만?!〉

"따, 땅꼬마?! 이게~!! 앤 낡은 검 주제에 너무 건방져! '열화판 브륀힐드' 면서!"

〈너⋯⋯! 해선 안 될 말을!〉

쿠온을 둘러싸고 옥신각신하는 소녀와 검. 끝내는 서로 치고받는(?) 싸움으로 발전할 듯해 어쩔 수 없이 쿠온이 중간에 끼어들어 말렸다.

"계속 싸우면 두 사람 다 놔두고 갈 겁니다? 그리고 쿤 누나와 메르 씨를 부르겠어요."

둘의 말다툼이 딱 멈췄다.

"네, 좋아요. 이제 화해하세요."

〈"우~~."〉

둘의 불만 섞인 목소리가 새어 나왔다. 쿠온이 미소를 지은 채로 품에서 스마트폰을 획 꺼냈다.

〈"화해하자!"〉

다급하게 아리스와 실버가 주먹과 칼자루 끝을 맞댔다.

꾸우우욱. 서로 힘을 주며 밀고 있기도 하고, 아리스는 표정이 굳었고 실버는 칼자루가 삐걱거리는 소리를 냈지만, 그냥 넘어가기로 하자.

"이제 뭐라도 먹으러 가 볼까요? 아, 그러고 보니 전 돈이 없었어요……."

돈이 없어서 레굴루스 제국에서는 마차를 탈까 선물을 살까 고민했었다. 결과적으로 마차를 타지 않아도 되어서 남은 돈으로 선물을 샀지만, 그 탓에 쿠온의 지갑은 텅텅 비어 있었다.

"내가 살게! 전에 '니드호그'를 린네 언니랑 같이 잡아서 돈을 받았거든!"

"아니요. 역시 여자아이한테 돈을 내게 할 수는 없습니다."

쿠온이 그렇게 말하며 사양했다. '왕자답게 항상 아이와 여성에게는 다정하게 대하고, 부담을 주어선 안 된다'. 쿠온의 어머니들의 말씀이었다. 그리고 쿠온에게도 자기 나름의 프라이드가 있었다.

"음……. 없으면 없는 대로도 상관없지만, 조금이라도 가지고 있어야 좋겠죠? 뭐라도 대책을 세워야 할까요?"

〈또 돈입니까. 도련님, 왕자님이잖아요? 임금님인 아버지한테 부탁하면 용돈 정도는 받을 수 있지 않을지요?〉

"우리는 되도록 자급자족을 하거든요. 아버지조차 가족의 생활비는 모험자 길드에서 벌어서 충당하니까요. 우리 가족의 생활에는 국민의 세금을 동화 한 닢도 사용하지 않고 있기도 하고요."

브륀힐드는 기본적으로 세금과 국가 수입을 모두 국가사업에 충당한다. 왕가인 모치즈키 가문의 생활비는 대부분 가주인 토야가 벌어들인 돈을 사용한다.

모험자 길드의 의뢰를 해서 번 돈과 스트랜드 상회가 판매하는 여러 상품의 특허료, 각 나라에 프레임 기어를 빌려준 대가로 받는 렌탈료 등, 토야가 버는 돈은 상당한 액수다. 인원수가 많기는 했지만 자신의 가족을 부양하는 데는 아무런 문제가 없었다.

'바빌론'이라고 하는 돈 먹는 하마가 있어서 돈을 많이 모아 됐는가 하면 아니라고 말할 수밖에 없지만.

"그럼 같이 돈 벌자! 마을 밖으로 나가서 마수를 사냥하면 모험자 길드에서 사 주거든. 식사비 정도는 벌 수 있어!"

"마수를요? 아, 판매는 길드 카드가 없어도 괜찮았던 건가요? 네. 나쁘지 않네요."

브륀힐드 주변에는 비교적 마수가 적었다. 던전섬을 목표로 찾아오는 모험자가 많아 그 사람들이 제거하기 때문이었다.

그렇지만 전혀 없지는 않으니, 찾으면 마수 한두 마리 정도는 금방 찾을 수 있지 않을까 한다.

"차를 마실 돈 정도는 가지고 다니고 싶어요. 그럼 그렇게 할까요?"

"야호! 우리 둘이서 가자!"

〈어이구! 나도 잊으면 안 되지!〉

"방해꾼!", 〈벌써부터 밝히긴!〉 하고 또 두 사람이 싸우기 시작했지만, 두 사람을 그냥 내버려 둔 채, 쿠온은 아버지와 어머니에게 마을 밖으로 나간다고 연락하기 위해 스마트폰을 꺼냈다. 이런 면에서도 착실한 쿠온이었다.

후기

『이세계는 스마트폰과 함께.』 제25권이었습니다. 즐겁게 읽으셨나요?

시점이 토야, 쿠온, 야쿠모 등으로 계속 바뀌는 25권이었습니다.

아이들이 등장한 이후로 토야가 주인공 역할도 일부 빼앗길 만큼 떠들썩해졌군요. 과연 토야가 활약할 기회는 찾아올 것인가. 기대해 주시길.

띠지에도 광고가 실렸을 거라 생각하지만, 다음 권인 26권은 드라마CD가 첨부되는 특장판입니다. 제3탄입니다.

지난번의 제2탄이 19권이고, 2019년 12월 발매였으니, 제3탄 발매까지 2년 이상이 지났군요…….

사실은 제2탄이 발매된 뒤에 담당자님께서 '제3탄도 하죠!' 라고 하셨으니, 제3탄의 발매는 이미 결정되어 있었습니다.

그런데 중간까지는 잘 썼는데 도중에 전혀 진도가 나가질 않아서 계속 미루고 또 미루다가 오늘에 이르게 되었습니다. 이건 죄송하다고 사과를 드리는 수밖에 없습니다. 정말 죄송합니다.

특정한 마감 날짜도 없었기 때문에, 본편 원고, 소설가가 되자 업데이트, 다른 작품의 원고 등을 우선하느라 뒤로 미룰 수밖에 없었던 사정도 있지만요. 무슨 말을 하든 변명에 불과합니다.

드라마CD 제3탄의 내용은 어떤 마을로 여행을 떠난 토야와 아내들이 그 마을의 시계탑을 둘러싼 신비한 일에 말려든다……. 그런 내용입니다.

특장판은 수량 한정이니, 꼭 손에 넣고 싶으신 분들은 예약하시길 추천드립니다. 아무쪼록 잘 부탁드립니다.

그러면 이번에도 감사의 말씀을.

일러스트를 담당해 주신 우사츠카 에이지 님. 이번 권도 감사합니다. 아이들도 이제 한 명 남았습니다. 다음 권도 잘 부탁드립니다.

담당자이신 K 님, 하비재팬 편집부 여러분, 이 책의 출판에 도움을 주신 여러분, 항상 감사합니다.

그리고 '소설가가 되자'와 이 책을 읽어 주신 모든 독자 여러분에게도 감사의 말씀 올립니다.

후유하라 파토라

※일본어판 발매 당시 내용입니다.

막내딸이 내란이 벌어지고 있는 레판 왕국 한가운데에 있다는 정보를 입수하는데――!?

이세계는 스마트

후유하라 파토라　illustration　우사츠카 에이지

드라마 CD 동봉 특장판 발매 결정!

아이들도 여덟 명이 합류해 더욱 떠들썩해진 토야네 가족.

폰과 함께. 26

이세계는 스마트폰과 함께. 25

2022년 11월 15일 제1판 인쇄
2022년 11월 25일 제1판 발행

지음 후유하라 파토라 | **일러스트** 우사츠카 에이지

옮김 문기업

발행 영상출판미디어(주)
등록번호 제 2002-000003호
주소 21315 인천광역시 부평구 부평대로 283 A동 702호
전화 032-505-2973(代) | FAX 032-505-2982

ISBN 979-11-380-1855-5
ISBN 979-11-319-3897-3 (세트)

해골기사님은 지금 이세계 모험 중 1~10

MMORPG 플레이 중 게임 캐릭터의 모습으로 낯선 이세계에 떨어진 「아크」.
그런데 그 캐릭터가 겉은 갑옷, 속은 전신골격인 해골기사였다?
안전을 위해서 눈에 띄지 않게 지낼 것을 결심한 아크는
왕위 계승 다툼에 휘말린 왕녀, 노예가 된 동족을 찾는 다크엘프 미녀 등과 엮이면서
자신도 모르게 이세계에 만연하는 악과 싸우게 되는데——

정의구현! 최강 해골 기사님의 이세계 여행기!!

하카리 엔키 지음 / KeG 일러스트

영상출판
미디어(주)

모든 것이 재구축된 세계에서,
소년은 운명적인 만남을 통해 저 높이 올라간다!

리빌드 월드

1〈상 · 하〉~2〈상 · 하〉

옛 문명의 유산을 찾아서 수많은 유적에 헌터들이 몰리는 세계.
슬럼의 소년 아키라는 풋내기 헌터가 되어서 목숨을 걸고 구세계의 유적에 첫발을 내디딘다.
그곳에서 아키라가 마주친 것은 유령처럼 배회하는 정체불명의 미녀 〈알파〉.
알파는 아키라가 유적을 공략하게 도와주는 대신, 특별한 의뢰를 요청하는데——?

의지와 각오를 품고, 소년이여 날아올라라!
옛 문명의 유적을 둘러싼 헌터들의 뜨거운 SF 배틀 액션!

Nahuse 2019 Illustration : Gin,yish
KADOKAWA CORPORATION

나후세 지음 / 긴, 와잇슈 일러스트

영상출판
미디어㈜

마력 포인트를 쌓아 레벨업하고 새 스킬을 얻어 주인님을 지켜라!
왕자와 방패가 봄을 찾아 떠나는 에픽 판타지, 개막!

녹왕의 방패와 한겨울의 나라

1~2

방패로 환생한 내가 눈을 뜬 곳은
일 년 내내 눈이 내리는 어느 왕국의 보물 창고.
하지만 휘황찬란한 보물이 즐비한 가운데,
나는 '지저분한 방패' 소리만 듣고 아무도 거들떠보지 않았다.
그러한 나에게 손을 내밀어 준 사람은 나처럼 고독했던 마음씨 착한 어린 왕자.
'나와 함께 살아가 줘.' 라는 부탁에 나는 응했다. ──"내가 평생 지켜줄게!"
하지만 내게는 어떤 비밀이 숨겨져 있는 것 같은데──?!

푸니짱 지음 / 히하라 요우 일러스트

애니메이션 시즌 2 제작 결정!
불로불사의 마녀님과 고원의 집 식구들이 즐거운 일상을 전합니다!

슬라임을 잡으면서 300년, 모르는 사이에 레벨MAX가 되었습니다
1~16

회사의 노예처럼 일하다가 죽고, 여신의 은총으로 불로불사의 마녀가 되었습니다.
이전 생을 반성하고, 새로운 생에서는 슬로 라이프를 결심해
돈에도 집착하지 않고 하루하루 슬라임만 잡으면서 느긋하게 300년을 살았더니——
레벨99 = 세계 최강이 되어 있었습니다?!
그 소문이 퍼지고, 호기심에 몰려드는 모험가, 결투하자고 덤비는 드래곤,
급기야 나를 엄마라고 부르는 딸까지 찾아오는데 말이죠——.

모리타 키세츠 지음 / 베니오 일러스트

영상출판
미디어㈜